万　叶　集

［日］大伴家持 编

刘小俊 译

青岛出版集团 ｜ 青岛出版社

图书在版编目（CIP）数据

万叶集 /（日）大伴家持编；刘小俊译 . —青岛：青岛出版社，2024.6
ISBN 978-7-5736-2283-9

Ⅰ.①万…　Ⅱ.①大…②刘…　Ⅲ.①和歌—诗集—日本—古代
Ⅳ.①I313.22

中国国家版本馆 CIP 数据核字（2024）第 089107 号

书　　　名	**万叶集** WANYE JI	
编　　　者	［日］大伴家持	
译　　　者	刘小俊	
主　　　编	魏大海	
出版发行	青岛出版社	
社　　　址	青岛市崂山区海尔路 182 号（266061）	
本社网址	http://www.qdpub.com	
邮购电话	0532-68068091	
策　　　划	杨成舜	
责任编辑	王婧娟	
封面设计	今亮后声·小九	
照　　　排	青岛新华出版照排有限公司	
印　　　刷	青岛双星华信印刷有限公司	
出版日期	2024 年 6 月第 1 版　2024 年 6 月第 1 次印刷	
开　　　本	32 开（889mm×1194mm）	
印　　　张	13	
字　　　数	260 千	
印　　　数	1—3500	
书　　　号	ISBN 978-7-5736-2283-9	
定　　　价	59.00 元	

编校印装质量、盗版监督服务电话　4006532017　0532-68068050

上架建议：日本文学经典·畅销

总序　弥合世界与内心空隙的日本文学经典

　　我思前想后，不知道这个总序该怎样写，此系列丛书不是文学史，却又跟文学史脱不了干系。经典系列作品的选编标准肯定是以文学史为基础的。纵览日本文学的历史，经典可谓浩繁。飞鸟时代有《古事记》（纪传体史书）、《日本书纪》（编年体史书）、《怀风藻》（日本最早的汉诗集）和《万叶集》（最古的和歌集）。平安时代的文学被称作中古文学，代表性经典有《凌云集》（最早的敕撰汉诗集）、《古今和歌集》（最早的敕撰和歌集）、《土佐日记》（纪贯之）、《竹取物语》（作者不明）、《枕草子》（清少纳言）、《源氏物语》（紫式部）等。接下来的镰仓时代、室町时代和安土桃山时代有《方丈记》（鸭长明）、《徒然草》（吉田兼好）、《平家物语》（作者不明）等。江户时代的文学被称作近世文学，其背景分为江户前期的元禄文化（以京都、大阪为中心）和江户后期的文政文化（以江户为中心）。此期代表性的文学经典主要有《奥州小路》（松尾芭蕉）、《曾根崎情死》（近松门左卫门）、《雨月物语》（上田秋成）、《古事记传》（本居宣长）、《东海道中膝栗毛》（十返舍一九）、《南总里见八犬传》（曲亭马琴）、《我春集》（小林一茶）和《东海道四谷怪谈》（鹤屋南北）等。明治时代、大正时代和昭和时代的文学系日本近现代文学，出现了形形色色的文学流派和文学样式。耳熟能详的有《小说神髓》（坪内逍遥的理论著作）、《浮云》（二叶亭四迷）、《金色夜叉》（尾崎红叶）、《五重塔》（幸田露伴）、《舞姬》（森鸥外）、《青梅竹马》（樋口一叶）、《天地有情》（土井晚翠）、《破戒》（岛崎藤村）、《棉被·乡村教师》（田山花袋）、《我是猫》与《心》（夏目漱石）、《罗生门》（芥川龙之介）、《雪国》（川端康成）、《斜阳》与《人间失格》（太宰治）、《细雪》（谷崎润一郎）、《假面的告白》（三岛由纪夫）以及《万延元年的足球队》（大江健三郎）等。这里列举的，不妨说是古代、中古、近世直至近现代具有代表性的日本文学经典。

一家出版机构将这些具有代表性的经典作品全部翻译出版是一个奢望。本系列丛书着重选取明治维新后的近现代文学的经典篇目出版且以小说为主。简单说来，明治维新以后的日本开展了汲取西洋思想、文化的文明开化运动，对文学也产生了很大的影响。言文一致运动便是其反映之一。结果是日语的书面语言摒弃了之前日本文学注重汉文的传统，在明治中期确立了直接连接现代日语的书面语言（"だ·である"体和 "です·ます"体）。"文学"一语，最初亦是翻译词语。在前述文体变革中，产生了如今一般认识中的"文学"概念。明治维新以后至 1885 年坪内逍遥的《小说神髓》发表之前，日本文学的分类是通俗文学、翻译文学和政治小说。日本近代文学的起步，始自坪内逍遥的《小说神髓》（1885），这是日本近代以来最早的一部文学理论书籍，之后二叶亭四迷又写了一部《小说总论》（1886）。两人推崇的是西方的写实主义文学样式。作为写实主义文学的实验性作品，坪内逍遥创作了《当代书生气质》（1885），二叶亭四迷则发表了称作日本近代小说嚆矢的《浮云》（1887）。写实主义文学起步的同时，政治性国粹主义氛围高涨，井原西鹤与近松门左卫门的古典文学重新得到关注。1885年尾崎红叶和山田美妙等创立砚友社，创刊《我乐多文库》。在拟古主义的名目下，尾崎红叶发表了《两个比丘尼的色情忏悔》（1889）、《金色夜叉》（1897）等脍炙人口的经典小说，风格迥异的幸田露伴则发表了《风流佛》（1889）、《五重塔》（1891）等理想主义小说。两位作家的活跃让当时的文学创作进入"红露时代"。伴随着近代化的进程，自我意识的觉醒带来了人性的解放。此期的浪漫主义代表作品有追求开放自由和自我意识觉醒的森鸥外的《舞姬》（1890）、女作家樋口一叶的《青梅竹马》（1895）等。泉镜花的《高野圣》（1900）和《歌行灯》（1910）亦饱含着浪漫情绪，开拓出幻想与神秘的独特世界。国木田独步发表了以随笔式语言描写自然美的《武藏野》（1898）。德富芦花则发表了拥有社会性视野的家庭小说《不如归》（1899）。

　　日本的近代文学呈现出了丰富多彩的特点，其中的一个转折发生在二十世纪初。明治时代末期，日本文学受到西方自然主义（左拉、莫泊桑）文学的影响。自然主义文学的代表作品是岛崎藤村的《破戒》（1906）和田山花袋的《棉被》（1907）。尤其是田山花袋的《棉被》，这部短篇小说被称作日本"私小说"的起点。有人称"私小说"是西方自然主义文学的变种。《棉被》以后的日本文学史中，"私小说"被公认成一种主流性的样式，甚至与纯文学画上了等号。其他自然主义作家有国木田独步、德田秋声、正宗百鸟等。德田秋声也是典型的"私小说"作家，代表作有《新家庭》（1908）等。1909年田山花袋刊出了另一代表作《乡村教师》。岛崎藤村于1910年发表了《家》，1918年发表了《新生》。面对前述自然主义文学的流行，近乎同期日本也形成了反自然主义的文学潮流，除了声名显赫的夏目漱石（余裕派）和森鸥外（高蹈派），反自然主义文学分类还有耽美派（唯美主义）、白桦派（理想主义）和新现实主义。夏目漱石发表的《我是猫》（1905）、《少爷》（1906）、《草枕》（1906）、《门》（1910），描写了日本近代知识分子的内在精神；修善寺大病后刊出的《心》（1914）、《明暗》（1916），揭示了人类的利己心。森鸥外受夏目漱石频繁的创作活动刺激，依次发表了《青年》（1910）、《雁》（1911）等现代小说以及史传性的作品《涩江抽斋》（1916），后转向历史小说的创作。此外值得一提的是两位唯美主义文学代表作家。一位是永井荷风，最初同样倾倒于自然主义文学，从欧洲归国后发表了《法国物语》（1909），后则成为纯粹的唯美派作家，代表作有《濹东绮谭》等。另一位是谷崎润一郎，代表作有《刺青》（1910）和《痴人之爱》（1924）等。必须承认，唯美主义一方面与自然主义相对立，另一方面与自然主义也有着某种内在的一致性。日本近代的耽美派又被称作后期浪漫主义，以两个文学刊物《昴》和《三田文学》为活动中心，代表作家还有佐藤春夫和久保田万太郎。在自由和民主主义的社会氛围中，主张人道主义的白桦派文学一度时兴。白桦派的代表人物是武者小路实笃、志贺直哉、有岛武郎和里见弴。武者小路实笃的代表作有《幸运的人》（1911）和《友情》（1919），志贺直哉的代表作则有《和解》《在城崎》（皆为1917）、《暗夜行路》（1921—1937）等，有岛武郎的代表作是《一个女人》（1919），里见弴的代表作是《多情佛心》（1922）。志贺直哉同时又是日本私小说与心境小说的代表作家，其创作被当作纯文学之典范，对同时代的年轻小说家产生过很大的影响。

大正时代（1912—1926）中期开始，以《新思潮》为活动中心的新现实主义代表作家有受前辈作家夏目漱石和森鸥外影响的芥川龙之介、菊池宽、山本有三和久米正雄等。大致同期，另有一批作家被称作奇迹派或新早稻田派，如广津和郎、葛西善藏、宇野浩二、嘉村礒多，多为"私小说"作家。1920年6月前后至1935年是日本现代主义文学和无产阶级文学并存期。第一次世界大战后兴起于欧洲的达达主义、未来主义和表现主义文学技法传到日本，冲击了日本小说家坚守的平板化的写实主义和艺术至上主义。以横光利一和川端康成为代表的新感觉派，对传统文坛的个人主义写实持批判态度。横光利一将某种电影化手法运用于小说《蝇》（1923）的创作，又在1935年刊出重要论文《纯粹小说论》，在"观察自我的自我"之必要性上设定了所谓"第四人称"。川端康成则于1935年开始创作其代表作《雪国》，展现了独具一格的审美意识。另一个现代主义文学流派叫新兴艺术派俱乐部，两位别具特色的作家是继承了"私小说"传统的梶井基次郎和井伏鳟二，前者的代表作是《柠檬》（1925），后者是《山椒鱼》（1929）。新感觉派的继承者则是新兴艺术派解体后留下业绩的堀辰雄与新心理主义的伊藤整。前者的代表作是《圣家族》（1930）和《起风了》（1938），后者主要业绩在文学史和文学批评方面。两人尝试了受乔伊斯和普鲁斯特影响的精神分析或揭示深层心理的艺术表现。 同期具有影响力的批评家小林秀雄，据称确立了日本近代批评的形态。 在特定的政治、历史、文化背景下，1921 年小牧近江创刊了《播种人》杂志，无产阶级文学潮流兴起，代表作家是小林多喜二（《蟹工船》1929）、德永直（《没有太阳的街》1929）、宫本百合子、叶山嘉树、中野重治、佐多稻子、壶井荣（《二十四只眼睛》1951）等。 无产阶级文学评论方面的代表人物是藏原惟人和宫本显治。

如前所述，本篇总序并非文学史描述，但与文学史又有着密切的关联。 选择这种近似于文学史的描述，目的在于示明本系列选题的基本范围。 在此范围之内的皆有被选择的可能性，但并非所有的作品都会被纳入选题。 初拟选定的时间下限为 1970 年。必须强调的是，二战后的"战后派"文学也有很大影响力，杰出的作家有武田泰淳、埴谷雄高、野间宏、加藤周一、大冈升平、三岛由纪夫、安部公房、井上靖、岛尾敏雄、梅崎春生等，影响力一直延续到二十世纪末。 战后派重要的小说作品有大冈升平的《俘虏记》（1948）和《野火》（1952）、三岛由纪夫的《假面的告白》（1949）和《金阁寺》（1956）、安部公房的《墙壁》（1951）等。 日本"战后派"有第一次战后派、第二次战后派、第三次战后派之分，"第三新人"便是第三次战后派。 具有一致性的代表作家有安冈章太郎、吉行淳之介、远藤周作、小岛信夫、庄野润三、阿川弘之等。 在"第三新人"之后登场的新人作家是大江健三郎、开高健、江藤淳和北杜夫等。 此外，二战后还出现了一批引人注目的女作家，有野上弥生子、宇野千代、林芙美子、佐多稻子、幸田文、圆地文子、平林泰子、濑户内晴美、田边圣子、有吉佐和子、山崎丰子等。毋庸置疑，当时处于文坛中心的川端康成乃别样的文学存在，陆续发表的重磅力作有《千只鹤》（1949）、《山音》（1954）、《睡美人》（1961）和《古都》（1962）等。其他文坛元老的创作则有谷崎润一郎的《钥匙》（1956）和《疯癫老人日记》（1962）、井伏鳟二的《黑雨》（1966）等。同期其他重要作品有安部公房的《砂女》（1962）、《燃烧的地图》（1967）等，大江健三郎的《个人的体验》（1964）、《万延元年的足球队》（1967）等，井上靖的《敦煌》（1959）、《俄罗斯国醉梦谭》（1968）等。1968年，川端康成荣获诺贝尔文学奖；1970年，三岛由纪夫在日本自卫队的市谷驻地剖腹自杀，同年四部曲《丰饶之海》完稿。其他战后派作家的代表作品有岛尾敏雄的《死棘》（1960）、梅崎春生的《幻化》（1965）、大冈升平的《莱特战记》（1971）、中村真一郎的《赖山阳及其时代》（1971）、野间宏的《青年之环》（1971）等。再往后出现"内向的一代"，代表作家是古井由吉、后藤明生、黑井千次、日野启三等。二战后不同文学类型的作家还有历史小说家司马辽太郎、陈舜臣、伊藤桂一，推理小说作家松本清张、水上勉、西村京太郎、森村诚一，被称作科幻小说作家"御三家"的星新一、小松左京、筒井康隆，以及言情作家渡边淳一等。渡边淳一是一个特殊的存在，在他这个文类或领域，可谓空前绝后。1970年他的小说《光与影》荣获日本通俗文学大奖直木奖，1995年他的长篇小说《失乐园》在日本引发"失乐园"热，2003年获菊池宽奖。二战后出生的首获芥川奖的作家中上健次，获奖作品是《海角》（1975）、《枯木滩》（1977）。此外1979年获野间文艺新人奖的津岛佑子（太宰治次女），1976 年获得芥川奖的村上龙以及至今拥有无数读者的村上春树，都是二十世纪七十年代后不可忽视的文学作家。二十世纪末至今受到关注的作家，还有岛田雅彦、池泽夏树、笙野赖子、多和田叶子、山田咏美、吉本芭娜娜等。1986 年获得"文学界"新人奖片山恭一亦值得注目，代表作是《在世界中心呼唤爱》，这也是迄今为止日本销量最高的单行本小说。当然，二十世纪七十年代以后的作家作品，除少数例外，一般不会纳入本经典系列的选题中。

近年以来，青岛出版社在日本文学的翻译、出版方面业绩斐然，此次的日本文学经典名家名作名译系列更是一个大胆且富有创意的构想。前面拉拉杂杂提到日本自古以来重要作家的重要作品（主要是小说类），但本经典系列的初衷并不是要将所有经典全部刊出，也不期望一次性出齐所有入选系列的经典译著。成熟的经典译著拟分辑先后刊出，分批次陆续将一些名家翻译的日本文学经典作品列入出版计划。现已纳入出版计划的有周作人译《枕草子》（清少纳言）、陈岩译《奥州小路》（松尾芭蕉）、文洁若译《五重塔》（幸田露伴）、高慧勤译《舞姬》（森鸥外）、林少华译《我是猫》（夏目漱石）等。既然是从古到今的日本文学经典，《万叶集》（例外，不是小说）和《源氏物语》必不可少。但是有时，名家翻译也会出现这样那样的问题，尤其是无法解决的版权问题。所以，尽管竭尽全力选择最为合适的译者重新翻译，挑战性也很大。不敢说超越前辈，至少争取规避前辈翻译家遭遇过的难点或困境，在尊重经典、准确翻译的基础上，尽力推出具有自己文体风格的优秀的译作。我们知道，在 1983 年的日本文学研究会第三届全国年会上，在学会法人、学会副会长李芒先生的带领下，诸多前辈学者、翻译家、出版家曾确立过一个庞大的翻译出版选题计划——从古到今的"日本文学大系"。当时，众多国内一流的出版社参与了这个选题计划，但遗憾的是这项庞大的计划没有付诸实施。毫无疑问，这项计划与青岛出版社目前的经典选题系列不同，后者并不奢望一举成功、无一遗漏地推出所有的经典名著。经典的定义，亦仁者见仁，智者见智。想必这样的方式更具灵活性，时间不受限制，选题上也依照主编个人化的选定标准。经典名著的判定标准理应是文学史上已有定论的作家作品，当然也要兼顾主编相对主观的判定。总之，本文学经典系列是一个具有灵活性的优良架构，我们会陆续将成熟的日本文学经典名家名作名译装进箩筐，希望在金秋收获的时光为国家的文化事业贡献一份力量。

魏大海
二○二○年金秋十月

译序

　　和歌又写作"倭歌"，是相对于"汉诗"（用汉语创作的定型诗）而言的，特指"日本诗"，是日本特有的诗歌形式。和歌以抒情为主，日本第一部敕撰和歌集《古今和歌集》（成书于905年）的《假名序》说明了和歌这一本质："和歌以人之情感为本，成就万千语言……。闻枝头黄莺鸣啭、水中蛙声，世上一切有生命之物皆可咏为和歌。和歌无须使用力量便可感天地，泣鬼神，和男女之睦，柔勇猛武士之心。"（笔者译）其实在和歌出现之前，日本就已经有了歌谣这种诗歌形式，它产生于人们的日常劳作、恋爱以及祭祀等活动中，多为集体创作，有很强的民谣特征。《古事记》和《日本书纪》中记载了大约190首歌谣，这些歌谣被称为"记纪歌谣"，和歌便是由歌谣发展而来的。正如我国的诗歌有五言七言、绝句律诗之分一样，和歌也有多种形式。最常见的是短歌，以5、7、5、7、7为创作形式，即5个音节、7个音节……最后以7个音节结尾，共31个音节，短小精悍，多抒发个人情感。其次是长歌，形式为5、7、5、7……5、7、7，主要用于与公务有关的各种正式场合的和歌创作。长歌后面通常附有一两首短歌，称为"反歌"。另外，还有旋头歌、佛足石歌等。旋头歌的形式为 5、7、7、5、7、7，多用于问答歌的创作。佛足石歌的形式为 5、7、5、7、7、7，因刻在奈良药师寺的佛足石歌碑上而得名，《万叶集》中只有一首。在和歌发展的过程中，长歌、旋头歌和佛足石歌逐渐退出了和歌创作的历史舞台。

《万叶集》成书于奈良时代（710—784），由大伴家持参与编撰，是日本现存最古老的和歌集。《万叶集》共二十卷，收录了 4516 首和歌，其中大约三分之一的和歌作者不详。署名的作品中最早的是卷一·85—88，磐姬皇后所作的 4 首和歌。磐姬皇后是四世纪末到五世纪前半叶在位的仁德天皇的皇后，这样算起来，《万叶集》收录了四世纪到八世纪中期的作品。其中，《万叶集》中的和歌主要是创作于七世纪前期到八世纪中期大约 130 年间的作品。作者上至天皇皇族、贵族官宦，下至平民百姓、僧侣游女、戍边防人等。内容分三大类：杂歌、相闻歌、挽歌。杂歌的题材范围很广，包括颂扬天皇、赞美京城、行幸游宴、狩猎羁旅、风物感慨等。许多作品是在宫廷活动或其他集体活动中所作。杂歌从数目上讲虽然没有相闻歌多，但在各卷的排列中均在相闻歌和挽歌之前，说明在《万叶集》编撰者的意识里，杂歌的地位居三大类之首。相闻歌多以恋爱为题材，以男女互赠的和歌为主，也有以亲情、友情为内容的作品。相闻歌是《万叶集》中收录最多的一类和歌。挽歌，顾名思义，就是哀悼死者的和歌，《万叶集》的挽歌中还包括了作者为自己所作的辞世歌以及在传说人物的坟冢前所作的和歌。挽歌在《万叶集》中所占比例最少，有 200 余首。此外，还有的卷将这三大类和歌分别按四季进行排列，有春杂歌、夏杂歌、春相闻、夏相闻等。《万叶集》和歌的艺术表现形式主要有 4 种。"寄物陈思"是将心情寄托在某个物象上表现出来的创作手法，一般以"寄～"为题。"正述心绪"是将感情直截了当地表达出来。"咏物歌"用以歌咏四季风物以及自然景物，多以"咏～"为题。"譬喻歌"通过比喻的修辞手法来表达情感。

《万叶集》中的和歌创作主要分为 4 个时期。第 1 期，舒明天皇即位（629 年）到壬申之乱（672 年），这是《万叶集》和歌创作风格的萌芽期。最具代表性的歌人是女歌人额田王，此外，主要歌人还有舒明天皇、天智天皇、镜王女等。这一时期的和歌与宫廷礼仪、民间习俗相关的内容较多，有些还保留着古代歌谣的特点。第 2 期，壬申之乱以后到迁都平城京（710 年），这是《万叶集》和歌创作风格的完成期。这一时期具有代表性的歌人是柿本人麻吕和高市黑人。柿本人麻吕是《万叶集》中最卓越的歌人，被后人誉为"歌圣"。此外，还有天武天皇、持统天皇、大津皇子、大伯皇女等为数不少的天皇皇族歌人。与第 1 期相比，这一时期的和歌创作更加成熟，长歌这一形式也在柿本人麻吕的创作中得以完善。第 3 期，迁都平城京到 733 年，涌现出了一批极具个性的优秀歌人。代表歌人有擅长描写自然景色、与柿本人麻吕同被称作"歌圣"的山部赤人，长于抒发情感的大伴旅人，关心底层民众疾苦的山上忆良，从传说中发掘创作题材的高桥虫麻吕以及咏叹出女性悲情的大伴坂上郎女等。这一时期的作品积极汲取来自中国文学的营养，极大丰富了《万叶集》这一文学宝库。第 4 期，733—759 年，代表歌人有大伴家持、大伴池主、纪女郎以及田边福麻吕等。这一时期的和歌更加细腻优美，使《万叶集》更加绚烂多彩。

《万叶集》对其后的日本文学产生了极大影响。不仅是和歌，其影响还扩大到物语文学以及后来的谣曲，直至江户时期的国学研究都与《万叶集》有着密不可分的关系。此外，《万叶集》中使用的用汉字标记日语音节的"万叶假名"在平安时代演变为假名，使日本有了自己的文字。因此，可以说《万叶集》是奠定日本文化基调的重要文学作品之一。《万叶集》作为日本现存最古老的和歌集，一直受到日本人的喜爱。2019 年 5 月 1 日，日本把年号"平成"改为"令和"。"令和"出自《万叶集》卷五·"梅花歌三十二首并序"的"序"中，使得《万叶集》在二十一世纪备受关注。《万叶集》里的 4500 多首和歌不仅向我们展示了古代日本人丰富的情感世界，还成为我们了解古代日本社会、文化、生活、民俗的宝贵资料。为了使我国读者对《万叶集》有个较全面的了解，笔者从每卷中选择翻译了大约 10% 的作品，共计 443 首。选择标准有三：一是著名的、历来受到日本人喜爱的和歌；二是各卷中具有代表性的作品；三是可以从中了解到古代日本民俗（比如已经不复存在的、古老的占卜以及俗信）的和歌。注重《万叶集》作为史料的价值，有意识地选择这类和歌是本译著不同于其他《万叶集》选译本的独到之处，也是本书的特点之一。

和歌包含歌体（形式）、歌意（内容）、歌境（意境）三个要素。由于日汉语言的不同，要把歌体如 5、7、5、7、7 这样的形式忠实地再现在和歌的汉语翻译中是不现实的，也是不可取的。翻译的终极目标是将原作的内容准确地传达给读者，让读者感受到原作的意境，同时又能体会到阅读的快感。为了达成这个目标，笔者在翻译时注重歌意和歌境的准确性，采用了灵活的句式和形式，避免使用晦涩的词汇，以求做到易懂。另外，虽然没有注重平仄押韵的规则，但也尽量做到使译文有节奏感、音韵感，使读者在阅读的时候有读诗的感受。为了让读者更好地了解原作、欣赏和歌，笔者还在每首和歌的译文后面附加了"评注"。除了对作者、作品的创作背景、文化习俗等方面的介绍以及笔者自身对作品的评论以外，评注中还介绍了日本一些著名学者、歌人、翻译家的观点以及他们对《万叶集》作品的解读。此外，还有一些与中国古典文学主要是诗歌的比较，并对和歌创作中常见的"枕词""挂词""序词"等修辞手法做了相应的介绍。这是本译著不同于其他《万叶集》选译本的又一个特点。

《万叶集》最初的文本早已不复存在，但从平安时代起，《万叶集》的写本、刊本有不下几十种。日本现当代出版发行的各类《万叶集》注释本、现代日语译本也至少有十几种。在众多的注释本中，笔者选择了由佐竹昭广、山田英雄、工藤力男、大谷雅夫、山崎福之校注的《万叶集》（共 5 卷，岩波书店，2015—2016）作为"原著"，本译著中的和歌均从这一版本的《万叶集》中选译。《万叶集》的和歌早在上世纪二十年代就被译介到了我国，现在更是有多种全译本及选译本。希望这本《万叶集》译著能给读者带来一丝新鲜的气息。

刘小俊
2022 年春节前夕于日本京都

目　录

卷一

　　《万叶集》开篇之卷，共收录有84首杂歌，其中长歌16首，短歌68首。卷头是被视为古代天皇象征的雄略天皇的作品，卷尾是长皇子的和歌。此卷按年代顺序排列，收录了由雄略天皇（五世纪后半叶在位）时期到元明天皇（707—715年在位）时期大约230年间各朝代的和歌，是《万叶集》中的早期作品，有些还保留着古代歌谣的特点。作品内容以宫廷仪礼歌、天皇行幸歌为主。主要歌人除各代天皇、皇子、皇女外，还有额田王、柿本人麻吕、高市黑人等。现选译9首呈献于此。

杂歌

雄略天皇 ①

[1②]

精美竹篮

提在手

上好泥铲

持于掌

年少女郎

采撷春芽

在此岗

问尔家何处

问尔名是谁

青天大和国

皆尊吾为皇

在此国土上

独听吾号令

便由吾告尔

吾名吾住处

评注

　　雄略天皇，生卒不详，是《古事记》和《日本书纪》中记载的日本第 21 代天皇，五世纪后半叶在位，被学界认为是

---

① 和歌的作者。
② 和歌的编号。

考古学上可以确定的第一个天皇，《万叶集》中收录有 2 首和歌。《万叶集》的编者选择将雄略天皇的和歌作为全 20 卷的开篇之作，足以说明对处于奈良时代（710—784）末的他们来说，雄略天皇是具有划时代意义、具有代表性的古代天皇。这是一首古老的和歌，也是长歌，但并没有遵循 5、7、5、7……5、7、7 的形式，其语言质朴，还保留着歌谣的痕迹。在当时，询问女子的住址和名字等同于求婚，因此这首和歌也可看作是一首求婚歌。不过，关于这首和歌是否为雄略天皇所作，还有其他观点。日本著名的《万叶集》研究学者中西进指出，《古事记》中有 6 段"雄略物语"，可分为两类。一类是"求婚物语"，另一类是"雄略赞美物语"。这首和歌从"精美竹篮，提在手"这样质朴的语言看，很可能是流传于民间的歌谣。而"青天大和国"后面的诗句又显示了大和统治者的威严。因此，这首和歌并非雄略天皇所作，而是民间歌谣被用于"雄略物语"的结果。[①]

中皇命

[10]　　　　　　君寿吾命

焉能预知有多长

岩代之岗

撷草打结祈安康

---

① 参见中西进著《用古代史欣赏万叶集》（角川索菲亚文库，2019 年 4 月）。以下中西进的观点均参见此书。

评注

中皇命，生卒不详。飞鸟时代（593—710）的歌人，《万叶集》中收录有长歌1首，短歌4首，共5首和歌。有关其身世众说不一，一说是齐明天皇（日本第35代天皇，642—645年在位），一说是间人皇女（日本第34代天皇舒明天皇之女，？—665），《万叶集》中收录有1首长歌和4首短歌。从歌题中看，中皇命在《万叶集》中并未被当作天皇记载，因此，是后者的可能性更大。这首和歌是作者离开京城后在纪温泉（今和歌山县一带）所作，是祈求平安的和歌。"岩代"是地名，在纪温泉的北边。日本古代有用草或松树枝打结祈祷旅途平安的习俗，最后一句中的"撷草打结"即是此意。"君寿""吾命"在原文中分别是"君が代"（KIMIGAYO）、"我が代"（WAGAYO），"代"在古典日语中有"生涯、一生"的意思。"君"指谁不详，有可能是指自己的丈夫。

额田王

[16]
春若到

不鸣鸟儿始鸣啭

未开花朵亦绽放

怎奈何

树木茂密难入山

草深无法将花撷

观秋山

摘来红叶赏悦目

放下绿叶一声叹

留遗憾

仍觉秋山美一筹

评注

  额田王，生卒不详。飞鸟时代（593—710）的皇族，《万叶集》早期歌人。一说为大海人皇子（后为天武天皇，日本第 40 代天皇，673—686 年在位）的妃子，并生下十市皇女，后又入大海人皇子之兄天智天皇（日本第 38 代天皇，668—671 年在位）的后宫。《万叶集》中收录有 13 首和歌。由这首和歌的序可知，天皇诏内大臣藤原朝臣，令其"竞怜春山万花之艳，秋山千叶之彩"，即说说春天和秋天的景色哪个更美时，额田王作此和歌发表了自己的意见。她认为秋之彩更胜春之艳。在中国文学中，秋天是令人感到悲伤的季节，"悲秋"是中国古典文学的一大主题。受中国文学的影响，"悲秋"也成为日本古典文学的一个主题。但在《万叶集》的时代尤其是早期，日本文学尚未形成"悲秋"的观念，这首和歌可以说是一个例子。中西进认为，这首和歌把天智天皇比作春天，将天武天皇比作秋天，以此暗示天武天皇更好。由此也可见额田王对两位天皇的复杂感情。

麻续王

[24]   吾甚惜命

不顾浪打衣衫湿

伊良虞岛
采撷海藻果饥腹

评注

麻续王，又称麻绩王，生卒不详。飞鸟时代七世纪末的皇族，《万叶集》中只留下2首和歌。这首和歌的前一首，即第23首题为"麻续王流于伊势国伊良虞岛之时，人哀伤作歌"，而这一首则题为"麻续王闻之感伤和歌"。并且，这首和歌的左注提到，《日本书纪》记载天皇四年（指天武天皇四年，675年）四月十八日，三位麻续王获罪被流放到因幡国（今鸟取县东部）。一子被流放到伊豆岛，另一子则被流放到血鹿岛（今长崎县的五岛列岛及平户岛）。然而这首和歌中的伊良虞岛在伊势国（今三重县东南部），有可能是后人在记录这首和歌时出现的误记。但无论地名错误与否，这首和歌无疑是在流放地所作，字里行间流露出悲伤之情。日本著名短歌歌人、精神医学专家斋藤茂吉（1882—1953）从《万叶集》的短歌中选择了360多首日本人须知的作品，把它们编成《万叶秀歌》，于1938年出版，至今已印刷发行近百次，对普通读者及日本学术界都产生了很大影响。斋藤茂吉将这首和歌选入《万叶秀歌》，认为这是一首饱含深切悲情的和歌，尤其是第一句包含了作者的主要情感。

持统天皇

[28]　　　　　　春去夏来临
百姓纷纷晒衣衫

天之香具山

点点白色映眼帘

评注

　　持统天皇，日本第 41 代天皇（690—697 年在位），日本历史上第 3 位女性天皇，《万叶集》中收录有 6 首和歌。香具山在今奈良县内，传说是从天而降，因此又称"天之香具山"。它与亩傍山、耳成山并称"大和三山"。这是一首自古以来就非常著名的和歌，被后人收入《新古今和歌集》及《小仓百人一首》。《小仓百人一首》由镰仓时代初期的著名歌人藤原定家在京都的小仓山庄所编撰，他从古今（当时）100 名杰出歌人的作品中各选出 1 首，编成"秀歌选集"，对日本平民阶层的和歌欣赏产生了极大影响。直到今天，日本还有一种游戏，就是将这 100 首和歌的上句和下句分别写在两张纸片上，然后开展一对一比赛，裁判念出上句，参与者马上选出写有下句的纸片，快者得分。这个游戏甚至还成为一项竞技活动。在这首和歌中，山的翠绿和衣的洁白交相辉映，使人仿佛感到初夏的清新气息扑面而来。斋藤茂吉称赞这是一首非常写实的作品，并将其选入《万叶秀歌》。

高市古人

　　[32]　　　　　　是否因成古人

　　　　　　　　　望乐浪旧都

　　　　　　　　　不禁悲从心来

评注

高市古人，生平不详。原文有注说明此和歌的作者或为高市连黑人。高市连黑人，即高市黑人，生卒不详，是活跃在飞鸟时代持统天皇、文武天皇两朝时期的歌人，《万叶集》中收录有18首和歌。667年，以大化改新著称的中大兄皇子迁都近江大津，次年，在那里正式即位为天智天皇。但天智天皇死后，新都不到6年就成了荒都。《万叶集》卷一中有一组悲叹近江旧都的"近江荒都歌"，这首和歌就是其中一首。乐浪旧都即近江京（大津京）。在这首和歌中，作者将悲伤的原因归结于自己已经是古人即过去时代的人，看似主观的理由中透露着作者对自我的审视。

柿本人麻吕

［36］　　　　　圣明吾皇

统天下

泽国八方

尽数多

吉野之国

中圣意

秋津原上

花散落

山青水绿

傍河边

吾皇在此

筑宫殿

雄柱起巍峨

宫人结伴至

朝河浮舟渡

晚夕竞舟归

如川流不息

似山高莫测

河畔美离宫

百看不知厌

评注

　　柿本人麻吕（655？—708？），飞鸟时代的歌人。柿本人麻吕是《万叶集》中最卓越的歌人，与山部赤人一同被后人称作"歌圣"，也被认为是完善了长歌这种艺术形式的歌人，《万叶集》中标明出自《柿本人麻吕歌集》的和歌就有365首之多。收录在卷一、卷二中的作品均是柿本人麻吕为宫廷的各种仪式所作的"仪礼歌"。这些和歌或赞美天皇，或哀悼皇族之死，当然也不乏他在宫廷上应诏所咏的作品。因此，他又被认为是一名宫廷歌人。这首长歌是被称为"吉野赞歌"中的一首，看似感叹吉野离宫之美，实则是对天皇大加赞美。因此，它也是一首典型的赞美天皇的和歌。吉野离宫在今奈良县内吉野川畔。

忍坂部乙麻吕

[71]　　　　　　思恋大和

夜深辗转难成眠

沙洲野鹤

岂能无情啾啾鸣

评注

　　忍坂部乙麻吕，生卒不详，飞鸟时代的官吏。706 年文武天皇行幸难波宫（今大阪市中央区法圆坂町一带）时，他曾随行。《万叶集》中只收录有这 1 首和歌。大和也称大和国（今奈良县），是飞鸟时代的国都所在地，于贵族、官吏而言可谓故乡。这首和歌是忍坂部乙麻吕随文武天皇行幸难波宫时的作品，散发着淡淡的旅愁和乡愁。在《万叶集》及古典和歌中，"鹤鸣"常被用来表达因思念故乡、亲人而产生的忧愁。作者借"鹤鸣"这一意象表达了思乡之情。这首和歌中的"无情"是"无视别人的心情，没有同情心"的意思。

长皇子

[84]　　　　　　眼望高野原

心驰秋季来临时

雄鹿来此地

呦呦鸣叫思妻切

评注

　　长皇子（？—715），也称长亲王，天武天皇之子，母亲是天智天皇之女大江皇女，《万叶集》中收录有5首和歌。这首和歌是长皇子在宴会上所作，是卷一的收卷作品。堂兄弟志贵皇子（？—715，天智天皇之子）也参加了宴会，是否作和歌仍待考证。高野原可能在今奈良市佐纪町的北方。秋季是鹿的交尾期，原野上常传来鹿鸣声。古代日本人认为这是雄鹿呼唤配偶的叫声，于是频频将"鹿鸣"当作思念妻子或恋人的意象咏入和歌作品。岩波文库《万叶集》①援引《诗经·小雅·鹿鸣》中的诗句，认为二者可能有关联。所不同的是，《诗经·小雅·鹿鸣》中的"鹿鸣"表现的是友情，这首和歌中的"鹿鸣"表现的是爱情。

---

① 佐竹昭广、山田英雄、工藤力男、大谷雅夫、山崎福之校注，共5卷，岩波书店，2015—2016。以下有关岩波文库的观点或注释皆参见此书。

卷二

　　此卷收录有相闻歌 56 首（长歌 3 首，短歌 53 首），挽歌 94 首（长歌 16 首，短歌 78 首），共 150 首和歌。相闻歌部以仁德天皇的皇后磐姬的作品开卷，以与柿本人麻吕相关的一组和歌结尾，其中有冠以“《古事记》曰”的古老的恋歌，也有皇家氏族们的赠答歌。挽歌部以齐明天皇时代有间皇子的作品开头，临近卷末，收录了柿本人麻吕所作的 20 多首挽歌。这样的排列足以说明柿本人麻吕作为歌人的地位和成就。现选译 15 首呈献于此。

相闻歌

磐姫皇后

[88]
　　　　　秋田稻穗

　　　　朝雾笼罩久不散

　　　　　心如此雾

　　　　思君之念何时休

评注

　　磐姫皇后，生卒不详，日本第16代天皇仁德天皇（四世纪末至五世纪前半叶在位）的皇后。据《古事记》和《日本书纪》记载，她忌妒心极强。《万叶集》中收录有5首和歌。这首和歌是磐姫皇后因思念远去行幸久而不归的天皇所作一联4首和歌中的第4首，最后一句"何时休"也被解读为"去向何方"。但无论"何时休"抑或"去向何方"，都表现了作者因强烈的思念所产生的忧郁之情，而笼罩在稻穗上的蒙蒙朝雾正是作者心情的写照。虽然学界普遍认为这一联4首和歌是后人所作，但因冠名为磐姫皇后，所以这首和歌从作者角度看是《万叶集》中最早的作品，也被斋藤茂吉选入《万叶秀歌》。

天智天皇

[91]
愿吾家
在此大和大岛岭
心所念
皆为眺望情妹家

评注

　　天智天皇（626—671），日本第 38 代天皇，668—671 年
在位，《万叶集》中收录有 4 首和歌。这首和歌题为"天皇赐
镜王女御歌一首"。大岛岭所在不详，从"大和大岛岭"来判
断，应是今奈良县内的一处山岭。天皇希望这座山岭上也有
一个自己的家，这样居高远眺，就可以时刻看到心上人住的地
方。有关大和大岛岭上的"家"，岩波文库《万叶集》认为它
是天智天皇心中想有的"家"，而日本已故的著名短歌歌人、
学者洼田空穗则认为是镜王女家的所在地①。笔者采信了前者。
在这首和歌中，天皇没有用"宫"或者"殿"，而是用"家"
来表示自己的住处，使读者感到一种淳朴之风扑面而来。这
首和歌也被选入《万叶秀歌》。

---

① 参见《万叶集评释》（共 11 卷），东京堂出版，1984—1987。以下有关洼田空穗的观点、
学说皆参见此书。

镜王女

[92]　　　　　　　　秋山树下

流水未现亦湍急

心怀思恋

我情切切更胜君

评注

　　镜王女（？—683），身世不明。一说是额田王的姐姐。因其陵墓在舒明天皇（日本第34代天皇，629—641年在位）的皇陵内，又被认为是舒明天皇的皇女。她曾受天智天皇宠爱，后来成为日本古代豪族藤原氏的始祖藤原镰足（614—669）的正妻。这首和歌是镜王女为回赠天智天皇所作。她将自己的感情比作被茂密的树木遮挡住的流水，虽不露于表面，但内心激情澎湃。斋藤茂吉将这首和歌与上一首天智天皇创作的和歌一同选入《万叶秀歌》，并认为最后一句韵味十足，甘美无限。

藤原镰足

[95]　　　　　　　　安见儿

众人想得皆不能

唯有吾

迎娶美丽安见儿

藤原镰足（614—669），飞鸟时代的贵族、政治家，日本古代豪族藤原氏的始祖，大化改新的重要人物，《万叶集》中收录有 2 首和歌。这首和歌题为"内大臣藤原卿娶采女安见儿时作歌一首"。采女是献给天皇的地方豪族的女儿，主要负责打理天皇、皇后的膳食等身边事物，是宫廷女官，一般不被允许嫁人。然而作者却得以娶到身为采女的安见儿，欢喜之情跃然纸上，读者甚至能感受到他的得意扬扬。在短短的三十一个音节中，作者用了两次"安见儿"，更渲染了这种气氛。斋藤茂吉将这首和歌选入《万叶秀歌》并指出，这首和歌单纯明快，没有拙笨的技巧，它的直截了当打动了读者的心。因此，这首和歌自古就被认为是秀歌。

天武天皇

[103]　　　　　　　吾乡此时

大雪纷纷从天降

古僻大原

还待时日在吾后

评注

天武天皇（？—686），日本第 40 代天皇，673—686 年在位，《万叶集》中收录有 6 首和歌。他的皇后鸬野赞良成为后来的持统天皇。这首和歌是他赠给回乡的藤原夫人的。大原在今奈良县内。在日语中，降雪的"降る"与古旧的"古"发音相同，均为 FURU。这首和歌巧妙地运用谐音，调侃夫人所在的大原落后偏僻，连雪都比京城下得晚。斋藤茂吉将这首和歌选入《万叶秀歌》，称它虽然是一首即兴游戏歌，但却透着亲切感。像这样语气直接的赠答歌，在之后的和歌中已经很少看到了。

藤原夫人

[104]　　　　　　我乡岗上

　　　　　　水神专司降雨雪

　　　　　　听妾进言

　　　　　碎片细雪飘君乡

评注

　　藤原夫人，生卒不详。藤原镰足之女，天武天皇的夫人，在天武天皇死后成为异母兄长藤原不比等的妻子，《万叶集》中收录有 2 首和歌。夫人是次于妃的称号。这首和歌是藤原夫人对天武天皇赠歌的即兴回赠。面对天武天皇的调侃，藤原夫人也充分发挥了即兴作歌的才华，回复道："是我让水神降的雪。我这里的雪更加壮观，你看到的只不过是从这里飘过去的碎片而已。"这一赠一答机智诙谐，也反映出两人之间融洽的关系。这首和歌同样被选入《万叶秀歌》。

但马皇女

[114]　　　　　　秋田稻穗

　　　　　成熟相依向一方

　　　　　　愿伴君旁

　　　　何惧流言蜚语谤

评注

　　但马皇女（？—708），天武天皇之女，与高市皇子、穗积皇子为同父、母亲各异的兄妹。《万叶集》中收录有4首和歌。她先是住在高市皇子的宫中，之后与穗积皇子结合。有学者认为，她虽然住在长兄高市皇子的宫中，但二人只是兄妹关系。这首和歌题为"但马皇女在高市皇子宫时，思穗积皇子御作歌一首"，表达了作者对穗积皇子的思恋以及对爱情的大胆追求。《万叶集》所收录的但马皇女的4首和歌中，114—116均为思念穗积皇子所作，另外一首也是以恋爱的烦恼为题材的作品，可见但马皇女对穗积皇子的感情之深。

石川女郎

[126]　　　　　　听闻君

　　　　最是倜傥风流士

　　　　　深夜访

　　　　　不得留

原是愚钝风流士

评注

　　石川女郎，也称石川郎女，生卒不详，奈良时代（710—784）的女歌人。《万叶集》中收录有8首作者为石川女郎（石川郎女）的相闻歌，但所赠对象上至大津皇子（663—686，天武天皇之子），下至久米禅师（生卒不详，飞鸟时代的歌人）、大伴田主（生卒不详，奈良时代的歌人），因此有人认为这些并非同一作者所作。这首和歌是石川女郎赠给大伴田主的。在实行走婚制的奈良时代，均为男子上门向女子求婚。然而这位女子却自己找上了门，而且还被拒绝了。她羞恨交加之余写下了这首和歌。这首和歌的左注交代了创作的来龙去脉，读来很有趣。虽然有些长，但还是想在此介绍给读者。根据左注记载，大伴田主，字曰仲郎。容姿佳艳，风流秀绝，所见所闻之人无不感叹。时有石川女郎，自成双栖之感，恒悲独守之难。意欲送书信，却无好信使。于是，施计谋，扮作贫贱老妪，提锅来到田主门前。她步履蹒跚，声音嘶哑，敲门道："我是东邻贫女，能否借火一用？"黑暗中，田主未能看出对方是乔装打扮的，于是把火借给她，并送她原路返回归。翌晨，女郎羞自做自媒，恨传情未果，作此和歌赠予田主。另外，接着这首和歌的第127首便是田主的回赠：吾乃风流士，不留汝，此乃真风流。这首回赠和歌机智幽默，也从另一面向我们展示了奈良时代的婚姻制度。

挽歌

有间皇子

[141]
岩代滨松
采枝打结祈平安
如得回还
路经此地再相见

评注

　　有间皇子（640—658），孝德天皇（日本第36代天皇，645—654年在位）之子，《万叶集》中仅收录有2首和歌。这首和歌是"有间皇子自伤结松枝歌二首"中的一首，"自伤"即自己悲伤之意。658年，有间皇子趁齐明天皇（日本第35代和第37代天皇，分别于642—645年、655—661年在位）去纪伊（今和歌山县全域及三重县部分地区）行幸期间密谋夺权，不幸遭到出卖被捕。这首和歌是他在被押送至纪温泉受审的途中所作，岩代是前往纪温泉途中的地名。采集松枝打结或用草打结祈求平安是当时日本的一种风俗，在卷一•10中也有体现。不幸的是，有间皇子在作了这首和歌后没几天就被绞杀，再没能看到自己亲手打结的松枝，当时年仅19岁。这首和歌被放在卷二•挽歌部的开头，足见皇子的悲剧和这首和歌打动了后人的心。中西进指出，无论是有间皇子还是齐明天皇，抑或是杀害了有间皇子的中大兄皇子（天智天皇），他们都置身在残酷的"杀戮史"中，从而成为悲歌的作者，让

22

读到这些和歌的人们为之唏嘘。这首和歌告诉我们，《万叶集》中不仅有相闻歌歌咏的爱情，也可以看到这样的历史悲剧。这首和歌被选入《万叶秀歌》。

额田王

[151]　　　　　若早知此

大君御船停泊处

结绳固之

便无今日心中悔

评注

这首和歌是"天皇大殡之时歌二首"中的一首，天皇指的是天智天皇。在这首和歌以及之后的第 152 首和歌中，御船都是指天皇，御船离去暗喻天皇之死。不仅这两首，天智天皇的倭皇后所作的第 153 首和歌也将天皇的逝世比作船离开近江海（琵琶湖）。关于这一点，洼田空穗认为，这是因为在作者与天皇往日众多的回忆中，近江海上浮舟游览是给她们留下深刻印象的一幕。并且，她们深信天皇的离世是海上（湖上）的恶灵作祟，因此用了这样隐晦比喻的手法来表达心中的悲伤。"大君"是对天皇的尊称。

高市皇子

[158]　　　　　棣棠开满山

欲去汲清泉

却无奈

路径无处寻

评注

　　高市皇子（654—696），天武天皇的长子，壬申之乱（672 年）时起到了重要作用，持统天皇即位后成为太政大臣，《万叶集》中收录有 3 首和歌。这首和歌是他为悼念异母妹妹十市皇女所作 3 首中的一首，并且原文左注引用了《日本书纪》的记载："七年①戊寅夏四月丁亥朔癸巳，十市皇女猝然病发，薨于宫中。"十市皇女去世的时候正值棣棠花盛开的季节，黄色的棣棠花美丽动人。有学者认为，这首和歌的第一句里隐含了一个"黄"字，而第二句中又有一个"泉"字，"黄" + "泉"即黄泉。作者想说的是，想随着妹妹一起离去，可是又找不到通往黄泉之路，借此表达深深的哀悼。

穗积皇子

[203]　　　　白雪从天降

切勿纷纷无休止

吉隐猪养冈

岂非由此更寒冷

---

① 指天武天皇七年，678 年。

评注

穗积皇子（？—715），天武天皇之子，与但马皇女，还有前一首和歌的作者高市皇子为同父、母亲各异的兄弟姐妹，《万叶集》中收录有4首和歌。《万叶集》卷一中还收录了但马皇女思恋穗积皇子的作品（114）。这首和歌的序说，冬日降雪，遥望但马皇女之墓，穗积皇子悲伤流涕，作此和歌。吉隐猪养冈在当时的都城藤原京（今奈良县内）的东边，是但马皇女陵墓的所在地。看着漫天飞雪，作者不禁发出哀叹，雪不要下得太大、太多，否则但马皇女会受冻的。穗积皇子这样的心愿里包含了他对但马皇女深深的爱怜。这首和歌被选入《万叶秀歌》。

柿本人麻吕

[208]　　　　　　秋山红叶密

吾妻赏景途中迷

意欲去寻伊

怎奈不知路何方

评注

妻子去世，柿本人麻吕泣血哀恸作长歌2首，短歌4首，这是其中一首短歌。长歌207中也提到他的妻子是在秋叶变红的季节去世的。在这首和歌中，作者将妻子的死比作她因为喜爱红叶而迷失在秋山中，又用寻妻无路来表达自己对妻子的思念，使人感受到夫妻之间温暖的爱。斋藤茂吉将这首和歌选入《万叶秀歌》并指出，把死亡比作在秋山中迷失，这种写法是将死当作生的延续，或许反映了万叶时代人们的生死观。

柿本人麻吕

[223]
　　　　　　头枕鸭山石
　　　　　　危笃卧不起
　　　　　　妻子尚不知
　　　　　　急切等吾归

评注

　　这首和歌题为"柿本人麻吕在石见国临死时，自伤作歌一首"。石见国为今岛根县一带，八世纪初，柿本人麻吕应该是在石见国任职。这首和歌及歌题一直以来被认为是了解作者生平的重要资料，但有关柿本人麻吕的死，至今都未有定论。鸭山为地名，具体在哪里不详。头枕岩石而卧在《万叶集》中是指死亡的状态。作者临终之际的伤心，不是为自己，而是为毫不知情、日夜盼望自己回家的妻子，体现了作者对妻子的爱怜。《万叶秀歌》对这首和歌的评价是：这首和歌可以说是柿本人麻吕的辞世之作，没有以往和歌中的气势，但有一种平凡、安详的悲哀。

笠金村

[230]

梓木弓

勇士持在手

拉弓向目标

高圆山

火光映天红

宛如烧春野

见此状

问行人

此乃有何事

行人泣

泪如雨落下

打湿白衣衫

住步对吾言

汝辈何以发此问

吾辈闻之放声哭

话之痛心扉

先皇神之子

今日御殡出

多少人

手持火把来送行

映红山野如所见

评注

笠金村，生卒不详，是一位活跃在元正天皇（日本第 44 代天皇，715—724 年在位）、圣武天皇（日本第 45 代天皇，724—749 年在位）两朝时期的歌人。《万叶集》中收录有长歌 11 首，短歌 34 首，共 45 首和歌。从和歌多为天皇行幸从驾之作看，他也是一位宫廷歌人。这首和歌为"灵龟元年^①岁次乙卯秋九月，志贵亲王薨时作歌"，是首长歌。志贵皇子（？—715）是天智天皇的第七个皇子，一生与皇位无缘，热衷于文化活动。"烧春野"即早春将田野里的枯草烧掉以便发出新芽的活动。这首和歌采用了作者与送葬行列里的人问答的形式，是挽歌中的新形式，并不多见。因此，笔者选择了这首和歌。这首长歌中并没有心理描写，而是通过他人的言行，通过许多送葬人手中的火把表达了对死者的哀悼，同时也体现了死者在人们心目中的形象和地位。

---

① 715 年。

卷三

　　此卷共收录有249首和歌。其中，杂歌155首（长歌14首，短歌141首），譬喻歌25首（短歌），挽歌69首（长歌9首，短歌60首）。全卷以柿本人麻吕的作品开卷，杂歌部收录有柿本人麻吕、山部赤人、高市黑人、山上忆良、大伴旅人等著名歌人的作品，而且题材丰富，极具特色。譬喻歌部以天武天皇之女纪皇女的作品开头，收录有大伴家持等《万叶集》后期歌人的作品。挽歌部以圣德太子的作品据首，是作为古和歌推出的。现选译24首呈献于此。

杂歌

柿本人麻吕

[235]　　　　　　　　大君乃神

天云雷国上

建起房屋

暂且作寝宫

评注

　　这首和歌是卷三的开卷作品，题为"天皇御游雷岳之时，柿本人麻吕作歌一首"，并且原文有左注说明，一曰是献给忍壁皇子（？—705，天武天皇之子）的。歌题中的"天皇"究竟是指天武天皇、持统天皇，还是文武天皇，说法不一，岩波书店文库本认可持统天皇一说。"大君"是对天皇及皇子、皇女的尊称。雷岳是奈良县高市郡明日香村西北部的一座小山丘。这首和歌巧妙地利用地名实现了对天皇或者说对皇族的赞美。斋藤茂吉将这首和歌选入《万叶秀歌》并指出，柿本人麻吕直率的创作态度成就了这首和歌有力的格调。

长忌寸意吉麻吕

[238]　　　　　　　　号子声

传入宫殿中

领头人

号令拉网人

评注

　　长忌寸意吉麻吕，生卒不详，是与柿本人麻吕同时代的下级官吏、歌人，《万叶集》中收录有 14 首和歌，均为短歌。这首和歌是作者随天皇出行时应诏所作。"领头人"在原作中是"海人"，从广义上讲即渔民的意思。这是一首质朴明快的和歌，虽然没有着重描写劳动的场面，但是，从海边传来的号子声使读者仿佛看到了渔民劳作的身影。

柿本人麻吕

　[266]　　　　　　　　近江海

　　　　　　　　　夕波鸻鸟鸣

　　　　　　　　　鸣声引忧伤

　　　　　　　　　思绪悲往昔

评注

　　近江海即今天的琵琶湖，古时称其为"海"。近江在今滋贺县东北部，琵琶湖东岸。667 年天智天皇迁都至此，但不到 6 年，该地就随着天智天皇的逝去成了荒都。第二句中的"夕波鸻鸟"在原文中为"夕波千鳥"，是柿本人麻吕创造的一个词语，以名词形式成为和歌中的一句。正因为这个"造语"，这首和歌得到了很高的评价。"夕波千鸟"展现了这样的景色：黄昏时分，近江海微波涟涟，鸻鸟紧贴着湖面飞翔，发出阵阵鸣叫。然而鸻鸟的鸣叫声令歌人想起近江京曾经的辉煌，不觉黯然神伤。这首和歌当之无愧地被选入《万叶秀歌》。

志贵皇子

[267]　　　　　　　树梢间

　　　　　　　鼯鼠跳跃

　　　　　　　偏巧遇

　　　　　　　山间猎人

评注

　　志贵皇子（？—715），天智天皇之子，光仁天皇（日本第49代天皇，770—781年在位）的生父，与柿本人麻吕是同时代的歌人，《万叶集》中收录有6首和歌。鼯鼠前一刻还在树梢间来回跳跃，下一秒就遇到了猎人，结局可想而知。这首和歌既有明快的动感，又让人为鼯鼠的命运感到悲伤，颇具矛盾意味。《万叶秀歌》对这首和歌的解读和评价是这样的：自古以来就有人认为这是一首有寓意的和歌，暗指作者胸怀大志却在权力斗争中失败了。但是，既然这是一首描写鼯鼠的作品，那么我们就应该把它当作描写鼯鼠的作品来读，将寓意置于高阁才是现代人应有的鉴赏态度。

高市连黑人

[272]　　　　　　　翻越四极山

　　　　　　　　　放眼向远眺

　　　　　　　　　无篷一叶舟

　　　　　　　驶过隐于笠缝岛

评注

　　高市连黑人，生卒不详，也称高市黑人，持统天皇（690—697 年在位）、文武天皇（697—707 年在位）时代的歌人，《万叶集》中收录有他所创作的 18 首羁旅歌，他也被称为"漂泊的歌人"。这首和歌是羁旅歌 8 首（270—277）中的一首。四极山所在不详，一说在摄津国，即今大阪府西北部和兵库县东南部一带。这首和歌描写了作者在旅途中的一幅画面：登高远望，茫茫海上一叶小舟驶过，渐渐消失在笠缝岛一带，颇有一番水墨画的意境。

石川少郎

[278]　　　　　　　志贺渔女

　　　　　　打捞海藻熬盐忙

　　　　　　　　无有闲暇

　　　　　　拿起木梳来梳妆

评注

石川少郎，也称石川君子，生卒不详，奈良时代的贵族、歌人，《万叶集》中收录有2首和歌。志贺是指志贺岛，位于福冈市东区博多湾。用海藻熬制藻盐是一种古老的制盐法，流传至今。藻盐呈淡粉色，含有丰富的矿物质，对人体非常有益，并且还有美容作用。当然，志贺渔女并不知道这些，她们只知道把从海里捞上来的海藻熬制成盐，这是她们赖以生存的手段。这首和歌表现了这些底层劳动妇女的日常。她们整日为生计奔忙，甚至没有时间梳理一下头发。《万叶集》中有不少这样反映底层百姓生活的作品。

安贵王

[306]
伊势海

翻白浪

若是花

欲将其包起

回家送爱妻

评注

安贵王，生卒不详。奈良时代的皇族，父亲春日王是志贵皇子之子，《万叶集》中收录有4首和歌。这首和歌题为"幸伊势国之时，安贵王作歌一首"。岩波文库《万叶集》的注释认为，这首和歌有可能是718年作者跟随元正天皇行幸时的作品。这首和歌并不著名，在诸多论述《万叶集》的著作、论文中也很难找到有关它的论述。但从"如果海面上的白浪是花，我想要把它包起来带回家，送给爱妻"这样的描述中，我们可以感受到作者浪漫、丰富的想象力。因此，笔者选译了这首和歌。

山部赤人

[318]　　　　　田子浦

此处好眺望

富士山

山巅降白雪

评注

山部赤人，也写作山边赤人，生卒不详。奈良时代的歌人。据说在圣武天皇时期，担任下级官吏。在《万叶集》中留下了13首长歌和37首短歌，共计50首和歌。他因为擅长描写大自然的景色，而被称为"大自然的歌人"，与柿本人麻吕并称"歌圣"。《古今和歌集》的编撰者纪贯之在《假名序》中高度赞扬了这位歌人，称其可与柿本人麻吕比肩。这是一首描写富士山的短歌，是同样描写富士山的长歌 317 的反歌。作品用皑皑白雪衬托出了富士山的雄壮和美丽，是山部赤人作品中的杰作，也因此被选入《小仓百人一首》。斋藤茂吉也将这首和歌选入《万叶秀歌》，并作出这样的评价：这首和歌古来脍炙人口，被称为叙景歌的绝唱。田子浦在今静冈县富士市南部。

大伴旅人

[334]　　　　　　　忘归草

结在衣带上

欲忘却

故乡香具山

评注

　　大伴旅人（665—731），奈良时代的贵族，著名歌人大伴家持之父，《万叶集》中收录有 77 首和歌，以及若干汉文书简和散文，大部分是 727 年去九州任大宰帅之后的作品。大宰帅是大宰府的长官，大宰府是管辖今九州一带的机构，在今福冈县。这首和歌的作者名在原文中为"帅大伴卿"，因此，它应该是作者在掌管大宰府期间所作。忘归草，也称忘忧草，即萱草，作为可以使人忘掉忧愁的花草常出现在我国古代诗歌中。例如，西晋陆机《赠从兄车骑诗》中就有诗句"安得忘归草，言树背与襟"，"忘归"指忘记乡愁。这首和歌或许受到我国这类诗句的影响。

山上忆良

[337]　　　　　　　忆良告辞

家有小儿在哭泣

其母吾妻

亦怀期望盼夫归

评注

　　山上忆良（660—733），奈良时代的贵族、歌人，与大伴旅人交流颇多。《万叶集》中收录有和歌 60 首左右，还有汉诗文等作品。有学者认为他是百济的"渡来人"，即从百济渡海来到日本的，但并无定论。702 年，山上忆良还曾作为遣唐使随员到过中国。他倾心于佛教、儒教思想，潜心钻研学问，并且具有敏锐的社会观察力。贫穷、疾病、底层人民的情感和痛苦都是他和歌作品的题材，他也因此被称为"社会派歌人"。这首和歌为"罢宴歌"，第一句"忆良告辞"是在宴会进行过程中退场告别之意，理由简单明了，因为家里有孩子和孩子的妈在等候，坦率的态度体现了他对妻儿的爱。《万叶秀歌》这样评价作者和这首和歌：山上忆良是《万叶集》歌人中的佼佼者，这首和歌诙谐可爱，又展现了生活的真实性，是山上忆良短歌中的杰作。

大伴旅人

　　［340］　　　　闻古时

七位贤人何所求

唯有此物是美酒

评注

　　大伴旅人爱酒，这首和歌是"赞酒歌"13首（338—350）中的一首。赞酒诗在我国古代诗歌中屡见不鲜，《诗经·小雅·宾之初筵》中就有"酒既和旨，饮酒孔偕"的诗句。大伴旅人的13首赞酒歌受中国文学影响极大，除魏晋竹林七贤的故事（338、340）外，《艺文类聚》中称浊酒为贤人、清酒为圣人的故事（339），《珮玉集·嗜酒篇》中郑泉的故事（343），隋侯夜光珠的故事（346）等均被大伴旅人借用到赞酒歌中。岩波文库认为，这13首赞酒歌批判了所谓"聪明"，深受西晋刘伶《酒德颂》的影响。《万叶秀歌》选入13首中的第一首（338），编者斋藤茂吉认为这13首具有一定的思想性，拿现在的话来说，在当时是"最尖端"的一组和歌。笔者选译的这首和歌借魏晋竹林七贤的故事表达了作者对美酒的热爱。在山上忆良的"罢宴歌"之后，紧接着是大伴旅人的13首"赞酒歌"。虽然不知道这种对比是《万叶集》的编者有意为之还是偶然为之，但对比着读起来，别具趣味。

沙弥满誓

[351]　　　　　将人世

　　　　　　　作何比

　　　　　　如晨船出港

　　　　　　船后无痕迹

评注

　　沙弥满誓，生卒不详，与大伴旅人是同时代的歌人，《万叶集》中收录有 7 首和歌。这首和歌认为人世如同早晨从港湾驶出的船只卷起的浪花，须臾间便没有了痕迹，是一首著名的"无常歌"。岩波文库指出，佛教论著《大智度论》第三十一卷曰："佛说色从种种因缘生，无有坚实；如水波浪而成泡沫，暂见即灭，色亦如是。"这首和歌受到这一佛教经典的影响，反映了佛教在当时日本社会的渗透以及人们对无常观的认识。基于这一点，笔者选译了这首和歌。

笠金村

　　［364］　　　　　壮哉大丈夫

　　　　　　　　拉弓射箭立在此

　　　　　　　　　　亲眼看见者

　　　　　　　　望汝传颂于后人

评注

　　古代日本有往道路临界处的神木（树木）上射箭，使其扎在树上，以求武运昌盛、旅途平安的习俗。现在日本各地还有"矢立杉"这样的名称。这首和歌是"笠朝臣今村盐津山作歌二首"中的一首。盐津山位于今滋贺县北部西浅井町的西北端。这首和歌再现了"矢立"的场景，语言粗犷有力，很有《万叶集》的风格。

汤原王

[375]　　　　　　吉野川

夏实河塘闻鸭鸣

鸭游山阴间

评注

　　汤原王，生卒不详。天智天皇之孙、志贵皇子之子，奈良时代的歌人，《万叶集》中收录有 19 首和歌，推定为天平年间（729—748）初期的作品。夏实是地名，在今奈良县内吉野川宫泷河段的上游。宫泷岸边巨岩奇石交错，是著名的风景胜地。这首和歌将河塘、鸭鸣、山阴构成一道美好恬静的风景呈现在读者面前。作者并没有描写河鸭戏水的身影，而是通过描写鸭鸣给予读者丰富的想象空间。斋藤茂吉将这首和歌作为抒情诗选入《万叶秀歌》，从日语的音韵角度给予了很大赞赏。遗憾的是，中文译文无法再现日语的音韵。

譬喻歌

纪皇女

[390]　　　　　　轻池中

野鸭绕池游

水藻上

评注

　　纪皇女，生卒不详。天武天皇之女，《万叶集》中收录有2首和歌。此外，卷二中有4首弓削皇子（纪皇女的异母兄）思念她的和歌（119—122），疑似两人有恋爱关系。轻池，据《日本书纪》记载，是日本第15代天皇应神天皇所造，在今奈良县橿原市。这首和歌用水中的野鸭夜晚尚且双双栖息来暗喻自己独眠的孤独。斋藤茂吉将这首和歌选入《万叶秀歌》，认为这首和歌虽然被收录在"譬喻歌"中，但实则是一首恋歌。

藤原八束

> ［398］　　梅开伊家园
>
> 　　　　　　不论待何时
>
> 　　　　　　等到果实结
>
> 　　　　　　便将大事定

评注

　　藤原八束（715—766），后更名为真楯。奈良时代的贵族、歌人，《万叶集》中收录有8首和歌。这首和歌是作者写给年轻姑娘的母亲的。作者将年纪尚小的姑娘比作梅花，请求待到梅树结出果实——姑娘长大成人的时候就把婚事定下来。《诗经·召南·摽有梅》中也有将梅子成熟比喻女子已到结婚年龄的诗句："摽有梅，其实七兮；求我庶士，迨其吉兮。"歌人在作这首和歌时有可能受了《诗经》的影响。

大伴骏河麻吕

[409]　　　　　　　一日千回
　　　　　　　思念如浪千层涌
　　　　　　　妹如珍珠
　　　　　　　为何无法捧掌上

评注

　　大伴骏河麻吕（？—776），奈良时代的贵族、歌人，《万叶集》中收录有11首和歌。在这首和歌中，作者将心中思念的女子比作"珍珠"，把自己的思念形容成"日涌千回的浪涛"。日本读者经常引用"白发三千丈""飞流直下三千尺"这样的诗句，说明我国文学中不乏夸张的表现形式。在这里，思念"一日千回""如浪千层涌"这样表达情绪的方式告诉我们，日本文学中也会出现夸张的表现形式，但并不多见。这也是笔者选译这首和歌的原因。

挽歌

圣德太子

[415]　　　　　　　若是居家中

有妻之臂当作枕

旅途草为枕

旅人卧毙实堪怜

评注

圣德太子（574—622），日本第 31 代天皇用明天皇（585—587 年在位）之子，因传说在马厩前出生，所以又名厩户皇子、厩户王。圣德太子是飞鸟时代（593—710）出色的政治家，《万叶集》中仅收录有这 1 首和歌。他修建法隆寺，推动了佛教在日本的传播。同时还主持派出遣隋使，在中日交流史上也写下了重要的一笔。这首和歌题为"上宫圣德太子出游竹原井之时，见龙田山死人悲伤御作歌一首"。原文中"卧毙"用的是敬语，体现了作者对逝者的敬畏。圣德太子因其出色的政绩多以圣者形象出现在世人面前，而这首和歌却体现了他作为一名普通人拥有的慈爱之情。中西进认为这是圣德太子因皈依佛教而产生的对人类的爱。

手持女王

[418]　　　　　　　丰前国

镜山岩户将身隐

闭石门

苦等待

不见夫君归

评注

手持女王，生卒不详，河内王之妻。《万叶集》中收录有 3 首和歌，均为河内王在丰前国的镜山下葬时所作。 河内王（？—694），飞鸟时代的皇族，持统天皇在位（690—697）时任筑紫（今福冈县一带）大宰帅。 岩户是安放石棺的岩洞，因放入石棺后要用石头将入口处堵上，故称"岩户"。"户"在日语中有"门""入口"的意思。 这首和歌把河内王之死写成他按照自己的意愿藏身于岩户之中，仿佛随时都会再走出来。 这种表现手法烘托出作者苦等无果的悲伤。 斋藤茂吉将这首和歌选入《万叶秀歌》，并作出这样的评价：虽然类似"苦等待，不见夫君归"这样的诗句在《万叶集》中并不少见，但它仍是这首和歌的专属。

佚名

［442］　　　　　世间皆空

望当空明月

虽满复缺

示于人此理

评注

这首和歌题为"悲伤膳部王歌一首"。膳部王（？—729），奈良时代的皇族，长屋王（天武天皇之孙）之子。 这首和歌的作者是谁虽然不明，但从歌题以及悼念膳部王这点来看，应该是与膳部王有关的人，很可能是他的部下。佛教典籍《罪业应报教化地狱经》曰："日出须臾没，月满已复缺。"作者把人生无常比作月满月缺，把佛教经典引用到了和歌当中，可见在当时佛教理念已经广为普及、深入人心。从这首和歌中，读者读到更多的是一种"认命"。作者没有用"悲""哀"等字眼表达因膳部王离世的悲伤，而是通过感叹世事无常来哀悼膳部王之死，这也体现了奈良时代人们对"无常"的理解。

余明军

[458]　　　　　　　　君逝去
　　　　　　　　吾如赤子满地爬
　　　　　　　　不分朝夕痛哭泣

评注

　　余明军，生卒不详。奈良时代的歌人，一说出身于百济王族余氏，《万叶集》中收录有8首和歌。天平三年（731年）七月，大伴旅人去世，资人余明军不胜犬马之慕，心中感绪作歌5首，这是其中一首。"资人"是朝廷派给五品以上贵族或大纳言以上（含大纳言）官员的侍从，由此可判断作者余明军是大伴旅人的侍从。主人辞世，他悲痛万分，抑制不住如犬马思慕主人的心情，用"像婴儿一样满地爬，不分昼夜放声大哭"这样直白的语言表达了自己的悲痛心情。这种表达方法在《万叶集》之后的和歌中很少看到。

大伴家持

[465]　　　　　分明知

　　　　　世间本无常

　　　　　秋风寒

　　　　　不禁思念苦

评注

　　大伴家持（717—785），大伴旅人之子。奈良时代的贵族、歌人，《万叶集》的编者，《万叶集》中收录有 472 首和歌，大约占总数的 10%。后人对大伴家持的评价也很高，《拾遗和歌集》及之后的敕撰集中收录他的和歌有 60 首之多，可以说他是日本和歌史上非常重要且非常有影响力的歌人之一。天平十一年（739 年）夏，大伴家持的爱妾辞世，大伴家持曾作歌一首（462）追思亡妾。到了秋天，他因"悲绪未息"又作了这首和歌。在有关日本文学特别是古典和歌中"无常"的论述中，"无常观"这个词通常被"无常感"所取代。这是因为，佛教中的"无常观"是教人们洞察无常，进而摆脱痛苦和烦恼，一心向佛。而古典和歌当中的"无常感"，则是人因感受到无常而产生的悲哀和伤感。这首和歌咏道："分明知道世事无常，但是寒冷的秋风吹起的时候，还是难耐思念之苦。"这首和歌可以说是说明"无常感"的一个很好的例子。

大伴家持

[473]　　　　　　　　　佐保山

烟雾飘荡入眼帘

思念妾

日日悲戚泪潸然

评注

　　继上一首和歌（465）之后，大伴家持又作1首长歌（466）和3首反歌（467—469）来悼念亡妾。但是他仍旧不能消解悲痛之情，于是再作5首和歌（470—474）寄托哀思，这便是其中一首。日本古代以火葬为主，现在仍有90%是火葬。佐保山是当时火葬之地。这首和歌咏道："每每看到从佐保山方向飘来的烟雾，我就想起死去的爱妾，不禁潸然泪下。"作者借烟雾表达了失去爱人的悲伤。这首和歌中的"烟雾"在原文中为"霞"（KASUMI）。《万叶集》或者古典和歌中的"霞"虽然使用了"霞"这个汉字，但却是"雾"的意思，并特指春雾。有些《万叶集》译著将这个词翻译成"霞、霞光、晚霞、朝霞"等词语，这是错误的。因此，在这首和歌中，笔者将"霞"译作"烟雾"。

高桥朝臣

[483]　　　　　　　　　如晨鸟

唯有声声涕泣

　　　与亡妻

　　今已无法重逢

评注

　　高桥朝臣，生卒、身世不详。也有人认为这首和歌的作者是高桥虫麻吕。684 年，天武天皇制定"八色姓"，其中"真人"地位最高，授予皇族，其次便是"朝臣"，由此可判断作者是个有地位的贵族。这首和歌是作者悲妻子辞世而作，被收录在本卷"挽歌"的末尾，也是卷三的收卷之作。笔者选择这首和歌的目的是想向读者介绍一下"枕词"。晨鸟在原作中为"朝鳥"（ASATORI），是修饰"声"的枕词。枕词是和歌的一种修辞方法，放在特定的词语前面起调节音节的作用。因为枕词起的是调节音节的作用，所以一般是不翻译的。但有些枕词与被修饰词语之间有着比喻与被比喻或形容与被形容的关系，有些枕词还说明被修饰词语的状态等，这种情况下枕词是可以或者说需要被翻译出来的。比如这首和歌中的枕词就起到了比喻的作用，因此，笔者将其翻译成"如晨鸟"。

卷四

　　此卷共收录有 309 首相闻歌，其中长歌 7 首，短歌 301 首，旋头歌 1 首。卷首是难波天皇之妹的作品。难波天皇即把朝廷设在难波的天皇，一般认为是仁德天皇。此卷虽然也收录有额田王、柿本人麻吕等著名歌人的作品，但占大多数的还是与大伴父子有关的和歌，这构成了该卷的一大特点。其中有与大伴旅人前往大宰府赴任及离任回京相关联的和歌，此外更多的则是大伴家持与数名女子之间的相闻歌。现选译 30 首呈献于此。

相闻歌

额田王

[488]　　　　　待君来

心中正思恋

秋风过

屋中垂帘动

评注

　　这首和歌是额田王思念天智天皇所作。"垂帘"在原文中为"簾"（SUDARE），即帘子的意思。岩波文库《万叶集》的注释认为："垂帘"是模仿中国的珠帘用小珠子穿成的帘子。但是，在日本从事学术研究及翻译工作20多年的爱尔兰籍日本文学研究家、诗人、翻译家彼得·麦克米伦（Peter MacMillan）却将这个词翻译为"bamboo blinds"，即"竹帘"①。竹子体现了西方人意识当中的东方元素。但无论"珠帘"还是"竹帘"，"等待爱人，风吹帘动"这样的构思或许是受到闺怨诗的影响。例如，《华山畿》中就有"夜相思，风吹窗帘动，言是所欢来"的诗句。静静的等待和垂帘的轻摇，这首和歌在一静一动中描写了一位妇人等待恋人到来的焦急心情。在《万叶秀歌》中，斋藤茂吉对这一作品进行了这样的评价：这首和歌蕴含着女子细腻的情感，是一首令人感到不可思议的和歌。

---

① 参见彼得·麦克米伦著《用英语欣赏万叶集》，文艺春秋，2019年12月。以下彼得·麦克米伦的观点和英译均参见此书。

舍人吉年

［492］　　　　　奴家心伤悲

　　　　　　　胜于牵袖小儿哭

　　　　　　　君却离别去

　　　　　　　叫人该如何

评注

　　舍人吉年，生卒不详。飞鸟时代的女官、歌人，《万叶集》中收录有 2 首和歌。这首和歌是"田部忌寸柝子任大宰时歌四首"中的一首。田部忌寸柝子身世不详，有可能是飞鸟时代的下级官吏。"任大宰"是指在大宰府（设在九州的地方行政机构）任职。这是一首挽留丈夫的和歌。"小孩子舍不得父母离开而伤心的时候会牵着父母的衣袖放声痛哭，我比这样的孩子更伤心，却还是没有留住你。"作者全然不顾自己和丈夫作为"官人"的身份，用"像小孩子一样放声痛哭"这样的比喻表达了对丈夫依依不舍的心情，也展示了一个女子的无奈。

柿本人麻吕

［502］　　　　　夏日原野上

　　　　　　　小鹿跃过鹿角短

　　　　　　　即使转瞬如此角

未曾将妹忘

评注

　　这是一首向妻子表白忠诚的和歌。作者用小鹿头上刚长出的短短的鹿角来形容短暂的时间，表达了即使在如小鹿角一样短暂的时间里，他也从没有忘记过妻子，从没停止过思念的情感。这首和歌虽然是相闻歌，而且前两句是用来做比喻的，但刚长出鹿角的小鹿在夏日原野上跳跃的活泼可爱的身影却十分鲜活，几乎使读者忽视了"即使转瞬间也没有忘记妻子"这一主题。

骏河采女

[507]
泪湿枕

如浮水而眠

苦思恋

此情长绵绵

评注

　　骏河采女，生卒不详，奈良时代的女官、歌人，《万叶集》中收录有2首和歌。采女，前文中有过解释，是出身于地方豪族，被选入宫中的女官。因此，从名称上看，作者应来自骏河国（今静冈县中部）。这首和歌诉说了思念的痛苦。《万叶集》第2549首中有"泪水湿透木枕"的诗句，由此可以推断这首和歌中的"枕"有可能也是木枕。第二句的原文中有"浮き寝"（UKINE）这个词，有水鸟浮在水上入眠之意。作者用"泪水将枕头打湿，躺在上面就如同睡在水面上一样"这样夸张的手法描写了因情落泪的情景，表达了因思恋而无法安然入睡的心情。

阿倍女郎

[514]
夫君身上衣

一针一线缝

连同我心意

合入针线中

评注

阿倍女郎，生平不详。从下一首是中臣东人赠给阿倍女郎的和歌这一点来看，她应是奈良时代的女歌人。《万叶集》中收录有 5 首和歌。作者为丈夫缝制衣衫，将自己对丈夫的爱注入每一针每一线，并将这一行为咏进和歌当中，以此表达对丈夫的感情。虽然人物关系不同，但这首和歌不禁使人想起唐代诗人孟郊《游子吟》里的诗句"慈母手中线，游子身上衣"。

中臣东人

[515]
独自眠

衣衫纽带断

兆不祥

无计放声哭

评注

　　中臣东人，生卒不详。奈良时代的贵族，天平四年（732年）官至兵部大辅，《万叶集》中仅收录有这1首和歌，是赠给阿倍女郎的。古代日本有这样的风俗，丈夫出门远行时，妻子要为丈夫的衣衫缝上衣带，以祈祷夫妻重逢。出门在外，妻子亲手缝上的衣带竟然断了，这不祥之兆使丈夫不由得放声大哭。作者通过这样的描写表达了对妻子的思念，同时字里行间又流露出几分不安和恐慌。

安贵王

[534]　　　　　　吾妻远

未在身旁伴

路途遥

心中惆怅怀

空叹息

相思苦难熬

愿化作

轻云行空走

鸟儿腾空飞

明日即相会

向妻述衷肠

妻为吾

平安度每日

吾为妻

天天保安康

愿如今所思

两人长相依

评注

　　安贵王，生卒不详，奈良时代的皇族，志贵皇子之孙，《万叶集》中收录有 4 首和歌。这是一首长歌，其反歌的左注说明了创作背景：安贵王娶了从因幡国（今鸟取县东部）来的八上采女，"系念极甚，爱情尤盛"。但由于采女是侍奉天皇和皇后的宫廷女官，未经天皇准许，任何人不得与其结为夫妻。"于时，敕断不敬之罪"，采女被遣送回家乡。安贵王因此深感悲痛，写下了这首长歌和反歌。这首和歌情真意切，字里行间体现了作者对远方爱人的思念，也发出了对爱情忠贞不渝的誓言。

高田女王

[539]
　　　　　　　　　　若君言

　　　　　　　　定将心愿遂

妾必将

不惧人言畏

出门去相会

评注

　　高田女王，生平不详。这首和歌是她赠今城王和歌 6 首（537—542）中的 1 首。今城王是奈良时代的皇族，后被赐臣籍，赐姓大原真人。从这 6 首和歌来判断，今城王对作者比较冷淡。比如，第一首里作者就叹息道："你不要对我这么冷酷，我一天见不到你都思念难耐。"而在这首和歌中，作者又表示："只要你说一句话，愿意实现我们之间的心愿，我就去见你，哪怕是人言可畏。"日本奈良时代实行的是走婚制，即男方晚上去女方家相会，清晨返回。在这种制度下，女子只能在家中苦苦等待丈夫或恋人的到来，而要走出家门去与男人相会可以说是冒天下之大不韪。这首和歌表达了作者不顾世俗的目光，大胆追求爱情的精神。

大伴旅人

[555]　　　　　　为汝酿好酒

待归同来饮

如今安野上

独酌无友伴

这首和歌题为"大宰帅大伴卿赠大贰丹比县守卿迁任民部卿歌一首"。大贰是大宰府次官中地位最高的，丹比县守是人名，是大伴旅人的部下。据岩波文库的注释记载，丹比县守本来是去京城奈良出差的，没想到被直接任命为民部卿，没有返回筑紫。"待归""独酌"便是因为这件事。安野在今福冈县朝仓郡。"独酌"可以说是我国古典诗歌中的一个题材，如李白《月下独酌》中就有著名的诗句"花间一壶酒，独酌无相亲"。这首和歌或许借鉴了我国文学中的这一题材。

大伴百代

[562]　　　　　　　空叫人

眉头频频搔痒

却一向

未能与妹相见

评注

大伴百代，生卒不详。大伴旅人的属下，随大伴旅人赴大宰府，任大宰大监，后回京，任兵部少辅。《万叶集》中收录有 7 首和歌。这首和歌是作者所作恋歌 4 首（559—562）中的一首。日本古代有一种俗信，认为眉毛发痒是与恋人相见的征兆。这首和歌基于这种俗信，表达了作者心中的骚动和欲见恋人不能的无奈。唐代传奇小说《游仙窟》中也有"昨夜眼皮瞤。今朝见好人"的相似描写。

麻田连阳春

[570]　　　　　　君返大和日

　　　　　　　　　　时临近

　　　　　　　　　　有鹿立原野

　　　　　　　　　　呦呦鸣

评注

　　麻田连阳春，生卒不详。 这首和歌是大伴旅人从大宰府回京任大纳言时，大宰府官员为其饯别时所作一组和歌中的一首。 由此可见作者是大伴旅人的属下。"鹿鸣"出自《诗经·小雅·鹿鸣》，"呦呦鹿鸣，食野之苹"的诗句对我国文学产生了深远影响。 比如，苏武《骨肉缘枝叶》中就有"鹿鸣思野草，可以喻嘉宾"的诗句。 鹿在原野上吃着野草，并发出呦呦的鸣叫呼唤伙伴来一起享用。"鹿鸣"在我国古典文学中有"友情"这一象征意义。 作者在送别上司的和歌中，用"鹿鸣"来表达惜别的心情，可以说是借鉴中国文学的结果。

沙弥满誓

[573]　　　　　　纵是黑发染白霜

　　　　　　　　　　深思念

　　　　　　　　　　曾有相见时

评注

　　这首和歌是作者写给从大宰府调回大和（今奈良县）的大伴旅人的。作品第二句中的"思念"在原文中为"恋"（KOI），指男女间相互爱慕、思念之情。并且，原文最后用了过去时。因此，笔者在最后一句中用了"曾"这个字。作者想要表达的是，以前虽然思念痛彻心扉，但终究还有相见的时候。现在，你回到大和，今后相思难相见。这首和歌看起来更像是一首恋歌，但实际上表达的却是朋友间的友谊。这样的和歌在《万叶集》中还可以找到其他例子，而且，相闻歌中也不全是男女间的爱情赠答歌，也有亲人朋友间的互赠歌。在我国古典诗歌中，也有不少表达男人之间的友谊和思念的诗句，著名的有李白《闻王昌龄左迁龙标遥有此寄》中的"我寄愁心与明月，随君直到夜郎西"。

笠女郎

[608]　　　　　　　　　我恋人

人不恋我单相思

正宛如

大寺饿鬼背后叩首拜

评注

　　笠女郎，生卒及生平不详，奈良时代中期的歌人。《万叶集》中收录有 29 首和歌，全部是赠给大伴家持的。由此可以判断她与大伴家持是同时代的歌人。她不仅是一位多产的歌人，还是一位痴情的女子，把自己所有的才华都用来表达对大伴家持的爱。但大伴家持对她似乎并没有多大兴趣。这首和歌是她赠大伴家持24首（587—610）中的一首。在这首和歌中，作者把自己对大伴家持的感情比作是冲着寺庙里饿鬼像的后背叩拜，毫无效果，自嘲中又不失诙谐。斋藤茂吉将这首和歌选入《万叶秀歌》，并称它是一首洋溢着才气的幽默诙谐的作品，使生活在今天的我们读起来都感觉非常有趣。

山口女王

> ［615］　　纵然君心不念妾
> 　　　　　　　　也但愿
> 　　　　　　君枕出现在梦中

评注

　　山口女王，生卒及生平不详，《万叶集》中收录有6首和歌。这首和歌是她赠给大伴家持的，由此可见她与大伴家持是同一时代的歌人。这首是赠大伴家持5首（613—617）中的一首，表达了作者对大伴家持的思念。古代日本人认为，恋爱对象出现在梦中是因为对方在想念自己。反言之，恋爱对象不出现在梦中就意味着不想念自己。"你不出现在我的梦中，哪怕是你的枕头出现在梦中也好"，之所以希望至少枕头能出现在梦中，乃因在古代日本，人们认为枕头里注入了其主人的灵魂。因此，即便是恋人的枕头出现在梦中，对于为情所困的人来说，也是一种安慰。

大神女郎

[618]　　　　深夜鸺鸟呼伴鸣

　　　　　　　陷相思

　　　　　　　啾啾之声不绝耳

评注

大神女郎，生平不详。这首和歌是赠给大伴家持的。古代日本人认为鸺鸟鸣叫是在呼唤妻子或朋友。因此，古典和歌中鸺鸟的鸣叫声常引发歌人思念恋人或亲人的惆怅心情。夜深人静之时，作者独自思念着心上人。鸺鸟的鸣叫声划破夜空，更加剧了作者的相思之情。

高安王

[625]　　　　　　为吾妹

　　　　　　涉河水走岸边

　　　　　　　水藻中

　　　　　捕得藏身小鲫鱼

评注

高安王（？—743），奈良时代前期的皇族，后被赐姓大原真人，《万叶集》中收录有 3 首和歌。这首和歌题为"高安王裹鲋赠娘子歌一首"，鲋即鲫鱼。这里的"娘子"（年轻女子）指谁，不得而知，但无疑是与高安王有交往的女子。这是一首充满生活情趣的和歌，作者戏称鲫鱼是自己亲自下河捕捞的，语言幽默生动。这首和歌告诉我们，在万叶时代，男女间不仅互赠和歌以示爱情，也赠送像鲫鱼这样的实物。这首和歌被斋藤茂吉选入《万叶秀歌》，入选的理由是他认为作者新造的"藻伏束鲋"（MOFUSHITSUKAFUNA，藏身水藻，一握大小的鲫鱼）这个词语很有趣。

汤原王

[632]　　　　　　　无奈何

妹如月中桂

虽可见

无法攀在手

评注

汤原王，生卒不详。奈良时代的皇族，志贵皇子之子。虽无官职，在政治上也没有建树，但在《万叶集》中留下了 19 首和歌，并被后世的《拾遗和歌集》等敕撰和歌集收入其中 4 首，可以说在文化方面是有所建树的。这首和歌是"汤原王赠娘子歌二首"中的一首，借用我国月中有桂树的神话传说，表达了面对倾慕的女子又无法得到她的无奈心情。成书于唐开元十五年（727 年），由徐坚等人编撰的《初学记》对日本文学产生了很大影响，《初学记》卷一就援引虞喜《安天论》中的句子"俗传月中仙人桂树，今视其初生，见仙人之足，渐已成形，桂树后生"，介绍了这一传说。

大伴三依

[650]
看吾妹
似住不老神仙国
比往日
愈加年轻若还童

评注

大伴三依（？—774），奈良时代的贵族、歌人，《万叶集》中收录有4首和歌。这首和歌题为"大伴宿祢三依，离复相欢歌一首"。译文中的"不老神仙国"，在原文中是"常世の国"（TOKOYONOKUNI）。"常世"即长生不老的仙境之意，是《万叶集》和歌特别是早期作品中常见的词，反映了当时人们的世界观。佛教传入日本后，"无常"逐渐取代了"常世"。但这首和歌中的"常世"与其说是反映了当时的世界观，不如说是男子为了对女子表示最大限度的恭维而使用的。

大伴坂上郎女

[652]
将珍珠
已交守珠人

且如此

与枕相伴眠

评注

　　大伴坂上郎女，生卒不详。奈良时代的女歌人，大伴旅人同父异母的妹妹，大伴家持的姑母，也是坂上大娘、坂上乙娘两位女歌人的母亲。《万叶集》中收录有 6 首长歌，77 首短歌和 1 首旋头歌，共计 84 首和歌，是《万叶集》中最多产的女歌人。这首和歌中的"珍珠"是指作者的女儿，守珠人即女婿。把自己的掌上明珠交给女婿，从此身边没有了女儿的陪伴，只好与枕头相伴。这首和歌虽被收录在"相闻歌"中，但表达的却是女儿出嫁后母亲复杂的心情。

大伴坂上郎女

　　[657]　　　　　　虽已言

不再害相思

却无奈

我心易变化

评注

　　这首和歌咏道："我已经说过不再思恋，但无奈我的心就是容易变化。"言外之意还是抑制不住相思之情。《万叶集》以及之后的和歌中，怨恨对方变心，表白自己情意永久的作品屡见不鲜，但像这首明确表示自己的心容易发生变化的作品却很罕见，岩波文库的注释指出《万叶集》中仅此一首。这大约与作者跌宕起伏的感情经历有关。作者13岁左右嫁给天武天皇的五皇子穗积皇子，与皇子死别后，又与首皇子即后来的圣武天皇关系密切。之后又成为藤原麻吕的恋人，再后来，更是成为异母兄长大伴宿奈麻吕的妻子，并生下两个女儿。她的经历从某种程度上反映了当时的女子必须依附男人才能生存下去的社会状态。

汤原王

[670]　　　　　　月光明
请君踏月来相逢
因并非
翻山越岭路途遥

评注

汤原王，前出，天智天皇之孙。和歌作品中的"君"是指男子，因此普遍认为这首和歌是以女子的口吻所作，就像我国闺怨诗的大部分作者是男诗人一样，《万叶集》的和歌当中也有一些表达女子情感的男歌人的作品，多是在歌会或宴会上所作。比如本卷第629首就题为"大伴四纲宴席歌一首"，内容就是以女子的口吻表达了没有等来心上人的失望。这首和歌也极有可能是在宴会上所作。斋藤茂吉将这首和歌选入

《万叶秀歌》，并认为这首和歌可能是汤原王对女人的轻声催促。如果这样的话，那么作品中的"君"就应当是指女子了。

广河女王

[694] 恋草装满七车

虽负重

皆从我心我情生

评注

广河女王，生卒年不详。《万叶集》有注："穗积皇子之孙女，上道王之女。"《万叶集》中只收录有 2 首和歌，这一首和第 695 首。十五世纪初在长崎出版发行的《日葡辞书》将"恋草"（KOIGUSA）一词解释为"充满情欲的热烈的爱情"。这首和歌用"恋草"一词把恋爱的热情比作茂盛的青草，又把因恋爱而生的种种烦恼比作装满七车的草，虽然令人不堪重负，但却是发自内心的情感。这首和歌构思新颖，比喻生动，不失为一首好作品。

丰前国娘子大宅女
（未审姓氏）

[709] 夜黑路难行

何不待月出

借此时

将君细端详

评注

　　丰前国娘子大宅女，生卒、身世不详。从"丰前国娘子"判断，作者应为丰前国（今福冈县东半部和大分县北部一带）人，《万叶集》中只收录有包括这首在内的 2 首和歌。"娘子"意为年轻女子或未婚女子。在古代日本实行走婚制的时代，男子晚上去女方家与妻子相会，翌日清晨便离开。因此，和歌中与男子惜别或挽留男子的场景均发生在清晨。但这首和歌却以"夜晚路黑，待月亮出来"为由挽留男子，不符合常识。因此有学者认为这是以歌舞助兴的游女在宴会上所作。这首和歌在平安时代受到人们的喜爱，还被《源氏物语》所引用。

丹波大女娘子

　　[712]　　　　　三轮有神杉

　　　　　　　　　　神官小心加守护

　　　　　　　　　　可因奴家手碰触

　　　　　　　　　　获罪天神难见君

评注

　　丹波大女娘子，生卒不详。奈良时代的歌人，一说是丹波地区（今京都府中央部）出身的女官，《万叶集》中收录有

3 首和歌。三轮指三轮明神（大神神社），是日本古老的神社，在今奈良县。据日本神话记载，神是通过杉树从高天原（天界）降临人间的。因此日本的神社都种有参天杉树。在这首和歌中，作者将见不到爱人的原因归咎于自己用手触摸了神杉，这是她得到的惩罚。岩波文库的注释认为，这首作品对于了解古代日本人关于"罪"与"罚"的观念有重要作用。

大伴家持

[716]　　　　　　思恋情甚切

　　　　　　　　难辨昼与夜

　　　　　　　　不知如此心

　　　　　　　　可现你梦中

评注

　　这首和歌是大伴家持赠"娘子"歌 7 首（714—720）中的一首，此"娘子"为谁，不得而知。从 7 首和歌的内容来看，"娘子"是当时大伴家持热烈追求，却迟迟得不到回应的单相思的对象。比如，这首和歌之后的 717 中就明确使用了"片思"（KATAOMOI），即"单相思"一词。这首和歌咏道："我因为思念过度，连昼夜都难以分辨。如此的款款深情，是否让你在梦中梦见了我？"前文中已经有过介绍，古代日本有一种俗信认为，如果你深深地思念一个人，你就会出现在他／她的梦中。

大伴坂上郎女

[726]
　　　　　　　相别居他处

　　　　　思念之情难抑制

　　　　　　莫如变身鸭

　　　　　栖息君宅水池中

评注

　　这首和歌是题为"献天皇歌二首"中的一首，歌题后有注释说明这首和歌是大伴坂上郎女住在春日乡时所作。歌题中的天皇是指圣武天皇。前文 657 的评注中对作者的感情经历有过介绍，这首和歌应该是作者与圣武天皇交往时创作的作品。春日乡在今奈良县，著名的东大寺、春日大社就在这一带。如果不能与心爱的人住在一处，倒不如变身鸭子栖息在他宅院里的水池中。虽然年代久远，但这首和歌似乎与我们耳熟能详的民歌歌词"我愿做一只小羊"呈现的意境有异曲同工之处。

大伴家持

[743]
　　　　　　　　吾之恋

　　　　　　如千钧岩石

　　　　　　七块挂项上

　　　　　　　此苦痛

皆为神旨意

评注

　　这首和歌是大伴家持赠坂上大娘和歌 15 首（741—755）中的一首。坂上大娘，生卒不详，大伴家持的表妹，后成为大伴家持的正妻。"千钧岩石"在原文中为"千人合力才能拉动的岩石"之意，为了译文的需要，笔者译成"千钧岩石"。项上挂着如此沉重的七块岩石，这样的夸张比喻与李白的"白发三千丈"相比也不逊色。如此夸张且具体的比喻不仅在《万叶集》中，在《万叶集》之后的和歌中也极为少见。

大伴田村大娘

　　[758]　　　　　　山上白云飘

　　　　　　　　　　　思妹之情如山高

　　　　　　　　　　　如何能相见

评注

　　大伴田村大娘，生卒不详。《万叶集》中收录有 9 首和歌，均为赠给同父异母的妹妹大伴坂上大娘的。这首和歌是"赠妹坂上大娘歌四首"（756—759）中的一首。有左注说明，田村大娘与坂上大娘均为右大弁大伴宿奈麻吕之女。姐姐因居其父之田村乡，故称田村大娘。妹妹因居其母之坂上乡，故称坂上大娘。姐妹时有问候，以和歌互赠。这首和歌写姐姐对妹妹的思念如山高，体现了姐姐对妹妹的情感。前面介绍了坂上大娘的母亲大伴坂上郎女歌咏母亲情感的和歌，而这首同样被收入"相闻歌"的和歌表现的则是姐妹之情。

纪女郎

[762]　　　　　　妾并非
借口年老拒相见
心中忧
相见方觉更寂寞

评注

纪女郎，生卒不详。原版《万叶集》在和歌歌题下加注：女郎名小鹿。奈良时代的女歌人，安贵王（前出）之妻。但从她与大伴家持互赠的和歌来看，安贵王死后，她与大伴家持维持着某种关系。这首和歌是"纪女郎赠大伴宿祢家持歌二首"中的一首。由于生卒不详，无从判断作者作这首和歌时的年龄，但从和歌的内容看，作者已不年轻。后两句也解释为：但是也许会因为不与你相见而后悔。

大伴家持

[764]　　　　　　纵然你
百岁龙钟尽老态

腰身佝偻舌露出

岂能嫌

吾之恋情愈加浓

评注

　　这首和歌是大伴家持为和上一首纪女郎的和歌所作。面
对纪女郎的"年老"一说，作者回应纪女郎的担忧，咏道：
"即使你到了百岁，老态龙钟，牙齿脱落露出舌头，我对你的
恋情不但不会减弱，反而会更加强烈。"纪女郎和大伴家持的
这一赠一和中有多少是真情实意，有多少是社交辞令，又有多
少是诙谐调侃，不同的读者恐怕有不同的感受。之所以选择
这两首和歌，是因为笔者认为它们从一定程度上反映了相闻歌
的一个侧面。

卷五

　　此卷共收录有 114 首杂歌，其中包括 10 首长歌和 104 首短歌。从诗歌形式上讲，此卷除和歌外，还有汉诗、散文、序文、书简。从内容上讲，此卷与中国文学的关系较之其他卷更加深厚。而且，绝大多数作品出自大宰帅大伴旅人和筑前国守山上忆良之手。这些因素使此卷成为《万叶集》中极具特色的一卷。著名的《贫穷问答歌》和日本新年号"令和"均出自这一卷。现选译 13 首呈献于此。

杂歌

大伴旅人

[793]　　　　　　　尘世间

诸事皆空

真悟时

愈加悲伤

评注

神龟五年（728 年）到天平二年（730 年），在大宰府任职的大伴旅人接连收到来自京城奈良的噩耗，"永怀崩心之悲，独流断肠之泣"，作了此歌。接二连三的噩耗使歌人领悟到诸事皆空，人世无常。但歌人虽然领悟到了，却无法释怀，而是感到更加悲伤。这首和歌同作者的儿子大伴家持所作的第 465 首一样，也是反映"无常感"的和歌。《万叶秀歌》对这首和歌的评价是：这首和歌中渗透着佛教思想，"诸事皆空。真悟时"这样的诗句里包含着深刻的道理和情感。但是，前文中提到的彼得·麦克米伦则认为：大伴旅人并没有接受佛教"空"的思想。他没有领悟到"空"之后的达观境界，而是感到无限的悲伤。这一论述正说明了什么是"无常感"。

山上忆良

[802]　　　　　　　食瓜思子女

食栗念更甚

身影从何来

萦绕在眼前

难入眠

评注

　　包括这首和歌在内，《万叶集》·800—805 均没有署作者名，但原文左注说明是筑前国守山上忆良撰定。因此，一般认为这 6 首和歌的作者是山上忆良。《万叶集》中的歌题和序均为"汉文"，即古代日本人用汉字写的文章。卷五中的汉文序不仅多，而且长。这首和歌题为"思子等歌并序"，其序如下："释迦如来，金口正说，等思众生，如罗睺罗。又说，爱无过子。至极大圣，尚有爱子之心。况乎世间苍生，谁不爱子乎。"这是一首长歌，是作者思念远方子女的作品。质朴的语言把因思念子女而寝食难安的父母的心情表现得淋漓尽致。对家人的爱是山上忆良作品中的一个主题。这首和歌告诉我们，父母对子女的爱千古不变，中外皆同。

山上忆良

[803]　　　　　　　金银珠宝

　　　　　　　　　价何其高

　　　　　　　　　怎及我儿

　　　　　　　　　宝中之宝

评注

这首和歌是上一首长歌的反歌。反歌是长歌之后的短歌，其作用是对长歌的内容进行补充或总结，或者进行附和、感叹。这首和歌被选入《万叶秀歌》。编者斋藤茂吉首先对前一首长歌 802 作出了如下评价：这首长歌在山上忆良的作品中是一等的，内容简洁明了，只歌咏了事实。长歌所表达的感情与山上忆良本人的内心应该是一致的。对于这首短歌，斋藤茂吉同样给予了高度评价：无论是大伴旅人的赞酒歌还是这首短歌，对于学习和歌创作的人来说都很有价值。

梅花歌三十二首并序

天平二年正月十三日，萃于帅老之宅，申宴会也。于时，初春令月，气淑风和。梅披镜前之粉，兰薰珮后之香。加以曙岭移云，松挂萝而倾盖，夕岫结雾，鸟封縠而迷林。庭舞新蝶，空归故雁。于是盖天坐地，促膝飞觞。忘言一室之里，开衿烟霞之外。淡然自放，快然自足。若非翰苑，何以摅情？诗纪落梅之篇。古今夫何异矣。宜赋园梅，聊成短咏。

大伴旅人

[822]　　　　庭院梅花纷纷落

　　　　　　疑似天上雪飘来

评注

天平二年（730 年），大宰帅大伴旅人在宅中举行了盛大的赏梅宴，并在宴会上作"梅花歌三十二首并序"。这 32 首和歌（815—846）并非都出自大伴旅人之手，而是包括他本人在内的 32 位歌人的作品，并且，每首和歌里都有"梅"字。以上是"序"的原文和大伴旅人所作的和歌。有关"序"的作者是谁，众说不一。有学者认为是列席此宴的山上忆良所作，有的学者则认为是《万叶集》的编撰者大伴家持的手笔。岩波文库《万叶集》里的注释认为，文中的"帅老"虽多用于敬称，但也用于自谦，是时年 66 岁的大伴旅人在序中对自己的称呼，作序并排列和歌顺序的是大伴旅人本人。梅花是从中国传入日本的，在奈良时代非常珍贵，只开在皇亲贵族的庭院里。在当时，赏梅作歌是一件极为风雅的事情。《古今和歌集》出现之后，樱花成为日本百花之首，甚至成为花的代名词，直到今天都是如此。但是，在《万叶集》中咏樱花的和歌约有 40 首，而咏梅花的则有 119 首，远远超过咏樱花的和歌。2019 年 4 月 1 日日本政府发表的新年号"令和"被认为出自本序的"于时，初春令月，气淑风和"，一时间，"梅花歌三十二首并序"成为人们谈论最多的作品。

山口若麻吕

[827]　　　　　　春来梅花开

黄莺飞枝头

隐于花丛中

游于枝头间

评注

　　山口若麻吕，生卒不详。飞鸟时代至奈良时代的下级官吏，作为记录、起草文书的少典供职于大宰府。《万叶集》中收录有 2 首和歌，另一首是护送病重的大伴旅人回京途中所作。这首和歌是"梅花歌三十二首"中的一首，通过描写隐在梅花丛中鸣叫、在枝头间跳跃的黄莺，营造了只闻其声不见其身的艺术效果。我国古典诗歌中也有很多咏梅的诗句，多为寒梅，如唐代王维《杂诗》中的"已见寒梅发，复闻啼鸟声"。也有南朝陈江总《梅花落》中"金谷万株连绮薆，梅花密处藏娇莺"这样描写隐于梅花间的黄莺的诗句。不过，难以断言这首和歌就是受到了江总的影响。这首和歌运用了"梅－黄莺"的组合，而在古典和歌中这两个物象均为春天的代表景物。作为春天来临的象征，"梅－黄莺"的组合大量出现在古典和歌当中，仅"梅花歌三十二首"中就有 7 首运用这一组合的作品。

佚名

[856]　　　　　松浦玉岛川

　　　　　　　少女亭立钓香鱼

　　　　　　　欲去家拜访

　　　　　　　不知路在何方

评注

　　这首和歌是一组"游松浦川"的男女互赠和歌（853—863）中的一首，是男子赠女子的和歌。这组和歌的第一首853有一篇很长的汉文序，序中说，"余"游览玉岛川时，看到几个女子在钓鱼，"花容无双，光仪无匹。开柳叶于眉中，发桃花于颊上。意气凌云，风流绝世"。于是，派仆人上前问话，便有了这一组和歌。岩波文库的注释认为，这些互赠的和歌包括序的内容均为虚构，作者是大伴旅人，但并无定论。松浦玉岛川在今日本佐贺县西北部。这首和歌的最后两句暗示着求婚。本书开篇选译了雄略天皇的求婚歌，其中有两句"问尔家何处。问尔名是谁"表达了求婚的意愿。虽然都是求婚的意思，但与雄略天皇的直截了当相比，这首和歌要委婉得多。从中我们也可以看到《万叶集》不同时期创作风格的变化。

佚名

[859]
　　　　　　　春天来临时

　　　　　　寒舍村庄河口处

　　　　　　幼小香鱼来回游

　　　　　　　期待君到来

评注

　　这首和歌是上一首所介绍的同一组和歌中女子回赠男子

的和歌。岩波文库认为这组和歌是大伴旅人的虚构之作，如果按照这一说法，那么这首和歌的作者仍是大伴旅人，是他以女子的口吻所作。"春天到来的时候，幼小的香鱼会在我们村庄的河口处游来游去，这都是因为想念你，期盼你的到来。"这首和歌借"若鲇"（WAKAYU）即还未完全长成的香鱼，表达了女子希望男子再来相会的愿望。

吉田宜

[864]　　　　　　　误宴席

心怀遗憾长思念

莫不如

化作贵园梅一枝

评注

　　吉田宜，生卒不详，一说是从百济来的归化人。奈良时代的医师、官吏，历任图书头、典药头。曾出家，后由文武天皇敕命还俗，《万叶集》中收录有 4 首和歌及 1 封书简。天平二年（730 年）正月，大伴旅人在大宰府举行梅花宴，众人赏梅作歌的时候吉田宜在京城。四月六日接到大伴旅人的书信，"跪开封函，拜读芳藻"后回信一封，并作此"奉和诸人梅花歌"。这首和歌表达了作者未能参加梅花宴的遗憾，并且用"化作贵园梅一枝"的比喻，表达了他对梅花宴的渴望和对友人的思念。卷四·726 大伴坂上郎女的和歌中有"莫如变身鸭，栖息君宅水池中"，二者在构思上有相似之处。

佚名

[876]　　　　　　　　恨不能
　　　　　　　飞鸟腾空送君行
　　　　　　　赴京城
　　　　　　再度展翅返回程

评注

天平二年（730 年）十一月一日，大伴旅人得以升任大纳言，即将回京。这首和歌是友人为其饯行所作 4 首（876—879）中的一首，题为"书殿饯酒日之倭歌四首"。"倭歌"是相对于"汉诗"的名称，即和歌。因为接下来的 3 首是山上忆良所作，所以有学者认为这首和歌的作者也是山上忆良。成为天空中自由飞翔的鸟儿，古今中外都是人类的梦想。这首和歌中愿变作鸟儿为友人送行的构思使人联想到苏武《黄鹄一远别》里"愿为双黄鹄，送子俱远飞"的诗句。这首诗见于《文选》卷二十九，而在奈良时代，《文选》已经成为日本贵族的必读书籍。因此，作者在创作这首和歌时有可能受了苏武诗的启发。

山上忆良

[880]　　　　　　　天高地远
　　　　　　久住僻乡已五年
　　　　　　京城风雅

如今已忘不再存

评注

　　这首和歌是聊以叙私怀即歌人感怀3首（880—882）中的第一首。这3首有左注："天平二年十二月六日，筑前国司山上忆良谨上。"天平二年即730年，此时山上忆良已71岁。当时国司的任期是4年，但据这首和歌所咏，作者已经在筑前国（今福冈县西部）任职5年不见调动。而同年十一月，好友大宰帅大伴旅人荣升为大纳言返京。岩波文库的注释认为，这3首和歌是山上忆良恳请好友为他返京说情所作。他在陈述自己现状的同时，还委婉地表达了归心似箭的心情。"僻乡"在原文中为"鄙"（HINA），是相对于"雅"（MIYABI）而言的词。在古典和歌中，京城是"雅"的地方，而多将京城以外的地方称作"鄙"，这在某种程度上体现了古代日本人的地域意识。

山上忆良

［891］　　　　　此生不得相见

　　　　　　　　是否就于此

　　　　　　丢下父母作永别

评注

　　这首和歌是一组6首（886—891）中的一首。这组和歌有一篇很长的序，大意为：大伴君熊凝，肥后国（今熊本县）益城郡人，天平三年（731年）作为某人的随从上京，在路上病逝，年仅18岁。在病中"不患一身向死之途，唯悲二亲在生之苦。今日长别，何世得觏。乃作歌六首而死"。实际上这组和歌是山上忆良以大伴君熊凝的口吻所作，和歌中充满了一个18岁少年对家、对父母的依恋、思念以及不舍之情。这首和歌对应的是序中的"今日长别，何世得觏"两句。

山上忆良

[892]

风雨交加夜

雨中又夹雪

寒冷实难耐

取来盐块舔

开水冲酒糟

声声咳不止

呲呲吸鼻水

抬手理疏须

开口出豪言

舍吾谁好汉

奈何天地冻

拽来破麻被

拿起短坎肩

层层披在身

有夜更寒冷

有人比我穷

父母饥且寒

妻儿哭求食

世道乃如此

问汝如何度

天地虽宽广

于吾为何小

日月虽明亮

为何不照吾

世人皆如此

抑或独吾然

有缘生为人

更与人无异

生活却如此

破衣肩上披

无袖无棉絮

衣摆如海松

缕缕往下垂

草庵屋顶塌

庵内已倾斜

地上铺稻草

家人围吾卧

父母睡枕旁

妻儿脚边躺

相拥发悲声

灶台无烟起

锅内结蛛网

已忘如何炊

声如画眉细

无力苦呻吟

正如俗话说

屋漏偏逢雨

乡长手持鞭

怒骂在铺前

敢问这世道

原该如此苦

评注

　　这首和歌题为"贫穷问答歌",作于山上忆良任筑前国守时的 731 年左右。这是一首著名的长歌,也是社会派歌人山上忆良的代表作。这首长歌分为两段,采用独特的问答形式。第一段的主人公是一个孤独的贫者,虽然说出"舍吾谁好汉"的豪言壮语,却饥寒难耐。难能可贵的是,在这个狂风、雨雪交加的夜晚,他想到的是比自己更穷苦的人,并提出了"在这样的世道,比我还穷的你如何度日"的问题。第二段的主人公是一个上有老下有小的穷人,他如实地道出了生活的艰辛。"乡长手持鞭，怒骂在铺前"，这两句更刻画出了酷吏的残暴形象。《世界大百科事典》（日本平凡社）收录的"山上忆良"一项中提到这首长歌，认为"有缘生为人，更与人无异"两句源自《涅槃经·六难值遇》中"人身难得，诸根难具"的思想，反映了王侯巨富与贫穷庶民同样尊贵和平等的主张，这首和歌在日本伦理思想史上是一首不容忽视的作品。

山上忆良

[895]　　　　　　大伴御津

　　　　　　　　清扫松树原

　　　　　　　　吾立于此

　　　　　　　　等待君归来

评注

　　天平五年（733年），多治比真人广成（飞鸟时代至奈良时代的贵族）作为第九次遣唐使大使出使唐朝，临行前去拜访曾作为遣唐使少录赴唐的山上忆良。作为前辈，山上忆良作长歌《好去好来歌》赠予多治比真人广成，给予激励并为他祈求平安。这首和歌是长歌的反歌。"津"是停靠船舶的地方。难波港被称为"难波御津""墨江三津""大伴御津"等，是因官船出入而得到的称呼。遣唐使的船只从这里出发并回到这里。在日语中，"松"（MATSU）与"待つ"（MATSU，等待）同音。作者运用和歌创作中"掛詞"（KAKEKOTOBA，

双关语）的创作手法，结合长歌的内容，表达了希望友人平安
归来的心愿。

卷六

此卷共收录有杂歌160首，其中长歌27首，旋头歌1首，短歌132首。此卷的和歌起止序号为907—1067，但因1020、1021合为了一首和歌，所以总数为160首。内容包括养老七年（723年）元正天皇行幸时和后来圣武天皇行幸时的从驾歌，以及大伴旅人等人作的与大宰府有关的作品，这些作品按年代顺序排列至天平十六年（744年）。卷末有出自《田边福麻吕歌集》的21首和歌，其内容为哀叹旧都平城的荒败，赞美久迩新都，后又悲叹久迩新都成为荒都后的破败。此卷收录有大伴旅人和山上忆良最后的作品，代表着一个时代的结束和新时代的开始。现选译17首呈献于此。

杂歌

笠金村

[907]　　　　瀑布边上三船山

铁杉茂盛枝叶展

吉野秋津宫

如此铁杉延万代

凭借神意显尊贵

山清水秀看不厌

正因此

神代便在此建殿

评注

　　这首和歌是养老七年（723 年）元正天皇（日本第 44 代天皇，715—724 年在位）前往吉野离宫行幸时作者从驾所作。这首长歌看似赞美吉野离宫，实则是对天皇的赞美，被称为"吉野赞歌"。同为宫廷歌人的歌圣柿本人麻吕也作有"吉野赞歌"（36—39，本书选译了 36），这首和歌不乏追随柿本人麻吕的因素。元正天皇的都城在平城京，即今奈良县北部奈良市一带。吉野位于今奈良县南部，三船山就在吉野。"神代"是指神武天皇以前诸神统治日本的时代。

山部赤人

[924]　　　　　　吉野象山谷中

　　　　　　　　树梢间

　　　　　　　　众鸟在此鸣啭

评注

　　神龟二年（725年）夏，圣武天皇行幸吉野离宫，笠金村与山部赤人皆从驾，并都作了和歌。山部赤人作长歌2首并反歌3首，这是其中一首反歌。象山在吉野离宫附近，与907中的三船山东西相望。这首反歌的长歌（923）也是一首"吉野赞歌"，赞美了吉野离宫的巍峨。而这首和歌只单纯地描写了山谷间鸟儿的鸣叫声，像是描写吉野离宫中的一幕场景，因而更像是一首描写景物的和歌。斋藤茂吉认为这首和歌的重点在最后一句，于是将其选入《万叶秀歌》。

车持千年

[932]　　　　　　白浪千重

　　　　　　　　涌向住吉岸

　　　　　　　　赤黏黄土

　　　　　　　　衣衫染美色

评注

　　车持千年，生卒不详。奈良时代的歌人，与笠金村、山部赤人同为元正天皇、圣武天皇时期的宫廷歌人，《万叶集》中收录有8首和歌。神龟二年（725年）冬，继夏天的吉野离宫后，圣武天皇又前往难波宫行幸，笠金村、山部赤人和车持千年三人皆从驾，并都作了从驾歌。这首和歌是歌咏住吉海滨的长歌931的反歌。黄土是住吉（今大阪市住吉区）海岸的一种呈赤黄色的黏土，用作涂料或染料。这首和歌用"白浪""黄土""美色"营造了一种视觉上的色彩效果。岩波文库的注释认为最后一句并不是说黄土真的给衣衫染上了美丽的颜色，而是表达了一种想在海滨长时间游玩以至衣服都被染上颜色的心情。

儿岛娘子

[965]

若常人

告别无顾及

诚惶恐

强忍不挥袖

评注

儿岛娘子，生卒不详。由这首和歌的左注可知，她是一个游走于各地，在宴会上用歌舞乐曲助兴的游女。左注说，天平二年（730年），大伴旅人被任命为大纳言，告别大宰府回京。行至水城，驻马回首。送行的人群中，有一位游女混在众多官吏中，"伤此易别，叹彼难会，拭泪自吟振袖之歌"2首，这是其中一首。别人都可以把惜别的情感表露出来，但自己碍于身份却不能。"诚惶恐"一句表达了作者因身份悬殊，甚至无法挥袖向大伴旅人道别的悲伤。

大伴旅人

[968]

自以为

吾乃大丈夫

水城上

竟然拭眼泪

评注

这首和歌是大伴旅人和儿岛娘子所作 2 首中的一首。本以为自己是一个顶天立地的男子汉，没想到，在水城（为防御修建的水沟）的堤坝上却被游女的真诚所打动，流下了眼泪。或许有人认为这只是一首应酬的和歌，并没有真情在里面。但是，作为大宰帅、大纳言，作为一个贵族，能够接受游女的和歌并回赠，这本身就说明大伴旅人胸怀宽广。斋藤茂吉将这首和歌选入《万叶秀歌》，并作出这样的评价：儿岛的和歌并不轻佻，大伴旅人的和歌也很沉静，毫无挑逗之意。这说明当时的人们并不蔑视游女这一群体，而是非常认真地对待她们所作的和歌。《万叶集》的编撰者还把她们的和歌与名家大家的作品收录在一起，这种态度实在令人折服。

大伴旅人

[969]　　　　　　纵一瞬

　　　　　　　　　也欲看

　　　　　　　　神奈备山下

　　　　　　　　明日香川

　　　　　　　是否深水变浅滩

评注

　　天平三年（731年），大伴旅人在奈良佐保的家中思念故乡，作和歌2首，这是其中一首。佐保山在今奈良县北部的奈良市东面，佐保山山麓在奈良时代是贵族们的聚居地。神奈备山和明日香川则在今奈良县中部的高市郡明日香村，这里是大伴旅人的故乡。大伴旅人于同年七月二十五日去世，可见这首和歌是他在病重时所作。从佐保到明日香村大约有30公里。但是，对于生活在奈良时代的人来说，尤其是对于身患重病的大伴旅人来说，这30公里成为他返回故乡不可逾越的障碍。他只能在思念中想象着，故乡的河经过这么多年后是不是没有以前那么深了。这首和歌寄托了大伴旅人深深的思乡之情。《万叶集》卷三·334也是一首思乡和歌，是大伴旅人在大宰府时所作。可见大伴旅人在生命的最后几年是在思乡中度过的。这首和歌与同时所作的970被认为是大伴旅人最后的作品。

高桥连虫麻吕

[972]　　　　　　　　君乃勇士

纵使敌军千万

无须多言

擒其大获全胜

评注

　　高桥连虫麻吕，生卒不详。奈良时代的地方官吏、歌人。据说曾是常陆（今茨城县一带）国守藤原宇合（694—737）的部下。《万叶集》中收录有34首和歌，其中包括长歌14首，短歌19首和旋头歌1首。他的和歌多以旅行为题材，也有取材于传说、故事的作品。天平四年（732年），藤原宇合被派往西海道任节度使，高桥连虫麻吕作长歌一首和这首反歌为其送行。日本古代的行政区域划分为五畿七道。五畿也称畿内，即大和、山城、摄津、河内、和泉五国。七道为东海道、东山道、北陆道、山阴道、山阳道、南海道、西海道。西海道为今九州及周边岛屿，是离朝廷最远的一个道。这首和歌虽是对上司的赞美，但也充满阳刚之气，是典型的质朴雄健的"万叶调"。斋藤茂吉将这首和歌选入《万叶秀歌》，并认为这首和歌的风格与送别武将藤原宇合这一内容十分相符，这样的万叶调"我等人"已经咏不出了。

山上忆良

[978]　　　　　　　　身为士

　　　　　　　　难道无为终此生

　　　　　　　　未立名

　　　　　　　　亦无英名传后世

评注

　　这首和歌题为"山上臣忆良沉疴之时歌一首"。左注曰："山上忆良沉疴之时，藤原朝臣八束使河边朝臣东人令问所疾之状。于是，忆良臣报语已毕，有须拭涕悲叹，口吟此歌。"《万叶集》卷五中还有山上忆良于天平五年（733年）所作的《沉疴自哀文》，其中有"年七十有四"一句。这首和歌从内容上看，与《沉疴自哀文》是同一时期的作品。"士"即士大夫之意。前文介绍过，山上忆良曾作为少录随遣唐使入唐，倾心于儒教和佛教研究，受中国文化影响很深。这首和歌便体现出他所受到的中国士大夫思想的影响。山上忆良出身并不显贵，因而只能官至从五位，以一个中级官吏了此一生。因此，作品中流露出他对自己人生的不满足。这首和歌也可以看作是山上忆良对自己人生的一个总结，还被选入《万叶秀歌》。

大伴坂上郎女

[982]　　　　　　　　夜雾起

月色朦胧

见此景

心中生悲

评注

　　这首和歌是作者咏月和歌 3 首（981—983）中的一首。夜晚，蒙上一层雾色的月亮不再明亮，变得朦朦胧胧。看到这样的月亮，作者心中不禁感到悲戚。到了平安时代（794—1192），日本出现了很多望月悲叹的和歌，但在《万叶集》中仅此一例。我国古典诗歌当中也不乏有如此意境的诗句。例如，《文选》中曹植的《七哀诗》里就有"明月照高楼，流光正徘徊。上有愁思妇，悲叹有余哀"的诗句。《文选》很早就传入日本，在奈良时代是贵族必读的书籍，对奈良时代的文学创作产生了很大的影响。日本和汉比较文学研究界泰斗、已故学者小岛宪之早就指出了《文选》对《万叶集》歌人创作的影响。不过，为何《万叶集》当中有这样意境的和歌仅此一首，而到了平安时代才多起来，这倒是一个很有意思的问题。

大伴家持

[994]　　　仰望一弯新月

想起那道弯眉

虽只一眼之缘

评注

这是一首咏初月（新月）的和歌。弯弯的月牙使作者想起了只看过一眼的美人弯弯的眉毛。一弯新月使这首和歌洋溢着清新的格调，呈现出与《万叶集》其他作品不同的风格。据说这首和歌是大伴家持十六七岁时的作品，是他创作早期的作品。我国诗歌当中也有将新月与眉毛联系起来的作品。例如，五代牛希济《生查子》中的"新月曲如眉，未有团圞意"，北宋晏几道《南乡子》中的"新月又如眉，长笛谁教月下吹"均将新月形容成眉毛。斋藤茂吉在《万叶秀歌》中指出：这首和歌有着少年的秀美，是欣赏《万叶集》时的必读作品。

山部赤人

［1001］　　　　　　大丈夫

出发前去打猎

众少女

手捻红裳衣摆

漫步清美海滩

评注

天平六年（734 年）三月，圣武天皇前往难波宫行幸时，从驾官吏们作和歌 6 首（997—1002），这是其中一首。这首和歌描写了随从天皇出行的官吏、女官们游猎游玩的情景。

前去打猎的男子的雄壮与担心被海水打湿而手提红裙的女子的娇媚，形成了鲜明的对比。同一组和歌中999的左注说明，999是在游览住吉海滨后返回难波宫的途中所作。因此，这首和歌中的"清美海滩"也应当是指住吉海滩。难波宫遗址在今大阪市中央区，三面环山，西临大阪湾。现在附近高楼林立，但在古代一定是面朝大海，背靠山野。"红裳"在原文中为"赤裳"（AKAMO），《万叶集》中描写女子的衣衫时多用这个词。例如，卷五•861中钓香鱼的少女、卷七•1090中"我"心爱的女子、卷九•1710中收割时的少女等都是身着"赤裳"。当代的日本女子，尤其是年轻女子很少穿红色的衣服，但是在万叶时代，红色充分衬托出了女子的美丽。

元兴寺之僧

[1018] 　　　海底美珠

　　　　　　不为人识

　　　　　　不识亦可

　　　　　　人不识吾识

　　　　　　人不识亦可

评注

　　元兴寺之僧，生卒、身世不详。这首和歌题为"十年戊寅，元兴寺之僧自叹歌一首"。元兴寺在今奈良市，是世界文化遗产，前身是六世纪末建成的日本最古老的寺院法兴寺。

"十年戊寅"是指天平十年（738 年）。左注曰："元兴寺之僧，独觉多智，未有显闻，众诸狎侮。因此僧作此歌自叹身才也。"可以说这是一首自嘲的和歌，也可以说这是一首自我安慰的和歌。原作是一首旋头歌，即音节以 5、7、7、5、7、7 为节奏。作者把自身比作海底的珍珠，虽然他表示不为人知也无所谓，但是读者却能感受到他怀才不遇的叹息。这首和歌在创作上运用了反复使用同一动词的手法，虽然有其特点，但这种手法难免有文字游戏之嫌，反而削弱了和歌的表现力。

圣武天皇

［1030］　　　　　　思恋吾妻

放眼吾松原

落潮海滩

仙鹤飞过鸣

评注

圣武天皇（701—756），日本第 45 代天皇，724—749 年在位，《万叶集》中收录有 11 首和歌。圣武天皇积极派遣遣唐使，学习吸收中国先进的文化。他笃信佛教，下令修建东大寺，营造大佛，带动并促进了美术工艺的发展。著名的天平文化就是在这样的背景下产生的。这首和歌的前一首 1029 的序说明，天平十二年（740 年）十月，大宰少贰藤原广嗣起军谋反，天皇前往伊势国（今三重县东南部），在河口行宫

（在今三重县津市），天皇和包括大伴家持在内的从驾官员各作和歌。这首便是天皇所作。此时光明皇后还在京城。这首和歌表达了天皇对皇后的思念。前文提到过，在《万叶集》中，鹤鸣声是唤起思念和乡愁的声音。

大伴家持

[1037]　　　　　今建久迩都
　　　　　　　　放眼望
　　　　　　　　山清水秀地
　　　　　　　　知为何
　　　　　　　　将京定于此

评注

天平十二年（740 年）十月藤原广嗣之乱后，同年十二月，圣武天皇将都城从平成京（今奈良市）迁往久迩京。久迩京遗址在今京都府最南部的木津川市，南部与奈良市接壤。这首和歌是大伴家持赞久迩京所作。和歌咏道："看到这里如此的山清水秀，终于明白圣君为何要把新都城选在这里了。"和柿本人麻吕等人的"吉野赞歌"一样，这首和歌表面上在赞美久迩京，实则是赞美天皇。

市原王

[1042]　　　　　一棵松

历经绵长岁月

风声清

可因年代悠远

评注

市原王，生卒不详，一说生于 719 年。奈良时代的皇族，歌人。志贵皇子（天智天皇之子）或川岛皇子（天智天皇之子）的曾孙，《万叶集》中收录有 8 首和歌。这首和歌是天平十六年（744 年）正月众贵族"登活道冈，集一株松下"饮酒时，由市原王所作。活道冈不详，有可能是久迩京（今京都府木津川市）附近的山冈。岩波文库的注释说，用"清"来形容风声，《万叶集》中只此一例。这有可能是受到《世说新语·言语》中"人想王荆产佳，此想长松下当有清风耳"的影响。

佚名

[1045]　　　　奈良都城

渐成荒墟

见此深感

世间无常

评注

这首和歌是"伤惜宁乐京荒墟作歌三首"（1044—1046）

中的一首，3首和歌的作者均不详。另外，1047、1048、1059—1061也都是以"旧都伤感"为内容的和歌，使人联想到卷一中的"近江荒都歌"。看着曾经辉煌的都城一天天荒芜下去，成为荒墟，作者深深感受到世间的无常。这是一首伤感痛惜平城京旧都的和歌，也是无常之咏。"奈良""宁乐"均为"平城"，二者的日文读音相同，汉字标记不同。本书的底本岩波文库《万叶集》用的是"奈良"二字。

田边福麻吕

[1061]　　　　　花开色依旧

　　　　　　　　宫殿里

　　　　　　　人去已不同

评注

　　田边福麻吕，生卒不详。奈良时代的下级官吏、歌人。从《万叶集》卷十八·4032的序中可知，天平二十年（748年）作者任造酒司令史。《万叶集》中收录有44首和歌。1067的左注说明，1047—1067的21首和歌均出自《田边福麻吕歌集》，这首是题为"春日悲伤三香原荒墟"长歌的反歌。三香原荒墟指荒都久迩京。这首和歌使不变的"花"和宫殿里已离去的"人"形成对比，使人联想到刘希夷《代悲白头翁》中的诗句"年年岁岁花相似，岁岁年年人不同"。这首和歌之前的1050—1058是"赞久迩新京"的2首长歌和7

首反歌。"赞"之后紧接着便是"悲",编者这样的排列更衬托出了作者的伤感。

卷七

　　此卷共收录有350首和歌。杂歌228首，其中旋头歌25首，短歌203首；譬喻歌108首，其中旋头歌1首，短歌107首；挽歌14首，均为短歌。其中，杂歌的编排很有特色，是按照汉籍类书里提到的"天象""地象""人事"的顺序排列的，除歌题为"咏天""咏云""咏山""咏河"等内容的咏物歌、羁旅歌以外，还有"临时"一项。此外，还穿插有一些相闻歌。作品大多出自《柿本人麻吕歌集》或《古歌集》。现选译35首呈献于此。

杂歌

柿本人麻吕

[1068]　　　　　天海翻云波

见月船

驶入星林隐身形

评注

　　这首和歌出自《柿本人麻吕歌集》，是卷七的开卷作品，也是唯一一首"咏天"的和歌。作者把天空比作大海，把云彩比作波浪，把月亮比作小船，并用"林"来形容繁星，向读者展示了一幅天空壮美的画卷。在天海云波中，月亮这艘小船慢慢驶入星星的丛林不见了身影。这幅画面又仿佛塑造了一个童话世界，神奇而美好。彼得·麦克米伦认为，这首和歌的意境给读者带来震撼，描绘出一幅闪亮新鲜、充满梦幻和喜悦的画卷。

佚名

[1082]　　　　　夜渐深

明月当空

水底玉

清晰可见

评注

这首和歌是"咏月"18首（1069—1086）中的一首，是赞美秋夜明月的和歌。明亮的月亮，不仅照亮了大地，连水底美丽的石头都清晰可见。后面两句并非作者的想象，在大和（今奈良县）地区的确有一些浅浅的清澈小溪，水底的一切尽收眼底，可以说是作者熟悉的景色。不过，这两句读起来还是让人感到略显夸张。但这种略显夸张的手法强调了月光的皎洁，令人耳目一新。

佚名

[1089]　　　　茫茫大海无岛屿

白云何以

驻足涌动波涛上

评注

这首和歌是"咏云"3首（1087—1089）中的一首，另外两首出自《柿本人麻吕歌集》。飘浮的白云遇到山的阻隔，会环绕在山间，似乎停住了脚步。例如，南宋留元崇《中阁禅院》中就有"白云依古山"的诗句。当然从年代上讲，这首诗不会对《万叶集》的创作产生影响。茫茫大海上并无岛屿，也没有山的阻隔，但是白云却驻足在波涛汹涌的大海上空。这首和歌表达了作者看到这一景象时的惊讶和感叹，同时它也被选入《万叶秀歌》。

佚名

[1090] 　　　　　　吾妹红裳

　　　　　　衣摆是否淋湿

　　　　　　　今日小雨

　　　　　　我愿同湿衣衫

评注

　　这首和歌是"咏雨"2 首中的第一首。"红裳"一词在卷六·1001 的评注中有过说明，请作参考。这首和歌咏道："雨水是否打湿了我心爱女子的红衣裳？如果是这样，我也希望自己的衣衫被雨水淋湿。"这虽然是一首"咏雨"的和歌，但从内容上看更像是一首传递爱情的相闻歌。

柿本人麻吕

[1094] 　　　　　　三室山

　　　　　　满目皆美叶

　　　　　　　让此色

　　　　　　染红吾衣衫

评注

　　"咏山"的和歌一共有 7 首（1092—1098），这首是出自《柿本人麻吕歌集》3 首（1092—1094）中的一首。三室山即三轮山，在奈良县北部的樱井市，是一座呈圆锥形的小山，自古以来就被认为是神山。这首和歌咏的是三室山的秋色。满山的红叶如此美丽，想让我的衣衫也染上这种颜色。作者用这样浪漫的语言赞美了神山的红叶。

佚名

[1099]　　　　　片冈对面山峰

撒下米槠子

今夏便成荫

评注

"咏岳"的和歌只有这一首。片冈山在今奈良县北葛城郡，以"片冈山传说"著称。据《日本书纪》记载，推古天皇二十一年（613年），圣德太子在片冈山游历时，发现路边躺着一个饥寒交迫的人。圣德太子当即施以衣物和食物。第二天，他派去观察的人说那个人已经死亡。圣德太子大悲，令人为其修建坟墓。数日后，他再次派人前去查看，却发现那人的尸体消失了。这便是所谓"片冈山传说"，也称"饥人传说"。现在片冈山达摩寺的简介中说，这个饥寒交迫的人便是达摩。不过，从这首和歌的内容看，它与"片冈山传说"似乎并无关系。

佚名

[1111]　　　　　布留川

流水声清丽

古昔人

闻之曾赞美

评注

　　这首和歌是"咏河"16首（1100—1115）中的一首。布留川在今奈良县天理市，是一条长约11千米的小河。这是一首赞美小河的和歌，但是作者并没有直接描写小河的美丽，而是让思绪追忆到往昔，借古人对清流声的赞美完成了对这条小河的描写。洼田空穗这样评价这首和歌：作者在赞美之余，用"古昔人，闻之曾赞美"这样的诗句将自己的心情和永恒不变的人性联系在一起。这首和歌创作手法新颖，具有丰富的艺术性。

佚名

　　[1116]　　　　天降露珠

落满黑发

捧在手上

顷刻消失

评注

　　这是唯一一首"咏露"的和歌。晶莹的露珠，看上去玲珑剔透，可一旦将其捧在手上，便会马上化掉，没有了踪影。

这首和歌多少给人带来一丝伤感。露特别是朝露，一旦暴露在阳光下，就会消失不见。而且，佛教书籍《出曜经》第一卷曰："命如朝露，暂有便灭。"因此，不仅是在《万叶集》中，在古典和歌中，"露"也常被用来形容短、无常以及生命的脆弱。

佚名

[1117]　　　　　　环岛游历

见岸边礁上花开

任风吹浪打

定将此花采摘

评注

"咏花"的和歌也仅此一首。海岸边风大浪高，要把开在交错的礁石上的花采到手，势必要冒一定的危险。即便如此，"我"也一定要把这花采到手。这里虽然没有写明是什么花，但这"花"颇有寓意，可以理解为心爱之人的象征。因此，这首和歌虽然题为"咏花"，但实则是一种表白。无论追求心上人的路途多么艰难，"我"都要走下去，直到成功的那天。

柿本人麻吕

[1118]　　　　　　古昔人

到此是否亦相同

三轮桧

采摘枝叶插发上

评注

"咏叶"的和歌有两首，另外一首是 1119，它们皆出自《柿本人麻吕歌集》。三轮指三轮山。在《万叶集》的很多和歌中，都有将枝叶编成花冠戴在头上或者直接插在头发上的场景，枝叶大多为春天的柳枝、梅枝、樱花枝等，也有秋天的红叶枝。在这首和歌中是将桧树枝插在头发上。斋藤茂吉将这首和歌选入《万叶秀歌》，并认为它是广义上的恋爱和歌，有象征意义。

佚名

[1120]　　　　吉野青根峰

苔藓茵席谁织就

未见有经纬

评注

"咏苔"的和歌仅此一首。青根峰不详，从"吉野"二字判断应在吉野山岳地带（今奈良县南部）。苔藓也经常出现在我国古诗当中，比如，对日本平安时代文学产生了巨大影响的白居易所作的《秋思》中就有诗句"鸟栖红叶树，月照青苔地"。不过，这首和歌把苔藓比作席子，使人联想到唐代宋之问《答田征君》中的诗句"风泉度丝管，苔藓铺茵席"。

佚名

[1121]　　　　　　与妻相会

路经矮竹原野

细竹芒草

命汝为吾让道

评注

"咏草"的和歌也只有这一首。在外出与妻子相会的路上，要经过一片长满低矮竹子的原野。因此，作者命令原野上的矮竹和芒草，在他经过的时候为他让出一条路来。后两句在原文中用了命令形。因此，笔者用了"命"这个词。这首和歌与第1090首和歌"咏雨"一样，从内容上看可视为相闻歌。

佚名

[1123]　　　　　　佐保川

河滩清美

鸽啭蛙鸣

此二声

令人难忘

评注

这首和歌是"咏鸟"3首（1122—1124）中的一首。佐保川在奈良县北部，流经奈良市和大和郡山市，是一条著名的河流，《万叶集》中有17首和歌咏佐保川。佐保川鸻鸟的鸣叫声和蛙鸣闻名遐迩，尤其是蛙声以动听而著名。因此，这首题为"咏鸟"的和歌将蛙声和鸻鸟的鸣叫声相提并论，感叹二者都令人难忘。

佚名

[1125]　　　　　　清澈浅滩

　　　　　鸻鸟鸣叫呼唤妻

　　　　　　　神奈备乡

　　　　　山间可已飘轻雾

评注

本卷前62首和歌（1068—1129）中，绝大部分以"咏～"为题，唯有1125、1126题为"思故乡"，这两首都是思念故乡的和歌。神奈备山是三室山的别称，被视为有神坐镇的神山。这首和歌描绘了故乡的景色——清流、鸻鸟和山间的轻雾。"轻雾"在原文中为"霞"（KASUMI）。前文中已经提到，在日语中"霞"为"雾"之意，与汉语中的"霞"意思不同。而且，在古典和歌中有"春霞秋雾"之说，即春天的雾用"霞"表示。这一点在《万叶集》中已经基本定型。因此，这首和歌描写的应是故乡春天的景色。

佚名

[1127]　　　　涌泉成井

　　　　　　　　水清澈

　　　　　　　　视而不见

　　　　　　　　难前行

评注

　　这首和歌是"咏井"2首中的第一首，咏的是一口自然井。井水是清澈的泉水，看到它不喝一口是无法离开的。接下来的一首1128咏的是当地豪族挖的井，大意是"你的家族像马醉木花一样繁盛，你挖的井，喝多少都喝不够。"这两首和歌分别用"难前行"描写自然井水的甘甜诱人，用"喝不够"赞美豪族挖的井，其中不乏恭维之意。

佚名

[1129]　　　　取出琴

　　　　　　　未奏先自叹

莫非是

吾妻藏琴身

评注

　　这是唯一一首"咏倭琴"的和歌。作者取出琴，仿佛看到妻子出现在自己的眼前，不由得发出了叹息。岩波文库的注释提到，《日本书纪》中有歌谣咏道"影姬在琴头"，意思是弹起琴来就会出现光影。这首和歌有可能是基于此创作的。本卷题为"咏～"的和歌到此为止。以上是从每种类型中各选出一首进行分析的。

佚名

　　　　　　　[1138]　　　　　　欲过宇治川

唤渡船

似是未传到

亦无船桨声

评注

　　这首和歌是"山背作歌五首"（1135—1139）中的一首。"山背"即山城，今京都府东南部一带。据说从平城京（位于今奈良市，奈良时代的都城）的奈良山上望去，这一带看似在山的背后，因而得名"山背"。宇治川从滋贺县西南部流经京都府汇入淀川，是一条著名的河流。即使在治理完善、河道通畅的今天，站在宇治川边，仍能听到轰鸣的河流声，看到波涛滚滚的宽阔河面。可想而知在奈良时代，这条河流是何等壮观。或许因此，"山背作歌五首"均为咏宇治川的作品。这首和歌用"声音无法传递"这样的表达方式描写了宇治川的壮观。因为这首和歌当中没有视觉描写，所以斋藤茂吉在《万叶秀歌》中指出，这首和歌描写的是夜晚的情景，使人感到一种莫名的寂寥。

佚名

[1165]　　　　　暮时海平静

　　　　　　　　岸边鹤觅食

　　　　　　　　潮涨波浪高

　　　　　　　　鸣叫唤己妻

评注

　　这首和歌是题为"羁旅作歌"90 首（1161—1250）中的一首，这 90 首大多出自《古歌集》，极个别出自《柿本人麻吕歌集》，也有其他歌人的作品。这首和歌描写了旅行途中的一幕。正在觅食的鹤看到涨潮便呼唤自己的妻子，一定是因为担心妻子的安危。前文中几次提到，鹤鸣在《万叶集》及古典和歌中是唤起思念以及旅愁、乡愁的声音。这首和歌看似在描写场景，但从最后一句中读者能够感受到作者对妻子的挂念和思念。爱尔兰著名翻译家彼得·麦克米伦谈到翻译心得时说，"己妻"一词使人联想到作者的妻子。但是，在英文翻译中无法将其表现出来。因此，很难把日语的深奥之意传达给英文读者。

佚名

[1169]　　　　近江海
　　　　　　　港湾有八十
　　　　　　　　不知君
　　　　　　　将船停何处
　　　　　　　结草当枕眠

评注

　　这首也是"羁旅作歌" 90 首中的一首。如前所述，近江海即琵琶湖。琵琶湖在滋贺县域内，面积 670.5 平方千米，是日本最大的淡水湖，在古代被称为"淡海""近江海"等。"八十"是用来形容琵琶湖停泊处多的，并不是指具体数字。从内容上看，这首和歌出自女歌人之手，或是以女子的口吻所作，字里行间流露出对在旅途中的家人的关怀。"羁旅歌"多为旅行者或歌人以旅行者的口吻所作，内容也主要是描写沿途景色、旅途艰辛，或表达旅愁、乡愁。这一首和歌的字里行间流露出作者对在旅途中的家人的关怀，可以说是这首和歌的特点。

佚名

[1186]　　　　　渔家女儿

　　　　　　　　海上打鱼

　　　　　　　　浪湿衣袖

　　　　　　　　晒犹不干

评注

　　这首仍是"羁旅作歌"90首中的一首，描写了作者在旅途中看到的一幕场景。年少的渔家女正在忙着打鱼，海水浸湿了她的衣衫。为了生计，少女每天要出海打鱼，打湿的衣衫晒了又湿，湿了又晒，永远晒不干。那湿透的衣袖一定很冰凉，使读者不禁同情为了生计而辛苦劳作的少女。

佚名

[1209]　　　　　如生为人

　　　　　　　　皆是母亲爱子

　　　　　　　　纪川河畔

　　　　　　　　妹山与兄山

评注

　　这首仍是"羁旅作歌"90首中的一首。纪川在纪伊国，今和歌山县内，由奈良县流入，在奈良县内称吉野川。"兄山"

在原文中写作"背山"，与"妹山"一同用来表示相邻或相对的两座山。这首和歌中的妹山在纪川南岸，兄山在纪川北岸，两山隔河相望。这首和歌是一连4首（1208—1211）咏"妹山"或"兄山"（背山）中的一首。因"妹"和"兄"在古典和歌中有妻子和丈夫的意思，所以，其他3首均借用这两座山的名字抒发了对妻子的思念。然而这首和歌则咏到，如果生为人的话，妹妹（妹山）和哥哥（兄山）都是母亲最心爱的孩子，读起来更像是一首因山名而即兴创作的作品。

佚名

[1213]　　　　　名草山

　　　　　　徒有其名

　　　　　　吾之恋

　　　　　未得千之一分安慰

评注

　　这首仍是"羁旅作歌"90首中的一首。名草山在和歌山市，日语发音为 NAGUSAYAMA，与"慰める（安慰）"一词的发音相似，相当于汉语中的谐音。这座山虽然名字听起来像是"安慰"，但是思念中的"我"却得不到丝毫的安慰。这首和歌利用谐音抒发了恋爱中的心境。前文也提到过，这种利用谐音进行创作的手法是和歌创作中一种常见的修辞手法，日语中称为"掛詞"。

佚名

[1224]　　　　　大叶山
　　　　　　　今晚薄雾飘荡
　　　　　　　夜已深
　　　　　　　不知船泊何处

评注

　　这首同为"羁旅作歌"90首中的一首。大叶山不详。夜深了，大叶山上飘荡着夜雾，而身在旅途的人还不知道该把船停泊在哪里。这首和歌表现了漂泊旅途中的不安。"雾"这一自然现象的特征是遮挡人们的视线，使周围的景物、前方的道路变得模糊不清。试想赶路的旅人，尤其是到了晚上还没有找到落脚处的旅人，在遇到雾时心中有多么惶恐和不安。因此，在这首和歌中，"雾"起到了烘托主题的作用。有译者将这个词译作"晚霞"，因为在原文中这里用的是"霞"这个字。"霞"的词义在前文中已经做过解释，不再赘述。至于译成"晚霞"是否合适，对这首和歌整体的理解是否有影响，读者可以做一个判断。

柿本人麻吕

[1249]　　　　　浮沼池
　　　　　　　为君采集菱角
　　　　　　　水打湿

自己所染衣袖

评注

　　浮沼池不详。这是一首用女子口吻创作的和歌，虽然仍是"羁旅作歌"90首中的一首，但从内容上看似乎与羁旅无关。据说在古代日本送别人东西时，说明其来之不易的过程是一种表达爱情的方式。如果这种说法无误的话，那么，这首和歌就是通过描写采集菱角这一行为讲述了一个爱情故事。在当时采集菱角是为了食用，但现在的日本已经极少有人知道什么是菱角了。

柿本人麻吕

　　　　[1269]　　　　　　卷向山边

　　　　　　　　　　　　河水轰鸣流过

　　　　　　　　　　　　　水中泡沫

　　　　　　　　　　　正如人世吾辈

评注

　　这首和歌是"就所发思旋头歌"（1267—1269）中的一首。卷向山在今奈良县樱井市，作品中的河流应是从此山向西南方向汇入初濑川的卷向川。卷向山、卷向川和初濑川都常出现在《万叶集》的和歌当中。"如水泡沫"是常出现在佛教经典作品中的词语，《正法念处经》第三十一卷中就有"三界无常，亦如水泡沫"的文字。这首和歌受佛经影响，也用"水中泡沫"歌咏了人世的无常。这首和歌和前一首 1268 同样出自《柿本人麻吕歌集》，1268 是悲叹妻子离世的和歌。因此，斋藤茂吉认为这首和歌也是为妻子离世感到悲伤的作品，并将其选入《万叶秀歌》。

柿本人麻吕

[1273]　　　　　住吉波豆麻

某君骑马需有衣

请来汉女制

语言不通实难懂

评注

这是 24 首旋头歌（1272—1295）中的一首，24 首中的前 23 首均出自《柿本人麻吕歌集》。住吉即今大阪市，波豆麻不详，可能是住吉某个地方的名称。"汉女"即从中国渡海到日本的"渡来人"，掌握着先进的织布和缝纫技术，因此被请来缝制骑马穿的衣服。这首和歌向我们展示了奈良时代东渡日本的中国人日常生活的一面。

佚名

[1295]　　　　　月船驶出航

升上春日三笠山

观杯中月影

风流雅士畅饮

评注

　　这首和歌是 24 首旋头歌的最后一首。 歌人把月亮比作船，描绘出了一幅风雅的画卷。 夜晚，月亮像一条小船升上了三笠山，风流雅士一边欣赏着映在酒杯中的月影一边饮酒。 有这般雅兴又如此悠闲的自然不是庶民和贫穷的百姓。 因此，这首和歌也向我们展示了古代日本贵族生活的一个侧面。

譬喻歌

柿本人麻吕

　　[1301]　　　　海神有宝珠

缠在手

吾却在海湾

潜入水

评注

　　相闻歌的表现形式有三种：直接表达心绪的"正述心绪歌"，借物象表达心绪的"寄物陈思歌"，以及运用比喻手法的"譬喻歌"。 此卷中的譬喻歌均题为"寄～"，与"寄物陈思歌"的形式相同。这首和歌是"寄珠"5首（1299—1303）中的一首。作者用海神比喻父母，用宝珠比喻女儿。前两句暗指恋爱对象在父母的严密监视之下。明知海神手中的宝珠不是能够轻易拿到的，但"我"还是潜入了水里。这首和歌用比喻的手法表达了追求爱情的艰难，"宝珠"这一比喻还使人联想到我们常说的"掌上明珠"。可见无论在哪个国家，女儿都会得到父母的呵护。

柿本人麻吕

> [1306]　　　　　花隐此山红叶下
>
> 　　　　　　　　只一瞥
>
> 　　　　　　　　更思恋

评注

　　"寄花"的和歌仅此一首。在这首和歌中，作者用被隐藏在红叶下的花比喻心爱的女子。红叶的醒目与隐约可见的花形成对比，更体现出花的难能可贵。洼田空穗是这样解读这首和歌的："花"比喻身份低微的女子，"红叶"则是与这个女子在一起的有身份、外表靓丽的女子们。她们的关系可以看作是下人与女官的关系。作这首和歌时，柿本人麻吕大概是被这个身份低微的女子所吸引。笔者认为，这首和歌表达的是这样一种恋爱心理：只瞥了一眼，没有机会仔细端详，反而更觉得对方美，更加抑制不住内心的思恋。

佚名

［1331］　　　　　　岩石山

　　　　　　　明知不可攀

　　　　　　身处地不同

　　　　　　　　仍爱恋

评注

　　"寄山"的和歌有5首（1331—1335），都用"山"比喻女性，指恋爱对象。这首和歌用无法攀登的岩石山比喻身份高贵的女子。"身处地不同"一句是指两人身份悬殊。明知对方高不可攀，也十分清楚身份悬殊，但"我"仍要去爱。这首和歌表达的是知难而进的情感，表现了与身份高贵的女子恋爱的男子的心理。这或许是男子对心爱女子的表白。

佚名

［1339］　　　　　　翠蝴蝶

　　　　　　　欲用其染衣

　　　　　　　易褪色

　　　　　　令人生苦恼

评注

　　这首和歌是"寄草"17首（1336—1352）中的一首。翠蝴蝶，即鸭跖草，开出的花形如蓝色的蝴蝶。用这种花染出的衣服极容易褪色，比喻见异思迁、容易变心的男子。这是一首女子所作或以女子的口吻所作的和歌，表现了女子因恋爱对象用情不专一而产生的痛苦和烦恼。在实行走婚制度的古代日本，男子，特别是身份高贵的男子，一旦有了新的恋爱对象，便会冷落旧人。因此，在表现女性恋爱的和歌中，常见的词语有等待、不安、烦恼和痛苦。

佚名

[1369]　　　如天云间

闪光轰鸣雷

见则惶恐

不见又悲伤

评注

这是唯一一首"寄雷"的和歌。前面出现的1331表现的是与身份高贵的女子恋爱的男子的心理，这首表现的则是与身份高贵的男子相恋的女子的心理。带着闪光轰鸣的雷象征着身份高贵的男子。和这样的男子恋爱，见面时诚惶诚恐，不见时又思念万分。从这里也可以看出，两人之间身份悬殊。

佚名

[1375]　　　命如晨霜易消亡

妾身为谁

愿有千年寿命长

评注

　　这首和歌是"寄月"4首（1372—1375）中的一首。原文有左注说明，此歌不属于譬喻歌之类，只因为前一首和歌（1374）的作者作了这首和歌，所以被排列到了这里。"霜""露"在夜晚降临，太阳一出便消失，在古典和歌中常被用来比喻脆弱的生命。"朝霜"（晨霜）、"朝露"又作"命"的枕词。人的生命虽然像晨霜一样短暂脆弱，"我"却要为谁活到千年？是为了你！或许恋人久未来访，这首和歌表现了不见到恋人誓不罢休的女子的心理。

佚名

　　[1397]　　　　　波涛越荒岸

诚恐怖

海中之美藻

实难憎

评注

　　这首和歌是"寄海藻"4首（1394—1397）中的一首。卷七"寄～"的歌题共有25个，其中与海洋相关的有5个，分别为珍珠、海、海滩沙、海藻、船。《万叶集》中出现的有关海洋的和歌和词语数不胜数，这一特点无疑与日本四面环海这一地理特征有着密切的关系。这首和歌用越过荒芜的海岸扑面而来的波涛暗喻对女儿严密监视的父母，用美丽的海藻比喻他们的女儿。虽然父母很可怕，但他们的女儿却一点儿都不令人厌恶，很可爱。这首和歌表现了恋爱中的男子的心理。

挽歌

佚名

[1415]　　　　　妻是珠玉
　　　　　　骨灰撒向清山边
　　　　　　　四处消散

评注

　　这是一首哀悼妻子的和歌，描写的是撒骨灰的场面。前文提到过，日本自古以火葬为多。这首和歌告诉我们，古代日本不仅火葬，而且还有撒骨灰的习俗。日语中的撒骨灰是"散骨"（SANKOTSU），这首和歌中的珠玉是指亡妻的"骨"。来到清净的山边，挥手一撒，亡妻的骨灰就消失在山间。这一撒，亡妻将从这个世界上完完全全地消失，不留一丝痕迹。这首和歌当中虽然没有"哀伤""痛苦"等字眼，但反而使读者感受到了深深的悲哀。

卷八

　　卷八中第一次出现按四季进行分类，春夏秋冬中又分别有杂歌和相闻歌。其中，春47首中有杂歌30首，相闻歌17首；夏46首中有杂歌33首，相闻歌13首；秋125首中有杂歌95首，相闻歌30首；冬28首中有杂歌19首，相闻歌9首。四季中秋歌的数量远远超出其他季节，说明万叶歌人对秋季情有独钟。此卷共收录有246首和歌，现选译24首呈献于此。

春杂歌

志贵皇子

[1418]　　　　　飞流迸岩上

　　　　　　　　瀑布旁

　　　　　　　嫩蕨破土出

　　　　　　　已是春天到

评注

　　这首和歌是卷八的卷头歌，题为"志贵皇子悦御歌一首"。倾泻而下的清流，刚发芽的蕨菜，让这首和歌明快平直又不失活力。作者的着眼点是瀑布边上蕨菜的嫩芽，这嫩芽预示着春天的到来，让皇子感到喜悦，歌题中的"悦"大概就源于这种心情。斋藤茂吉认为这一着眼点十分新颖，使这首和歌成为志贵皇子作品中的杰作，也是《万叶集》中的杰作，因此将其选入《万叶秀歌》。

山部赤人

[1426]　　　　　　梅花开

　　　　　　欲邀夫君同观赏

　　　　　　　　白雪降

　　　　　　难将花与雪分辨

评注

　　这是一首以妻子的口吻所作的和歌。《万叶集》中咏梅花的和歌有119首，"梅－莺""梅－雪"是这些和歌中常见的组合。而且，《万叶集》中的梅花均为白色，因而常被比作雪。本来想邀请你看梅花，但下雪了，便分不清哪个是梅花，哪个是雪花。这样的描写可以说是把梅花间接地比作了白雪。我国诗歌中也有将梅花比作雪的诗句，如卢照邻《梅花落》中的"雪处疑花满，花边似雪回"，杜审言《大酺》中的"梅花落处疑残雪，柳叶开时任好风"等。岩波文库的注释举出前者，认为山部赤人有可能是借鉴了卢照邻的诗歌。

佚名

　　［1429］　　　　少女作头簪

　　　　　　　　风流之士饰发髻

　　　　　　　　大君之国度

　　　　　　　　美丽樱花开满地

评注

　　这是一首较短的长歌。原文的左注说明，这首是由若宫年鱼麻吕吟诵的，但没有提及是在什么场合吟诵的。若宫年鱼麻吕，生卒、生平不详。奈良时代的歌人。《万叶集》卷三中收录有1首和歌。这首和歌歌咏了如今成为日本象征的樱花。无论是活泼可爱的少女还是风流倜傥的男士，都争相把樱花装饰在头上,可见在奈良时代,樱花就受到日本人的喜爱。但是,《万叶集》4500多首和歌当中,咏樱花的和歌只有40首,远不及咏梅花的119首。可见,在奈良时代樱花还不是第一花,平安时代以后才成为花的代名词。

春相闻

厚见王

　　[1458]　　　　　妹舍庭前樱花开

　　　　　　　　　　　今日松风劲

　　　　　　　　　　是否纷纷飘零落

评注

　　厚见王,生卒不详。舍人亲王之子,奈良时代的皇族、官吏。《万叶集》中收录有3首和歌。这首和歌题为"厚见王赠久米女郎歌一首"。《万叶集》中出现的樱花多是山樱,即山野的樱花,而且是正在盛开的樱花。然而这首和歌中的樱花却在"庭前",而且是被风吹落的樱花。此外"樱花－松风"的组合也很新颖。因此,这首和歌在《万叶集》咏樱花的和歌当中颇具特点。

久米女郎

　　[1459]　　　　　世间本无常

庭前樱花

正是飘落时

评注

久米女郎，生卒、生平不详。奈良时代的女歌人，《万叶集》中只收录有这 1 首和歌。这首和歌是回赠厚见王所作。收到"你家庭院里的樱花在松风中飘落了吧"这样内容的和歌后，久米女郎回赠道："世间无常，现在正是樱花飘落的时节。"作品的第一句无疑体现了佛教的无常思想。前文中提到，《万叶集》中咏落花（樱花）的和歌属于少数，而把樱花的飘落和无常联系在一起的只有这一首。1458 和 1459 这一对相闻歌在《万叶集》咏樱花的和歌当中可以说是前卫作品，这也是笔者选译这两首的原因。

夏杂歌

大伴旅人

［1473］　　　　柑橘花落乡

子规啼鸣单相思

一日复一日

评注

神龟五年（728 年），大伴旅人的妻子大伴郎女因病辞世，式部大辅石上坚鱼赠和歌吊唁（1472）。这首和歌是大伴旅人回赠石上坚鱼所作。在这首和歌中，大伴旅人把亡妻比作凋落的柑橘花，而自己则是因单相思而啼鸣的子规（杜鹃鸟），他将自己的感情寄托在柑橘花和杜鹃鸟上，抒发了对亡妻的思念。在古典和歌中，杜鹃鸟是夏季的代表性景物。《万叶集》卷八中的"夏杂歌"共有33首，其中咏杜鹃鸟的和歌就有26首。此外，柑橘花也是夏季的代表性景物。

大伴家持

[1479]　　　　　久闭家中心郁闷

　　　　　　　寻舒畅

　　　　　　　出房门

　　　　蜩鸣声声传入耳

评注

　　这首和歌题为"大伴家持晚蝉歌一首"。岩波文库的注释指出，"晚蝉"是汉语，多指秋蝉。而这首和歌是一首"夏杂歌"，所以，这里的"晚蝉"是指黄昏时分的蝉。原文中"蝉"一词用的是"晚蝉"（HIGURASHI），也写作"蜩"，即茅蜩。《万叶集》中咏蝉的和歌并不多，只有10首，而其中9首写作"蜩"。这首和歌描写了夏日傍晚，蜩鸣不绝于耳的一幕。

大伴书持

[1480]　　　　　月照庭前明

　　　　　　　　子规若有心

　　　　　　　今夜飞来放声鸣

评注

　　大伴书持（？—746），奈良时代的贵族、歌人。大伴旅人之子，大伴家持的弟弟，《万叶集》中收录有 6 首和歌。在我国古典诗歌中，子规（杜鹃鸟）的鸣叫声唤起的往往是悲伤愁情，如白居易《琵琶行》中的"其间旦暮闻何物，杜鹃啼血猿哀鸣"，李贺《老夫采玉歌》中的"夜雨冈头食蓁子，杜鹃口血老夫泪"。李白《蜀道难》中更有"又闻子规啼夜月，愁空山"的诗句。夜、月、子规，这首和歌中出现的景物虽然与《蜀道难》中这两句里面的景物相同，但在这首和歌里，子规的鸣叫声是被期待、被欣赏的声音。在这一点上，中日有着很大的不同。

大伴家持

[1496]　　　　　石竹花

　　　　　　　门前盛开

　　　　　　　　何其想

　　　　　　　家有小女

折枝给她看

石竹花，开在夏末秋初，《万叶集》中多出现在秋歌当中。看着门前盛开的石竹花，"我"不由得折下一枝，心想如果有一个女儿该多好，可以拿给她看。这首和歌表达了作者没有女儿的遗憾，读起来有几分可爱。石竹花在这里是指瞿麦花，淡粉色的小花清新可爱，据说从平安时代开始就被用来比喻少女或孩子。这首和歌创作于奈良时代，作者虽然没有用石竹花比喻女儿，却由石竹花想到了女儿，引发了没有女儿的遗憾，在本质上是相同的。

夏相闻

大伴家持

[1508]　　　　　十五夜已深

月光更清澈

庭前橘子花

送予妹观赏

评注

这首和歌是"大伴家持攀橘花赠坂上大娘歌一首并短歌"中的短歌，也就是长歌的反歌。长歌咏道："我家院子里的橘子花开了，我日夜守护着它们，希望你也能在月光清澈的夜晚看到它们。可是，杜鹃来啼，花眼看就要凋谢了。于是折下一枝送给你。"这是一首包含"月－橘子花"组合的作品，咏的是十五的满月。岩波文库的注释指出，平安时代以后，与满月相比，稍残缺一点儿的月亮更让人感到美。可见日本古代的审美观也是随着时代而变化的。

秋杂歌

山上忆良

[1527]　　　　　雾起天汉

驾舟迎妻

牛郎似已出发

评注

这首和歌是山上忆良"七夕歌十二首"（1518—1529）中的一首，七夕是《万叶集》秋歌中的一个重要题材。这是一首在七夕夜望着天空遐想的和歌。和歌咏道："天空雾色弥漫，那一定是牛郎划船出发去接织女了。"七夕牛郎织女的故事来自中国，这首和歌也是基于中国文学创作出来的。中国文学作品中有记载，七月初七，二星相会，天汉中有奕奕正白气。白气指白色的云气，即雾。牛郎划船与织女相见的典故也出自我国古代诗歌，南朝梁庾肩吾《奉使江州舟中七夕》中有"天河来映水，织女欲攀舟"的诗句。

山上忆良

[1538]　　　　　　胡枝子芒草花

葛花石竹花

黄花龙芽花

还有泽兰牵牛花

评注

　　这是"山上臣忆良咏秋野花歌二首"中的第二首。第一首（1537）咏道："掰着手指数一数，开在秋天原野上的花一共有7种。"这一首的内容便是历数7种秋花。这首和歌虽然看起来只是列举了7种秋天的花草，但却是著名的"秋天七草之歌"，对日本人的秋季审美情趣产生了极大的影响。现在日本人说的"秋天七草"就是源于这首和歌，只是最后一种花变成了桔梗花。牵牛花在原文中是"朝颜"（ASAGAO），开花的季节是夏季。所以，历来有人主张最后一种花是应是木槿花或桔梗花。

大伴旅人

[1541]　　　　　　门前山岗

雄鹿来此鸣叫

新萩为妻

求爱来此鸣叫

评注

萩，又名胡枝子，夏秋会开出紫色的小花。萩是最受万叶歌人喜爱的花草，《万叶集》中出现最多的花就是萩花，它是秋天的代表性景物。咏萩的和歌有 140 多首，比咏梅花的和歌多出 20 余首。在这些和歌中，有不少"萩－鹿"组合。在《万叶集》以及古典和歌当中，萩花被视为雄鹿的妻子，雄鹿鸣叫是在寻找妻子或向妻子求爱。因此，歌人常用鹿鸣来抒发对妻子的思念。这首和歌运用了"萩－鹿"组合，可以说是具有代表性的秋歌。"来此鸣叫"的重复使用，可以使读者感受到雄鹿的执着。

汤原王

[1552] 　　　　　夕月夜

露珠降户庭

蟋蟀鸣

不禁心凄凄

评注

"夕月夜"是和歌的歌语，指黄昏时分就挂在天空的淡淡的月亮。因翻译需要，笔者直接借用了这个日语词汇。这是一首运用了"月－露－蟋蟀"组合的和歌。傍晚，淡淡的月亮已经挂在天空，庭院里缀满了露珠。这时传来蟋蟀的叫声，不禁让人感到凄凉。虽然《万叶集》中只有7首咏蟋蟀的和歌，但蟋蟀却是具有代表性的"秋虫"之一，其鸣叫声易诱发歌人的伤感。我国古典诗歌中也有咏蟋蟀的诗句，最早可见于《诗经》当中，《唐风·蟋蟀》中的三段均以"蟋蟀在堂"开头。此外，还有将"月－蟋蟀"一同咏进诗歌的例子。例如，西晋陆机《拟明月皎夜光》中的诗句"朗月照闲房，蟋蟀吟户庭"，唐朝白居易《夜坐》中的诗句"斜月入前楹，迢迢夜坐情。梧桐上阶影，蟋蟀近床声"。但是这些诗句中并没有太多的伤感，在这点上中日有很大的不同。斋藤茂吉将这首和歌选入《万叶秀歌》，并作出这样的评价：易懂但不平凡。

大伴家持

[1572]　　　　露降庭前芒草穗

　　　　　　　　收露珠

　　　　　　当作珠玉用线穿

　　　　　　　　何其好

评注

　　这是一首咏露的和歌。它没有直接描写露珠的美，而是通过"把它们当作珠玉穿起来该多好"这个无法实现的愿望，体现了露珠的晶莹剔透。 如果真能把晶莹的露珠穿成一串，那一定很美。"把美好或心爱的东西当成珠玉穿成一串"这样的构思在《万叶集》的其他作品中也能看到。 就拿本卷举例，1478 中就有把橘树的果实当作珠玉穿起来的描写。 可以说这是古代日本歌人独特的构思，也可能当时有这样的风俗。

橘奈良麻吕

[1581]　　　　尚未在手中赏玩

若凋零

诚可惜

折来红叶作头冠

评注

　　橘奈良麻吕（721—757），奈良时代的贵族，左大臣橘诸兄之子。 因在政治上与藤原仲麻吕对立，成为"橘奈良麻吕之变"的中心人物，死于狱中。《万叶集》中收录有 3 首和歌。这首和歌是"橘奈良麻吕结集宴歌十一首"（1581—1591）中的第一首。 这 11 首出自 10 人之手，大伴家持也在其中。 并且，每一首和歌中都咏红叶。 红叶也是和歌中描写秋天时的代表性景物。 如果还没好好欣赏红叶，它就凋零的话，那真是太可惜了。 于是，折来一枝戴在头上。 从这首和歌中，读者感受到的不是"悲秋"的情感，而是对即将凋零的红叶也就是秋天的惋惜。"悲秋"在平安时代以后成为和歌的一大主题。

日本文学研究泰斗小岛宪之指出，"悲秋"是受到中国文学的影响，在中国文学影响力尚未很强的万叶时代，"惜秋"是歌人们对秋天的情感。[①] 以这首和歌为首的"结集宴歌十一首"便是以"惜秋"为主题的和歌。

大原真人今城

[1604] 秋临春日山

望红叶

奈良城荒芜

实悲惜

评注

　　大原真人今城，即大原今城，生卒不详。奈良时代的贵族、歌人。敏达天皇（日本第 30 代天皇，572—585 年在位）的后裔。曾称今城王，后降为臣籍，被赐姓大原真人。《万叶集》中收录有 18 首和歌，与大伴家持交往颇深。天平十三年（741 年）闰三月，圣武天皇将都城由平城京（今奈良市西）迁至久迩京（在今京都府木津川市），并下令禁止五位以上官员在旧都平城京居住。这首和歌为作者"伤惜宁乐故乡"所作，是一首悲叹旧都荒凉，思念故乡的作品。飞鸟时代、奈良时代，日本频繁迁都，因而产生了许多怀念古都的和歌。其中，怀念"近江"、"宁乐"（平城）是两大主题。"近江荒

―――――――――
① 参见《国风黑暗时代的文学》（塙书房，1973 年）。

都歌""伤惜宁乐京荒墟歌"在前文中都有译介。

秋相闻

丹比真人

[1609]　　　　宇陀野

秋萩丛中雄鹿鸣

思妻心

雄鹿不及吾情切

评注

丹比真人，生卒、生平不详。一说可能是宣化天皇（日本第 28 代天皇，536？—539？年在位）的后裔多治比真人。雄鹿因思念妻子而鸣叫，"我"对妻子的思念比雄鹿还要强烈。作者用这样的语言，借鹿鸣抒发了对妻子的思念。前文介绍过，在《万叶集》的和歌中频频出现为求妻或因思念妻子而鸣叫的鹿，旨在借鹿鸣抒发情思。但据岩波文库的注释介绍，拥有"歌人自己的情思比雄鹿还强烈"这种构思的和歌，在《万叶集》中仅此一首。

山口女王

[1617]　　　　风吹秋萩

露珠落

泪如露珠

不停落

评注

　　这首和歌是山口女王赠给大伴家持的。在卷四中，笔者也选译了她赠给大伴家持的和歌（615），这说明作者是一位深爱着大伴家持并且用情专一的女性。在这首和歌中，作者将思念的眼泪比作被风吹落的胡枝子（萩）上的露珠，带给读者一种清冷凄美的感受。岩波文库的注释指出，到了平安时代，由露珠联想到泪珠的和歌已不新奇。但是，《万叶集》中仅此一首，在当时，这个构思实属新颖。

大伴家持

　　［1627］　　　　庭前藤花非时开

妹笑靥

宛如此花令人爱

犹想见

评注

　　这首和歌是"大伴家持折非时藤花及萩之黄叶二物，赠坂上大娘歌二首"中的第一首。第二首（1628）咏的是萩之黄叶。歌题中"非时"来自我国文学，即不合时令之意，如杜甫《不离西阁二首》（其一）中的"江柳非时发，江花冷色频"。前文中有所介绍，坂上大娘是大伴家持的表妹，后两人结为夫妻。这首和歌把心爱女子的笑脸比作在不该开花的时候盛开的藤花，既珍贵又美丽，表达了对对方的情感。相闻歌所歌咏的通常为苦恋，等待、离别、泪水、思念是这类和歌中常见的词语。这不仅是《万叶集》，也可以说是古典和歌中"恋歌"的基调。但这首和歌却用了"笑靥"一词，实属罕见。这也是笔者将其选译于此的理由之一。

冬杂歌

大伴旅人

［1639］　　　　　如沫轻雪纷纷落

此情景

想起国都奈良京

评注

　　这首和歌是大伴旅人任大宰帅期间"冬日见雪忆京"所作。"如沫轻雪"在原文中为"沫雪"（AWAYUKI），也写作"泡雪""淡雪"，指像泡沫一样轻飘易化的雪。另外，在我国古典诗歌中可以看到带有"轻雪"的诗句。例如，南朝陈徐陵《咏雪诗》中的"岂若天庭瑞，轻雪带风斜"，唐朝韦应物《咏春雪》中的"裴回轻雪意，似惜艳阳时"。因此，笔者将其译为"如沫轻雪"。看着纷纷扬扬飘下的雪，作者不由得想起了故乡——都城奈良。雪是冬天最具代表性的景物。但这首和歌与其说是咏雪的作品，不如说是思乡之歌。《万叶秀歌》选录了这首和歌。

忌部首黑麻吕

[1647] 风吹雪花飞舞
恰似看
梅花飘落枝头

评注

忌部首黑麻吕，生卒不详。奈良时代的中级官吏，《万叶集》中收录有4首和歌。《万叶集》中有150多首咏雪的和歌，其中有不少是"雪－梅"组合。在歌咏这一组合的和歌当中，如卷五"梅花歌三十二首并序"中的822那样，大多是将梅花比作雪花的作品。而这首和歌则是将雪花比作梅花。梅花虽然是春天的代表性景物，但也常出现在"冬歌"当中。比如，此卷的"冬杂歌"共有19首，其中11首有"梅花"。而有"梅花"的11首中又有8首是"雪－梅"组合的和歌，其中4首是将雪花比作梅花的作品，其余4首歌咏的是在雪中绽放的梅花。

佚名

[1650] 池边松树梢上雪

祈愿积厚五百重

明日犹可赏

评注

　　这是圣武天皇在西池边肆宴时由阿倍虫麻吕吟诵的一首和歌。阿倍虫麻吕（？—752），也称安倍虫麻吕，奈良时代的贵族、歌人，《万叶集》中收录有 6 首和歌。西池位于平城宫内西北角。宴会上，大概是受命于天皇，阿倍虫麻吕吟诵了这首以池边松树为开端的和歌。松树枝很纤细，因此，松树梢上的雪极容易融化或掉落。这首和歌咏道："希望松树梢上的雪可以积得厚厚的，这样明天还能来欣赏。"这虽是一首宴会上助兴的和歌，但也给读者描绘了一派大雪压青松的冬日景象。

冬相闻

藤皇后

　　[1658]　　　　　　如若能

与君共赏

雪飘落

何其欢畅

评注

　　藤皇后（701—760），藤原皇后的简称，即圣武天皇的光明皇后。这首和歌是皇后献给天皇的。如果能和夫君一起欣赏眼前这飘飘落下的雪，那该是多么高兴的事情。这首和歌以平静的口吻抒发了藤皇后对不在身边的天皇的思念，向读者展示了天皇和皇后作为普通夫妻的一面。斋藤茂吉将这首和歌选入《万叶秀歌》，认为皇后能如此自然地把心里想说的话表达出来，让人感到很不可思议。

卷九

　　卷九收录有杂歌 102 首，相闻歌 29 首，挽歌 17 首，共计 148 首。各类和歌均按照年代顺序排列，以藤原京时代（694—710）至天平元年（710 年）之间的作品为主。杂歌多为行幸从驾歌和羁旅歌。相闻歌以地方官员与当地女子的互赠和歌为主，也有为遣唐使送行的和歌。挽歌类的作品则出自《柿本人麻吕歌集》《田边福麻吕歌集》《高桥虫麻吕歌集》。现选译 14 首呈献于此。

杂歌

雄略天皇

[1664]　　　　雄鹿卧于小仓山

　　　　　　　傍晚必鸣叫

　　　　　　　今夜未鸣似入眠

评注

这首和歌是卷九的卷头歌。日本第21代天皇雄略天皇作为日本古代具有代表性的天皇备受推崇，《万叶集》的开卷歌即为雄略天皇所作，有关他的信息，在卷一中也有过介绍。这首和歌的左注指出，在其他版本中，这首和歌的作者为冈本天皇，不知正确与否。在《万叶集》及古典和歌中，雄鹿鸣叫一般是在呼唤或者思念妻子。而这首和歌咏的是不鸣叫的雄鹿，暗指雄鹿已经与妻子团聚。

佚名

[1675]　　　　藤白坂

　　　　　　　翻过此坡

　　　　　　　吾衣袖

　　　　　　　已打湿

评注

　　藤白坂在今和歌山县海南市，"坂"即"坡"。齐明天皇四年（658年），有间皇子举兵叛变，在藤白坂被处决，年仅19岁（详见和歌141的评注）。这首和歌看似在歌咏旅愁，实则隐含着对有间皇子的同情，充满哀伤。因为藤白坂是曾经发生过这样一起悲剧的地方，来到此地，无论是谁都会想起有间皇子，打湿衣袖的不是雨雪霜露，而是行人的眼泪。"吾衣袖，已打湿"这样的语句使人感受到作者心中强烈的悲伤之情。

柿本人麻吕

　　［1682］　　　　可因冬夏永同在

　　　　　　　　　　　居于山中人

　　　　　　　　　　身穿裘衣手握扇

评注

　　这首和歌是献给忍壁皇子的。忍壁皇子，生卒不详，天武天皇之子。和歌题为"献忍壁皇子歌一首（咏仙人形）"。"仙人形"可能是指仙人画像。看到画像中的仙人身穿裘衣，手里却拿着扇子，作者调侃道："难道是因为山里的夏天和冬天永远都在一起吗？"关于第二句"居于山中人"，岩波文库的注释认为，这句是一则字谜，谜底是"仙"字。

柿本人麻吕

[1697]   春雨避不开

淋湿吾衣衫

细思量

似是妻使者

评注

　　这首和歌是作者在名木川所作 3 首（1696—1698）中的
一首。名木川是京都府南部的一条河流。天上下着春雨，想
避一避，却无处藏身，只能任雨水淋湿衣衫。仔细想想，这
春雨大概是妻子派来的使者。也可以将春雨看作是妻子思念
的眼泪。名木川所作 3 首中的每一首都有"春雨"一词，这
3 首和歌既描写了旅途中的艰辛，又通过描写"春雨"表达了
对妻子的思念。

柿本人麻吕

[1701]   夜渐深

夜空传雁鸣

夜空中

月移渐西沉

评注

　　这首和歌是献给弓削皇子（天武天皇之子）3 首（1701—

1703）中的第一首，3首均为咏雁的和歌。夜深了，夜空中传来大雁的鸣叫声，月亮渐渐西沉。最后一句能让读者感受到时间的推移。这首和歌运用"雁（鸣）－月"组合给读者描绘了一幅寂静月夜的画面，划破夜空的雁鸣声反而衬托出月夜的寂静。斋藤茂吉将这首和歌选入《万叶秀歌》并指出，江户时代的学者契冲曾在《万叶代匠记》（初稿本）中说，因为这首和歌是献给皇子的，所以它是有寓意的。但这是一首直观自然的和歌，所谓寓意妨碍读者对它的欣赏。

柿本人麻吕

[1709]　　　　薄雪从天降

南渊山

石上留残雪

评注

　　这首同样是"献弓削皇子歌一首"。南渊山在今奈良县高市郡，是一座不高的小山。薄雪、山岗、残雪，从题材上讲，这是一首写景的"叙景歌"，而最后一句又把"山"与"雪"有机地结合在一起，体现了作者在和歌创作上不凡的能力和娴熟的手法。这首和歌被选入《万叶秀歌》，斋藤茂吉给予了这首和歌很高的评价，认为它作为一首叙景歌，格调沉静，简单亦厚重，清新庄重。

佚名

[1714]　　　　清流溅岩上

积水成潭

潭中映月影

评注

　　这是天皇行幸吉野离宫时所作 2 首中的一首，因不知作者姓名，所以无法判断是哪位天皇。吉野离宫建于大和国（今奈良县）吉野川边，由齐明天皇（日本第 37 代天皇，655—661 年在位）修建。作品中的"清流"是指"宫泷"，现在只剩下遗迹了。这首和歌描写的是宫泷的夜景。清流从高处落在岩石上，溅起水花。岩石下，由清流积成的水潭里映出月亮的身影。流水和月影，"溅"和"映"，一动一静，相互衬托，使这首和歌显得格外生动。

高桥虫麻吕

[1741]　　　　本可安居神仙国

此结局

缘于己

愚蠢当属浦岛子

高桥虫麻吕，生卒不详，奈良时代的歌人，《万叶集》中收录有 34 首和歌。这首和歌是"咏水江浦岛子一首并短歌"中的反歌。长歌以叙事和歌的形式讲述了日本各地流传的浦岛传说。在春雾缥缈的春天，水江（今京都府内）的浦岛子出海打鱼，遇到了海神的女儿，两人来到海神的宫殿结为夫妻，过上了安逸的生活。有一天，浦岛子说想回去看看父母，第二天就回来。海神的女儿拿出一个盒子说，如果还想回到这神仙国，就不要打开这个盒子。浦岛子回到家，看到一切已经面目全非，心想打开盒子原来的家就会回来的。没想到，他一打开漂亮的盒子，只见一朵白云飘出，直往神仙国的方向飘去。浦岛子一路追去，眼看着头发就白了，最终断了气。这首和歌是作者对这个故事的总结和看法。

高桥虫麻吕

[1744]　　　埼玉小埼池

霜落鸭子尾

抖翅起水雾

似欲拂去霜

评注

这是一首旋头歌。小埼池是位于今埼玉县行田市的一处沼泽。大概是因为天气寒冷，抑或是清晨的缘故，池中鸭子的身上落了一层霜。鸭子想抖落尾巴上的霜，所以不停地抖着翅膀，溅起阵阵雾气。这首和歌描写了沼泽中鸭子可爱的姿态，生动活泼，这样风格的和歌在《万叶集》中并不多见。

高桥虫麻吕

[1748]　　　　　吾辈旅程

不超七日

祈请龙田彦

勿将此花吹落

评注

这首和歌是"春三月，诸卿大夫等下难波时歌二首并短歌"中的短歌，歌二首是指 1747 和 1749 两首长歌，"短歌"是指这两首长歌的反歌，即 1748 和 1750。龙田彦是风神。风神有男女二神，龙田彦与龙田姬。今奈良县生驹郡有祭祀风神的龙田大社。"此花"指樱花。从歌题中看，这首和歌是作者出发难波之前所作，并且从诸卿大夫一同前往这一叙述判断，作者很可能是为了参加某种仪式而前往难波，离开的时间并不会太长。但即便如此，作者也请求风神在自己回来之前不要把樱花吹落。这是一首"惜花"的和歌，也体现了日本人自古以来对樱花的钟爱。

相闻歌

播磨娘子

[1777] 　　　　　如若君不在

　　　　　　　　为谁来梳妆

　　　　　　　　梳妆盒中黄杨梳

　　　　　　　　无心再拿出

评注

　　这首和歌为"石川大夫迁任上京时，播磨娘子赠歌二首"（1776、1777）中的一首。播磨在今兵库县，播磨娘子即播磨的年轻女子，并非具体人名。从和歌的内容看，作者是与在任期间的石川大夫有交往的女子。岩波文库的注释认为，石川大夫可能为和铜八年（715年）就任播磨国守的石川君子（生卒不详）。"士为知己者死，女为悦己者容"，出自《战国策》的这两句话在我国可谓妇孺皆知。这首和歌咏道："如果你不在身边，我从此便没有了想梳妆的心情。"这使我们联想到"女为悦己者容"这句话。

遣唐使母

[1791] 　　　　　旅人宿野外

　　　　　　　　天若降寒霜

祈空中鹤群

羽毛护我儿

评注

　　这首和歌是天平五年（733年）第九次遣唐使的船只从难波港出发时，其中一位遣唐使的母亲所作长歌（1790）的反歌。儿行千里母担忧，这首和歌中饱含着一位母亲对孩子的牵挂。岩波文库的注释指出，《史记·周本纪》中有后稷被"弃渠中冰上"，而"飞鸟以其翼覆荐之"的记述。这首和歌借鉴了这一故事，可见作者不是一位普通的母亲。斋藤茂吉则认为，祈求天上的鹤群保护自己的孩子，在今天看来是文学创作手法的问题，描写极富诗意。不过，万叶时代的人们远比现代的人们更能直接地从大自然中得到这样的感受。这首和歌也因此被选入《万叶秀歌》。

挽歌

田边福麻吕

[1806]　　　　　荒凉山中

　　　　　　　安置人散去

　　　　　　　　眼见此景

　　　　　　　心中悲戚戚

评注

　　这首和歌是作者哀弟死去所作长歌的两首反歌中的一首。长歌叙述了兄弟情深，颇为感人，而这首短歌则弥漫着作者痛失弟弟的悲伤。作品中的"安置"是指将遗体运放在火葬或土葬的地点。古代日本有送野边的风俗，即在葬礼之后由亲属和附近居民抬着棺椁送到火葬或土葬的地点，日本至今有些地方还保留着这样的风俗。这首和歌中没有哭泣，没有眼泪。荒山中，纷纷散去的送野边的人们，孤零零目睹此景的作者，这一切都能够让读者痛切地感受到作者心中的悲凉和失去弟弟的痛苦。

高桥连虫麻吕

[1811]　　　　　　冢上树枝

　　　　　　　　　　飘向一方

　　　　　　　　　　如耳所闻

　　　　　　　　　　菟原少女

　　　　　　　　　　心仪千沼壮士

评注

　　这首和歌是见菟原少女墓所作长歌（1809）的两首反歌中的一首。长歌讲述了苇屋菟原少女的传说。苇屋菟原是地名，在今兵库县芦屋市和神户市东部一带。菟原少女是一位美丽的姑娘，追求者把她的家围得水泄不通。其中有两位壮士——邻国的千沼壮士和同乡的菟原壮士——为了求婚大动干戈。菟原少女听闻此事后对母亲说:"两位壮士为了我争斗不止,即使活着我也无法与其中一位结为夫妻,不如到黄泉去等候他们。"于是自尽身亡。千沼壮士当晚梦见此事,也随之而去。菟原壮士闻知此事,痛苦不已,也自尽身亡。亲友们为了纪念他们,修了菟原少女冢,并在两旁修建了两座壮士墓。这个悲剧传说在《万叶集》中不止一次出现,田边福麻吕所作和歌1801—1803,大伴家持所作和歌4211,都是有关菟原少女传说的作品。《大和物语》的第147段也有相关的描写。

卷十

　　此卷与卷八相同，按四季进行分类，四季中又分杂歌和相闻歌。此卷共收录有539首和歌，除左注标明出自《柿本人麻吕歌集》的和歌以外，其他和歌的作者均不详。其中，春125首，包括杂歌78首，相闻歌47首；夏59首，包括杂歌42首，相闻歌17首；秋316首，包括杂歌243首，相闻歌73首；冬39首，包括杂歌21首，相闻歌18首。在卷八中，和歌数量最多的就是秋歌，此卷中秋歌更多，甚至超过了其他三个季节和歌数量的总和。这一现象再次向我们展示了万叶歌人对秋季的偏爱。现选译53首呈献于此。

春杂歌

柿本人麻吕

[1812]　　　　　　天之香具山

今夕轻雾飘荡

似是春已来临

评注

　　这首和歌是出自《柿本人麻吕歌集》7首（1812—1818）中的第一首，也是卷十的开卷和歌，无歌题。看到香具山上飘荡的轻雾，作者恍然想到原来是春天来了。这说明轻雾是春天来临的象征，是春天的代表性景物。"轻雾"在原文中为"霞"（KASUMI），柿本人麻吕的这7首春杂歌都使用了这个词，这又说明"霞"有明显的季节性。日语"霞"一词的词源是动词"霞む"（KASUMU），指视线模糊不清楚。前文也曾提及，日语中的"霞"与汉语中朝霞、晚霞的"霞"是完全不同的。在古典和歌中有"春霞秋雾"的说法，即春天的雾用"霞"来表示，秋天的雾则用"雾"（KIRI）来表示。因此，"霞"根据和歌内容，其最确切的翻译应为"春雾"，根据需要可译为"轻雾""薄雾"等。如果实在要用"霞"字，也只能是"青霞"。但如果译作"霞""朝霞""晚霞"乃至"霞光"，那么读者联想到的是绚丽的色彩，就会与原作的意境相去甚远。笔者之所以反复强调"霞"的翻译，是想说明词意与和歌的意境有着密切的关系，在翻译时必须做到准确。

佚名

[1821]　　　　春雾飘

　　　　　　　黄莺飞青柳

　　　　　　　衔枝条

　　　　　　　应时呖呖鸣

评注

　　这首和歌是"咏鸟"13首（1819—1831）中的一首。春雾、黄莺、柳树均为春天的代表性景物。在《万叶集》及古典和歌中，与黄莺组合的往往是梅花。黄莺鸣梅是春歌中常见的写作模式，"梅-莺"或"雪-梅-莺"是春歌中常见的组合。而这首和歌咏的则是在青柳枝头鸣叫的黄莺，作者另辟蹊径，将朦胧的春雾、翠绿的柳树、鸣叫的黄莺这三个春天的景物有机地组合在一起，形成"雾-柳-莺"组合，颇有新意。在我国古典诗歌中，也有将"柳-莺"咏进诗中的例子，如白居易《杨柳枝》中有"白雪花繁空扑地，绿丝条弱不胜莺"的诗句。另外，这首和歌作为一首佳作被选入《万叶秀歌》。

佚名

［1840］　　　　　　梅枝间

　　　　　　　　鸣莺飞来去

　　　　　　　　　细雪降

　　　　　　　　羽毛染白色

评注

　　这首和歌是"咏雪"11首（1832—1842）中的一首，运用的是上文提到的"雪－梅－莺"组合。雪是冬天的代表性景物，但作为春雪也常在春歌中出现。此外，"雪－梅"组合也是春歌中常见的组合，多用于比喻，或把梅比作雪，或把雪比作梅。在这首和歌中，梅是盛开的梅花，雪是天降的细雪，再加上鸣叫的黄莺，给读者描绘出了一幅美丽的画卷。在梅枝间飞来飞去、鸣叫的黄莺鸟，使这首和歌充满了动感，活泼又新鲜。

佚名

［1853］　　　　　折一枝梅花在手

　　　　　　　　　细观赏

　　　　　　　　　方想起

　　　　　　　庭院新柳已如眉

评注

　　这首和歌是"咏柳"8首（1846—1853）中的一首。作者由梅花想到庭院中已经发芽的柳树，那新叶就如同美丽女子的眉毛。我国文学中常用柳叶来形容美丽女子的眉毛，古典诗歌中就有这样的例子。例如，唐末至五代前蜀诗人韦庄《女冠子》中的"依旧桃花面，频低柳叶眉"，唐朝徐贤妃《赋得北方有佳人》中的"柳叶眉间发，桃花脸上生"。而这首和歌则相反，将柳树新叶比作眉毛。但其创作灵感或许与我国古代诗歌中的"柳叶眉"不无关系。

佚名

　　[1860]　　　　　　花虽开不结果

　　　　　　　　　　　吾仍盼

　　　　　　　　　　棣棠早日开放

评注

　　这首和歌是"咏花"20首（1854—1873）中的一首。棣棠花有不同的品种，如单瓣棣棠花、白棣棠花和重瓣棣棠花。前两种是可以结出果实的，而重瓣棣棠花则不结果。这首和歌可以看作是一首譬喻歌。棣棠花是"我"喜欢的女子，开花寓意长大，而"不结果"则暗喻"我"的喜爱不可能有结果。原作中这首和歌用了两个"花"字，一个是广义上的"花"，一个是棣棠花的"花"。《古今和歌集》（成书于905

年）以后，"花"一般指樱花。但是，在《万叶集》中"花"还是一个总称。

佚名

［1869］　　　拗不过春雨

屋前樱花

终开始绽放

评注

这首和歌也是"咏花"20首中的一首。前文中提到，《万叶集》中咏樱花的和歌约有40首，其中多为盛开的樱花。而这首和歌咏的则是刚开始绽放的樱花，比盛开的樱花更有活力。由此可见，在《万叶集》中樱花还没有与无常联系在一起。到了《古今和歌集》时代，歌人们从樱花柔弱短命的特质中感受到无常，于是樱花开始成为无常的象征。再到《新古今和歌集》（成书于1205年）时代，歌人们开始对飘落的樱花表现出极大的审美兴趣。由此完成了日本人对樱花的审美历程。日本著名诗人、评论家大冈信指出，这一结果源于佛教无常思想的介入。在描写樱花这样美丽的事物时却要着力描写落花的场面，这实际上是日本诗歌及艺术思想的一个关键点。[①]

---

① 参见大冈信著《古典之精髓》（1983）。

佚名

[1879]　　　　　　春日野升烟

姑娘结伴来

采撷马兰煮食之

评注

　　"咏烟"的和歌仅此一首。"烟"是指春天焚烧田野里的野草（"烧春野"）产生的烟。春日野是平城京（今奈良市）东面的一片原野，奈良时代的人们一到春天就会来这里春游。这首和歌描写的便是一群年轻姑娘在春天里来到春日野春游的场景。她们采来野菜，就地煮食。卷十六"竹取翁歌"中也有相同场景的描写，这说明奈良时代的人们有采集野菜后马上煮食的饮食习惯。斋藤茂吉将这首和歌选入《万叶秀歌》的理由是，温暖的春天，姑娘们在原野采集野菜，煮野菜，吃野菜，这一场景打动了他的心。

佚名

[1884]　　　　　　冬尽春来

岁月新

人老去

评注

　　这首和歌是"叹旧"2首中的一首。星移斗转，日月穿梭，四季交替。岁月年年新，人却渐渐老去。春天本是生机盎然、充满活力的季节，但是想到人又老了一岁，未免有些惆怅。读者可以从这首和歌当中感受到岁月不饶人的无奈和叹息。我国古典诗歌中也有很多感叹时光易逝的诗句，如白居易《春晚咏怀赠皇甫朗之》中的"艳阳时节又蹉跎，迟暮光阴复若何"，孟浩然《岁暮归南山》中的"白发催年老，青阳逼岁除"。这表明人类对衰老的恐惧和无奈古今中外皆相似。

春相闻

柿本人麻吕

[1891]　　　　冬去春来花又开

　　　　　　　　　折花在手

　　　　　　　　恋你千度不停息

评注

　　这首和歌是出自《柿本人麻吕歌集》7首（1890—1896）中的一首。春天来了，百花竞相开放。歌人折下一枝花拿在手中，想来是要送给心爱的人。送给爱人的不仅是花，还有爱她千遍也不变的心。这首和歌简单明了，表达了坚贞不渝的爱。"千度"这样夸张的表现方法在《万叶集》中仅此一例。

佚名

[1904]　　　　垂柳绕梅枝

如折梅柳供奉神

可得与君见

评注

　　这首和歌是"寄花"9 首（1899—1907）中的一首。春天里柳青梅白，两相依伴。梅花枝伸在垂柳中，分外美丽。这首和歌的第一句描写了春天美丽的景色，似乎是一首写景的和歌。但作者接着笔锋一转，咏道："如果我折下这梅花枝和柳枝，把它们一起供奉给神佛，是否就可以见到日夜想念的你呢？"作者通过这样的诗句表达了对恋人的思念和期盼见到恋人的心情。

佚名

　　［1917］　　　　春雨岂能湿透衣

　　　　　　　　　　如雨降七日

　　　　　　　　　　是否七夜君不来

评注

　　这首和歌是"寄雨"4 首（1915—1918）中的一首，是女子赠给男子的和歌。前文中已提到奈良时代实行的是走婚制度，男子夜晚到访女家，翌日清晨离去。身为丈夫，才下这么一点儿雨，又不能淋透衣衫，你就不来了。如果连下 7 天雨，你是否一直都不来与我相会？这里的"七日"并非专指 7 天，而有"长期"的意思。这首和歌既可以看作是对男方的责怪，也可以看作是女子在撒娇。斋藤茂吉将这首和歌选入《万叶秀歌》的理由是这首和歌能使读者感受到女人逼问男人的语气，干脆利落，充满才气又很有趣。到了平安时代，已经听不到这样坦率的发自内心的声音了。

佚名

　[1920]　　　　　吾之恋

　　　　　　　　似春草繁茂

　　　　　　　　如大浪拍岸

　　　　　　　　积千重

评注

　　这首和歌是"寄草"3首（1919—1921）中的一首，应是男子赠给女子的和歌。作者把自己难以抑制的爱恋之情比作春草一般繁茂。不仅如此，这份感情还像不断涌向岸边的波涛，一浪接一浪，从未断过。这首和歌虽然题为"寄草"，但实则写了两种景物——春草与海浪。作者用这样的比喻手法表达了积攒在心头、不断勃发的情感。洼田空穗认为这首和歌颇为夸张，是一首"拙劣"的和歌。但正如本书中译介的那样，其实《万叶集》中还有更为夸张的作品。

佚名

　[1924]　　　　　大丈夫

俯身坐起叹息编

道声妻

戴上垂柳丝花冠

评注

　　这是唯一一首题为"赠蔓"的和歌，是丈夫送给妻子的。"蔓"在这里指用蔓草、花枝或柳丝编成的花冠、头冠。这首和歌的前两句描述了一位笨手笨脚的"大丈夫"为妻子制作柳丝花冠的情景，可爱生动。男子似乎在说，他一个大丈夫在做小女人才做的事情——编花冠。后两句则描写了男子将终于编好的花冠送给妻子，请求她戴上自己亲手精心编织的花冠的情景。这顶小小的花冠寄托着丈夫对妻子的爱。

夏杂歌

佚名

[1942]　　　　　空疏花朵

落于山岗

杜鹃啾啾

采葛姑娘

可闻鸟鸣

评注

　　这首和歌是"咏鸟"27首（1937—1963）中的一首。空疏，即溲疏，开在夏季。在这首和歌中，空疏花已经凋谢，想必已是夏末。落花满地的山岗，杜鹃啼鸣。在我国文学中，"杜鹃啼血"常用来形容哀痛之极，但在日本古典和歌当中，杜鹃的啼鸣声作为夏季的代表性景物，常被当作人们期待听到的鸣叫声咏进和歌。并且，在这组"咏鸟"和歌27首中，有26首咏的是杜鹃，体现了万叶歌人对杜鹃的喜爱。在山岗上采葛草的姑娘，你听到杜鹃动听的鸣叫声了吗？这首和歌用询问的语气刻画出了采葛草的姑娘忙碌的身影。

佚名

[1950]　　　　橘树花开

杜鹃立枝头

啼鸣之处

花朵飘飘落

评注

这首也是"咏鸟"27首中的一首。橘花开在农历五月，正值夏季。因此，它与杜鹃同样是夏季的代表性景物。作者将两个具有代表性的夏季景物咏进和歌中，将站在枝头鸣叫的杜鹃和飘落的橘花用因果关系结合在一起。具有同样构思的和歌在卷八的夏杂歌1493中也能看到。同一组和歌中的第1954首咏道："杜鹃不来我家鸣叫吗？我想看橘花飘落到地上。"这似乎是对这首和歌的回应。

佚名

[1964]　　　　　　　　愿蜩声
　　　　　　　　　鸣在平静时
　　　　　　　　　　却偏在
　　　　　　　　忧思时鼓噪

评注

　　这是一首"咏蝉"的和歌。蜩在这里指日本暮蝉，身体较小，鸣叫的时间与一般的蝉不相同。一般的蝉从早晨就开始鸣叫，中午时分叫声尤其响亮，而蜩则是到了傍晚才开始鸣叫。作者希望蜩在自己心情平静的时候鸣叫，而不是在忧思的时候鼓噪。也就是说，黄昏时分是人一天当中忧思重重的时候。前文中已经多次提到，黄昏时分正是夫妻或恋人快要见面的时刻，每到这时人难免会心神不定，因为担心晚上见不到面而忧思重重。这可以说是这首和歌的创作基础。

佚名

[1976]　　　　　　　　空疏花
　　　　　　　　开落山岗处
　　　　　　　　　　君可闻
　　　　　　　飞过杜鹃空中鸣

评注

　　这首和歌是一组问答歌中的"问"歌。空疏花前文有解释，也称水晶花，开在夏季，也是夏季的代表性景物。这首和歌问道："空疏花开落的山岗上，杜鹃鸣叫着飞过，你听到了吗？"对于这一"问"歌，和歌1977"答"道："你问我是否听到了杜鹃的叫声，它被淋湿，鸣叫着飞过去了。"这两首和歌都是用的"君"这一称呼，可见是男子之间的问答歌。斋藤茂吉认为，这首和歌中的"开落"用得很好，开了又落了，简洁地传达了时间的推移。这一点成为他将其选入《万叶秀歌》的理由。

夏相闻

佚名

[1983]　　　　　我与妹

　　　　　　　　　只携手共寝

　　　　　　　　　哪怕是

　　　　　　　　　人言如夏草

　　　　　　　　　繁茂且杂多

评注

　　这首和歌是"寄草"4首（1983—1986）中的一首。作者把别人的闲言碎语比作夏天茂盛的野草，多而杂。所谓人言可畏，《万叶集》里面有关恋爱的和歌中有不少以碍于人言不敢相爱或害怕闲言碎语为内容的作品。而这首和歌的作者则表达了不在乎别人怎么说，只想和心爱的人在一起的心愿。前两句在原文中是最后一句，是"携手共寝便好"的意思。因为翻译需要，笔者将这两句放在了前面。

佚名

[1988]　　　　　黄莺鸟

飞来卯花垣

君不来

可是有忧愁

评注

　　这首和歌是"寄花"7首（1987—1993）中的一首。在《万叶集》中，黄莺鸟是春天的代表性景物，与黄莺组合的多为梅花。而这首和歌则运用了"黄莺 – 卯花"的组合。卯花即水晶花，在日语中写为"卯の花"（UNOHANA）。日语中"卯"与表示郁闷、忧愁之意的"憂"同音。所以，原作是运用了"挂词"（双关语，这里指谐音）的修辞手法。前两句是为了引出后两句的"序词"。作者真正想表达的是后两句。

秋杂歌

柿本人麻吕

[2001]　　　　　吾可往来天空

为见汝

艰难渡过天河

评注

　　这首和歌是秋杂歌当中第一组和歌"七夕"98首（1996—2093）中的一首。其中，前38首（1996—2033）出自《柿本人麻吕歌集》。取材于我国传说的"七夕"是各卷秋歌中通常会出现的题材。不过，在我国古典文学作品中渡河的是织女，而在《万叶集》中渡河的却是牛郎。这是一首以牛郎的口吻所作的和歌。"我"作为星辰可以在天空中自由行走，但唯独为了你，"我"要历尽艰辛才能渡过天河来相会。这首和歌表达了牛郎织女相见难的心境。

柿本人麻吕

　　［2006］　　　　　织女独叹息

　　　　　　　　　　　牛郎见之悲

　　　　　　　　　　　　欲安慰

　　　　　　　　　　　　近向前

评注

　　这是"七夕"组歌中的一首。这是地上的人仰望天空时的遐想：织女苦于相思，独自叹息。牛郎看在眼里，痛在心里。虽然不是七夕，两人无法相会，但哪怕他们能说上只言片语,对织女来说也是一种安慰。为了达到这个目的,牛郎正在努力靠近织女。由此可见,我国的七夕传说在古代日本不仅被广泛接受和传诵,还被运用到他们的文学作品当中,牛郎织女的凄美爱情也引起了人们的同情。但对这首和歌的解读一直有不同的意见,这是一首被认为"难评"的和歌。

柿本人麻吕

[2028]　　　　　白衣衫

　　　　　　　　早织就

　　　　　　　未与君相会

　　　　　　　已蒙上尘垢

评注

这是"七夕"组歌中以织女的语气所作的和歌。这首和歌的前一首(2027)是以牛郎的语气所作,大意是询问织女为他织的白衣是否已经织好。这首和歌可以看作是对和歌2027的回答。为你织的白衣早就织好了,但因为很久没能与你相会,所以没有机会交给你,已经蒙上了尘垢,不再洁白。我国的七夕传说在《万叶集》中得到了这样的演绎。

佚名

[2041]　　　　　秋风吹飘白云

　　　　　　　　那可是

织女肩上轻纱

评注

　　这首和歌仍是"七夕"组歌中的一首，是一首充满想象力的和歌。秋日，仰望天空，白云飘浮。作者不禁想到，那飘浮的白云可能就是天上的织女肩上披着的轻纱。这首和歌与"七夕"组歌中的其他和歌一样，告诉我们牛郎织女的传说在古代日本就广为人知，并且成为和歌尤其是"秋歌"中必不可少的创作题材。

佚名

　　［2080］　　　　织女今夜会牛郎
　　　　　　　　　　　　明日为界
　　　　　　　　　　相思复又一年长

评注

　　这首和歌仍是"七夕"组歌中的一首，歌咏的是地上的人在七夕这一天的叹息。今夜织女得以与牛郎相会，但从明天开始，就又将恢复到往常，两人一年都不得相见，相思何其苦。作品中充满了对牛郎织女的同情。

佚名

　　［2096］　　　　秋风吹过葛藤原

风每动
阿太原野萩花落

评注

　　这首和歌是"咏花"34 首（2094—2127）中的一首。萩花即胡枝子花，开在秋天的红紫色小花。阿太是地名，在今奈良县吉野，主要指吉野川沿岸。葛花与萩花（胡枝子）在《万叶集》中均为秋天的代表性景物。秋风吹过长满葛藤的原野，但是，飘落的却是萩花，这样的构思颇具新意。斋藤茂吉将这首和歌选入《万叶秀歌》并指出，一边是阔叶茂密的葛藤，一边是紫色的小花，作者用"风每动"将两者融合在一起，稚拙处反而显出古朴。

佚名

　　［2103］　　　　　　秋风凉
　　　　　　　　列马结队去原野
　　　　　　　　　　　赏萩花

评注

　　这首和歌仍是"咏花"组歌中的一首，向我们描绘了一幅秋季出行的场面。秋风转凉，人们三五成群地骑着马前往原野观赏胡枝子花。在今天的日本，赏花一般指赏樱花，也很少有人会特意去赏胡枝子花。但这首和歌告诉我们在万叶歌人生活的时代，赏胡枝子花是人们秋季的一项活动。萩花

（胡枝子花）是《万叶集》秋歌的必咏之花。这34首"咏花"的和歌当中，就有32首咏萩花。岩波文库的注释指出，"秋风凉"在《万叶集》中只有两例，另一例为4306。这两首和歌有可能是受到《礼记·月令》的影响——〔孟秋之月〕凉风至，白露降，寒蝉鸣。

佚名

[2110] 　　　　　世人称

　　　　　秋草最是胡枝子

　　　　　吾却道

　　　　　秋色尽在芒草尖

评注

　　这首和歌也是"咏花"组歌中的一首。前一首和歌的评注中提到，这一组"咏花"的34首和歌中有32首咏胡枝子，可见胡枝子作为秋天的景物多么具有代表性。但是，这位作者虽然接受了这种约定俗成的观点，但同时也提出自己的审美观——秋风中的芒草尖才是最能代表秋天景致的。胡枝子和芒草都是"秋天七草"之一（参见和歌1538的评注）。"咏花"34首中另外一首未咏胡枝子的和歌是2115，咏的是黄花龙芽。

佚名

[2129] 　　　　　未明天仍暗

大雁隐身朝雾中

飞过声声鸣

请将思念告吾妻

评注

　　这首和歌是"咏雁"13 首（2128—2140）中的一首。黎明前的黑暗中，雾色蒙蒙遮住了大雁的身影，只闻其鸣叫声，不见其身影。作者将自己的思念寄托于大雁，希望它能把这份情感带给妻子。大雁或鸿雁同样是我国古典诗歌中常用的题材，《诗经・小雅・鸿雁》便是代表作。其中"鸿雁于飞，肃肃其羽。之子于征，劬劳于野。爰及矜人，哀此鳏寡"一段，借鸿雁表达了离家在外奔波辛劳的悲苦。

佚名

[2139]　　　　问夜空飞过大雁

几多时

悸悸不安唤己名

评注

　　这首仍是"咏雁"组歌中的一首，是将大雁拟人化的和歌。作者问在夜空飞翔的大雁，有多少个晚上是这样不安地呼唤着自己的名字。大雁为何要呼唤自己的名字？在日语中，雁的发音为 KARI，据说源自表示大雁叫声的拟声词

KARIKARI。这首和歌似乎证实了这一说法，大雁的叫声在作者听来是在呼唤自己的名字。"悸悸不安"又给这首和歌平添了几分秋日的悲凉。

佚名

[2144] 　　　　大雁飞来

萩花飘散

雄鹿鸣声渐消失

评注

这首和歌是"咏鹿鸣"16首（2141—2156）中的一首。初秋萩花绽放，原野四处响起雄鹿求妻的鸣叫声，呈现出一派秋天的景致。大雁飞来的时候，萩花飘落了，原野里也渐渐听不到雄鹿的鸣叫声。秋天接近尾声，雄鹿的恋爱季节也结束了。这首和歌通过运用"大雁－萩花－鹿鸣"这三个秋季景物的组合，描绘出了秋季时间的推移，也向我们展示了万叶时代人们对秋季景物的认知和审美。

佚名

[2160] 　　　　阵雨降庭草

耳闻蟋蟀鸣

方觉已是秋天到

评注

这首和歌是"咏蟋蟀"3首（2158—2160）中的最后一首。蟋蟀可以说是秋虫的代表。在《万叶集》以后的和歌作品中，秋虫鸣叫引发歌人的伤感，咏秋虫鸣叫的和歌多带有悲秋的色彩。但是，《万叶集》这3首"咏蟋蟀"的和歌中并没有伤感。不仅如此，这首和歌的前一首（2159）还有"听不厌"这样欣赏蟋蟀叫声的诗句。前文曾经提到小岛宪之的学说，他认为日本文学中的"悲秋"是受中国文学的影响，这一理念在万叶时代还未形成。这首和歌也可以看作是这一学说的一例佐证。

佚名

[2165]　　　　　上游传蛙鸣

　　　　　　　　　可因日暮时

　　　　　　　　　独自衣衫凉

　　　　　　　　　唤妻共枕眠

评注

这首和歌是"咏蛙"5首（2161—2165）中的最后一首，用拟人的手法描写了黄昏时分的蛙鸣。黄昏时分，河流的上游传来蛙鸣声。作者由此想象到一定是河蛙感到孤独凄凉，所以用鸣叫声呼唤妻子来相会。这首和歌虽然是咏蛙的作品，但读者也能从中感受到作者的情感。

佚名

[2168]　　　　　露水降秋萩

　　　　　　　　　　每早看似珠

　　　　　　　　　　看似珠

　　　　　　　　　　露水降

评注

　　这首和歌是"咏露"9首（2168—2176）中的第一首。这首和歌把露水比作珠玉，极其单纯地歌咏了露水。由于露水极容易消失，因此在《万叶集》以后的和歌中，它常被用来表现转瞬即逝的无常。但从这9首和歌中还看不到这种倾向。作品中的歌句重复是日本古代歌谣常见的形式。

柿本人麻吕

[2178]　　　　　矢野神山

　　　　　　　　　　霜露染色

　　　　　　　　　红叶凋零人惋惜

评注

　　这首和歌是"咏红叶"41首（2178—2218）中的第一首。红叶在现代日语中写作"紅葉"，但在《万叶集》中写为"黄葉"。矢野是地名，在哪里已经不详。霜露染红了矢野山上的树叶，这些美丽红叶的凋零是令人惋惜的。 红叶是万叶歌人喜爱的秋天景物，他们不仅用和歌歌咏红叶，还将红叶摘下来送给心爱的人。 这也可以看作是"惜秋"的体现。

佚名

[2194]　　　大雁飞来鸣叫

鸣叫声中

龙田山叶初红

评注

　　这首和歌仍是"咏红叶"中的一首。 龙田山在今奈良县生驹郡，但作为地名现在已经不复存在。 在奈良时代，从平城京前往难波需要翻过龙田山。 龙田山为"歌枕"。"歌枕"是指常被咏进和歌的著名地名。 大雁飞来鸣叫的同时，山里的树叶开始红了。 在这组"咏红叶"和歌中，和这首和歌一样咏"大雁－红叶"组合的和歌还有 8 首，体现了万叶时代人们对秋季景色的认识。

佚名

[2202]　　　看月中桂

枝叶染色

想来已是红叶时

评注

这首和歌仍是"咏红叶"中的一首。《淮南子》云:"月中有桂树。"这一传说在我国家喻户晓。它与七夕传说一样,不仅流传到了日本,还成为和歌创作的题材。但是,"月中有桂树"的传说到了日本后,有了不一样的桂树。我国传说中的月中桂树是常青的,而在日本,每到秋天,月中桂树的叶子就会变成红叶。《古今和歌集》中还有大意为"月中桂树染红叶,月亮更明亮"的和歌。这首和歌也是日本歌人借鉴我国的传说,充分发挥想象力创作而成的。

佚名

[2204]　　　　　秋风日渐强

露水重

萩叶染红色

评注

这首和歌仍是"咏红叶"中的一首。秋风越刮越大,露水也随之多了起来,落在胡枝子的叶子上,将叶子打红。在我国古典诗歌中往往是霜染红叶,如宋代游九言《访薛道士不值》中的"微霜染红叶,晞露浥黄花"。但是,在《万叶集》中染红漫山遍野的绿叶的是露水和秋天的阵雨。在这首和歌中,使胡枝子叶变红的就是露水。

佚名

[2221]　　　　　守望门前水田

心中念

佐保秋萩芒草

评注

　　这首和歌是"咏水田"3首（2219—2221）中的最后一
首。秋天水稻成熟，也正是胡枝子花开、芒草盛的季节。看
守着门前水田里成熟的稻子，作者的思绪飞向了佐保，脑海里
浮现出那里的胡枝子花和随风飘荡的芒草。佐保在今奈良市
北部，特指佐保川上游一带。在奈良时代，这里是贵族高官
的居住地。而这首和歌的第一句告诉我们，作者是住在乡下
的。由此看来，这首和歌应该是作者的回忆，或许表达了对
身在佐保的某个人的思念。

佚名

[2226]　　　　　忧思难入眠

秋月不解人意

今夜何皎皎

评注

　　这首和歌是"咏月"7首（2223—2229）中的一首。无

论是在我国古典诗歌当中，还是在日本古典和歌当中，明月都是被歌咏的对象。诗人赞美皎洁的月光，而月光有时也会勾起诗人的万千思绪，最著名的当属李白的《静夜思》。在这首和歌中，皎洁的月光并不是被欣赏赞美的对象，而是不解人意的存在。因为，忧思中的人难以入眠，明月非但不赏心悦目，反而使人更加惆怅。这首和歌的构思和意境与《古诗十九首·明月何皎皎》中的"明月何皎皎，照我罗床帏。忧愁不能寐，揽衣起徘徊"有相似之处，或许是受了我国文学的影响。

佚名

　[2230]　　　　　心中怀思念
　　　　　　　　　拨开稻叶进小屋
　　　　　　　　　秋日晚风吹

评注

　　这首和歌是"咏风"3首（2230—2232）中的第一首。这首和歌表达了对妻子的思念。看守稻田的人身在田野屋棚，心中思念着妻子，傍晚秋风吹来，更加剧了思念之情。岩波文库的注释指出，"稻叶"一词在《万叶集》中仅此一例。

佚名

　[2233]　　　　　高松山

小伞开满峰

秋香醇

评注

　　这是一首"咏芳"的和歌。"芳"即芬芳、香气之意。高
松山不详,岩波文库的注释认为可能是高圆山。高圆山位于
奈良市东南部。秋天撑着小伞开满山野的是野生菌类,秋天
的香气便来自它们。在众多的野生菌类中,当属松茸的气味
最浓郁。因此,这首和歌歌咏的应该是松茸的醇香。在今天
的日本,野生松茸是高级食材,深受日本人的喜爱。而这首
和歌告诉我们,早在很久以前,松茸就已经受到日本人的喜
爱了。

佚名

　　[2235]　　　　　　秋田收割季

离家住茅棚

忽降阵雨湿吾衫

烘干却无人

评注

　　这首和歌是"咏雨"4首(2234—2237)中的一首。在
秋天收割的季节里,"我"独自离家住在田地旁的茅棚里。秋
天的阵雨淋湿了衣衫,如果是在家里,妻子会替"我"烘干。

但现在妻子不在身边，连替"我"烘干衣服的人都没有。这首和歌虽题为"咏雨"，实则抒发了孤独感和思念妻子的情感。《万叶集》的羁旅歌中有不少类似"雨水打湿衣衫，却无人为我烘干"这种表达的诗句，同样是抒发对妻子的思念。也就是说，"无人替我烘干湿衣衫"是表现思念妻子的一种写作模式。

佚名

[2238] 　　　　雁飞翔

　　　　　双翼遮天空

　　　　　何处羽毛漏

　　　　　寒霜降

评注

这是一首"咏霜"的和歌。这是一首充满想象力的和歌。作者想象飞翔大雁的双翼可以遮掩天空，而霜是从双翼的羽毛间漏下来的。关于大雁有着巨大的双翼这种构思，岩波文库的注释认为或许是受到《诗经·大雅·生民》中"诞寘之寒冰，鸟覆翼之"的影响。至于"雁－霜"组合，在我国古典诗歌中也可以看到。例如，南朝梁萧子范《夜听雁》中的"天月广庭辉，游雁犯霜飞"，唐朝权德舆《舟行见月》中的"月入孤舟夜半晴，寥寥霜雁两三声"等。

秋相闻

佚名

[2250]
　　　　　　　　春雾起时

　　　　　　田边搭建茅庐

　　　　　　直至秋田收割

　　　　　　令吾情思

评注

　　这首和歌是"寄水田"8首（2244—2251）中的一首。
"春雾"和"秋田"不仅提示了季节，也说明了时间的推移。
自春天在水田边搭建起窝棚后，一直到秋天开始收割，这么长
时间你都让"我"思念不止。这首和歌表达了一位因忙于农
活而难见妻子一面的劳动者的叹息。

佚名

[2260]
　　　　　　　　秋风寒

　　　　　　心愿吾妻是衣衫

　　　　　　贴身穿

评注

　　这首和歌是"寄风"2首（2260—2261）中的一首。秋

风寒冷，如果妻子是衣衫，"我"就能贴身穿在身上，那该多
暖和。这是作者对妻子能在身边，两人相互偎依取暖的期盼。
他将对妻子的思念寄托在"风"上表现了出来。

佚名

[2264]　　　　　　秋天终等到

蟋蟀欢喜鸣

我与枕共眠

情思实难安

评注

　　这是一首"寄蟋蟀"的和歌，也是一首以女子的口吻所
作的和歌。在无人陪伴的夜晚，女子想要把枕头当作思念的
人，但仍得不到安慰。这首和歌表达了女子孤独难眠的心情。
前半部分蟋蟀的喜悦与后半部分人的忧郁形成了鲜明的对比，
增加了作品的感染力。

佚名

[2271]　　　　　　庭院草深

蟋蟀声四起

问君何时

来赏院中萩

评注

　　这首和歌是"寄花"23首（2271—2293）中的第一首。庭院草深深，"我"独自听着蟋蟀声心下思量，你什么时候来看看这院中的胡枝子花。这是一首用女子的口吻所作的和歌，表达了她期待恋人早些到来的心情。萩花即胡枝子，是《万叶集》中秋花的代表，这23首中就有12首是咏萩花的。

佚名

　　[2282]　　　　　　　　秋夜长

　　　　　　　　　　思君度日苦

　　　　　　　　　　　　叹不如

　　　　　　　　　　花儿开又败

评注

　　这首和歌也是"寄花"中的一首，以女子的口吻所作。秋夜漫长，在思念等待中度过每一天，过这样的痛苦生活还不如开了又败的花朵。这首和歌抒发了独守空房，等待恋人到来的女子的哀怨。"秋夜"也是我国古代闺怨诗的主题之一，最著名的大概要数白居易《上阳白发人》中的"宿空房，秋夜长，夜长无寐天不明"。

佚名

　　[2310]　　　　　　　　起身坐

思君难入眠

鸣不停

蟋蟀入榻边

评注

　　这首和歌是"旋头歌"2首（2310—2311）中的一首。前文中提到过旋头歌的形式，而《万叶集》4500多首和歌中只有62首旋头歌，其中35首出自《柿本人麻吕歌集》。因此，日本著名学者稻冈耕二认为旋头歌始于柿本人麻吕。夜晚因思念不能入眠，榻边的蟋蟀却不停地鸣叫。在这首和歌中，蟋蟀的鸣叫声衬托出了"难眠"。在我国古代诗歌中，蟋蟀在床前鸣叫的诗句有《诗经·豳风·七月》中的"十月蟋蟀入我床下"，阮籍《咏怀诗》中的"开秋兆凉气，蟋蟀鸣床帷。感物怀殷忧，悄悄令心悲"。这些诗句或许对这首和歌的创作产生了一定影响。

冬杂歌

柿本人麻吕

　　[2314]　　　　　卷向之桧原

天空无云

松枝梢头

沫雪飘流下

评注

　　卷向在今奈良县樱井市北部，以丝柏林著名。"沫雪"前面出现过，是笔者借用了原文中"沫雪"（AWAYUKI）这一词语，指像泡沫一样极容易化掉的雪。这首和歌描写了卷向地区冬季的景色。卷向丝柏林的上空还是晴空万里，而附近的松树梢上已经降下了白雪。这首单纯描写景色的和歌被斋藤茂吉选入《万叶秀歌》。

佚名

　　[2325]　　　　　　月色明朗夜

　　　　　　　　　　　谁家庭中梅

　　　　　　　　　　纷纷飘落到吾园

评注

　　这首和歌是"咏花"5首（2325—2329）中的一首，5首咏的均为梅花。进入平安时代以后，樱花成为日本第一花，成为花的代名词。但在奈良时代，从中国传入日本的梅花受到贵族的喜爱，成为贵族庭院中的一景。这首和歌描写了在明朗月夜飘落的梅花。《万叶集》中的月夜梅花是月光辉映下的梅花，就像这首和歌所描写的那样，而《古今和歌集》中的月夜梅花更多是指梅花的香气。这一不同体现了日本人审美观的变迁。

冬相闻

佚名

［2343］　　　　　　夫君言

令人喜

欲前往

心忧衣曳留痕迹

祈求上天莫降雪

评注

　　这首和歌是"寄雪"12首（2337—2348）中的一首，描写了一位想要前往夫家的女子的心理活动。或许丈夫遣人送来了情书，字里行间情真意切，让女子不由得动了想要前去与丈夫相会的念头。然而她又担心曳地的衣摆会在雪地中留下痕迹，所以祈盼不要下雪。前文中介绍过，奈良时代实行的是走婚制，即男子晚上前去和妻子相会，翌日清晨离开。因此，《万叶集》相闻歌中的女子多为等待或挽留、惜别的形象。然而这首和歌中的女子却要走出家门，前去与丈夫相会，给读者呈现了一个不一样的形象。

佚名

［2349］　　　　　　庭前梅花开

月皎洁

妾等待

每夜君来赏

评注

　　这是一首"寄花"的和歌。和歌描写的正是上文中所说的"等待"的女子的形象。庭院里的梅花开了，月色正美，在这样花与月相辉映的夜晚，"我"每每等待你来赏花。这就告诉读者，"我"等待的人并没有到来。这虽然也是一首表现女子期待丈夫来与自己相会的和歌，却没有常见的"怨"和"悲"，而是通过梅花和月夜衬托出了女子的孤寂，使人读来感受到的是清新和优雅。

卷十一

卷十一为"古今相闻往来歌类之上"，卷十二为"古今相闻往来歌类之下"。两卷合起来形成相闻歌群，主要按照文学表现方法分类，有正述心绪、寄物陈思、问答、譬喻。卷头为 17 首旋头歌，接着是出自《柿本人麻吕歌集》的和歌，有正述心绪歌 47 首，寄物陈思歌 93 首，问答歌 9 首，共 149 首和歌。除选自《柿本人麻吕歌集》的和歌以外，另有正述心绪歌 102 首，寄物陈思歌 189 首，问答歌 20 首，譬喻歌 13 首，共 324 首和歌。此卷共收录有 490 首和歌，现选译50 首呈献于此。

旋头歌

柿本人麻吕

[2355]　　　　　　　愿心仪吾妹

汝早死

皆因活在世

无人言说属于吾

评注

　　这首和歌是旋头歌 17 首（2351—2367）中的一首。 这
17 首中有 12 首出自《柿本人麻吕歌集》，5 首出自《古歌
集》。相闻歌是男女传递爱情的一种方式。"死"虽然是一个
不祥的词，但在相闻歌中也不少见，多用于自己为爱而死。
然而这首和歌却咏道："我心爱的姑娘，我希望你早点儿死。
因为，即使你活着也没有人会说你属于我。"这样希望心爱的
人早点儿死去的和歌听起来与其说是表白，不如说更像诅咒，
在和歌中实属罕见。 在我国古典诗歌中可能也很难看到。 岩
波文库的注释认为，这是恋爱过激的表现。

佚名

[2364]　　　　　　　珠帘垂

请君穿隙进

倘若母亲问

答曰风

评注

　　这是一首以女子的口吻所作的和歌，描写了一位等待恋人到来的女子的心情。《万叶集》488"待君来，心中正思恋。秋风过，屋中垂帘动"，是额田王思念天智天皇所作。在488的"评注"中笔者写道："'等待爱人，风吹帘动'这样的构思受到闺怨诗的影响。例如，《华山畿》中就有'夜相思。风吹窗帘动。言是所欢来'的诗句。"从"风"和"帘"的关系来看，这首和歌的构思或许也源于六朝的闺怨诗。但主人公不只是静静等候，而是让恋人悄悄地从帘子的缝隙里进来。如果母亲问起，就告诉她是风，这后两句又透着几分幽默和俏皮。因此，可以说这是一首构思新颖的和歌作品。"珠帘"在原文中为"玉垂帘"，也是受我国文学影响的结果。

正述心绪

柿本人麻吕

　　[2370]　　　　往来行人未带信

　　　　　　　　　　　　可是言

　　　　　　　　　　相思致死亦无奈

2368—2516 的 149 首和歌均是出自《柿本人麻吕歌集》的作品。这首和歌是正述心绪歌 47 首（2368—2414）中的一首。这是一首以女子的口吻所作的和歌，表达了对丈夫的抱怨——你不仅不来相会，还对"我"漠不关心，连个口信也没有。洼田空穗认为，这首和歌中的夫妻是一对平民，两人已经公开关系。古代交通量少之又少，妻子认定只要丈夫的村落有人来，丈夫一定会知道，并且会托人带话来。但丈夫没有这么做，因此她十分气愤。这首和歌中体现出的村落生活的状态、女子的激情在当时一定引起了老百姓的共鸣。

柿本人麻吕

[2373] 无时不思念

日暮情更甚

无奈何

评注

所谓"正述心绪"，是将心中所想直接表现出来的创作手法。这首和歌便是将自己思念恋人的心情直截了当地表现了出来。虽然每时每刻都在思念恋人，但到了日暮时分便抑制不住地更加想念。之所以在日暮时分更加想念，是因为在走婚制度下，这时候是夫妻、恋人即将相会的时刻。

柿本人麻吕

[2384]　　　　　我夫行远路

心中念

谁来报平安

评注

　　这是一首以女子的口吻创作的和歌，平实真切地表现出了一个妻子惦念出门在外的丈夫的心情，直截了当，可谓正述心绪。我国抒发思妇忧伤的闺怨诗并不是篇篇出自女子之手，而多为男诗人的作品。在日本古典和歌中，也有像这首和歌这样以女子的口吻抒发女子情思的作品。

柿本人麻吕

[2394]　　　　吾身消瘦如朝影

只因她

依稀一现便消失

评注

　　"朝影"在原文中也作"朝影"（ASAKAGE），即朝阳照在地上的自己的细长身影。彼得·麦克米伦将这个词译为"morning shadow"，也是直译。这首和歌把只匆匆一瞥便难以再相见的情思之苦，用自己因此消瘦得像晨光中的影子这样的比喻表现出来。斋藤茂吉在《万叶秀歌》中这样评价"朝影"一词：当时男人是在早晨离开女方家的，因此这个词是建立在实际体验上的，颇有意思。

柿本人麻吕

[2408]　　　　搔眉根
　　　　　　　响喷嚏
　　　　　　　衣带开
　　　　　　是否如此等待吾
　　　　　　　却不知
　　　　　　何时能相见

评注

　　这首和歌描写了一个男人想象中的、正在等待自己的女人的神态。摸眉毛，打喷嚏，衣带也不解自开。前三句对女子的描写使读者仿佛看到了坐立不安、焦急等待的女子的形象，似乎还有些不雅。但这些都是基于当时的民间俗信写成的。《俊赖髓脑》是由平安时代后期的贵族、歌人源俊赖所著的和歌理论著作。岩波文库的注释指出，在这部著作中，源俊赖提到这首和歌，做出解释：摸眉毛是因为想念恋人的时候眉根会发痒，打喷嚏是因为有人议论自己。而从《万叶集》的其他和歌可以判断，衣带不解而开是因为有人惦念。

寄物陈思

柿本人麻吕

[2419]　　　　　　天地神明

　　　　　　　　　　名亡际

　　　　　　　　　　二人相会

　　　　　　　　　　绝迹时

评注

　　寄物陈思歌93首（2415—2507）均出自《柿本人麻吕歌集》，这首和歌是开头"寄神"5首（2415—2419）中的一首。"寄物陈思"是将心情寄托在某个物象上表现出来的创作手法，一般以"寄～"为歌题，但这93首没有歌题。这是一首简单明了的和歌。"二人相会"即意味着在走婚制度下保持夫妻或恋人关系。这首和歌表达的是永不变心的誓言：天地神明的名字不复存在之际，便是我们不再相会之时。这首和歌以神明起誓，与我国常流传的"海枯石烂不变心"有异曲同工之处。可见国度虽不同，但人的情感是相似的。

柿本人麻吕

[2420]　　　　　　望月觉在同一地

　　　　　　　　　　有山相隔

　　　　　　　　　　心爱人儿在远方

评注

　　这首和歌是"寄山"7首（2420—2426）中的一首，作者通过描写阻隔两人的山，将与心爱女子相隔甚远的遗憾呈现在读者面前。望着月亮时感受到同在一处的亲切，与被山隔开难以相见的遗憾形成对比，衬托出作者心中的寂寞和思念。虽然相隔甚远，但却头顶着同一个月亮，像这样表达类似情感的诗句在我国古代诗歌中也不少见。著名的有南朝宋鲍照《玩月城西门廨中》中的"蛾眉蔽珠栊，玉钩隔琐窗。三五二八时，千里与君同"，唐朝张九龄《望月怀远》中的"海上生明月，天涯共此时"。更为著名的当属北宋苏轼《水调歌头》中的"但愿人长久，千里共婵娟"。这些作品的构思与这首和歌有相通之处，体现了人类寄托在月亮上的相同情感。

柿本人麻吕

［2443］　　　　　　深藏山谷中

　　　　　　　　　　岩缝有涌泉

　　　　　　　　　　吾恋汝之情

　　　　　　　　　　能将岩石穿

评注

　　这首和歌是"寄岩"2首（2443—2444）中的一首，是男子赠给心仪女子的和歌。第一句暗指女子深居宅中，难以相见。紧接着，用爱能穿透岩石这样的比喻，表达了男子对女子的深厚感情。洼田空穗认为，这首和歌中的山谷、岩石、涌泉这些景观的描写均为实景描写，作者的意图在于通过这些实景描写将男子的情感有效地表现出来。

柿本人麻吕

[2446]　　　　珍珠缠于手

但从今日起

奉之为珍宝

评注

　　这首和歌是"寄珍珠"4首（2445—2448）中的一首。珍珠比喻珍爱的女子。这首和歌虽然是"寄物陈思"中的一首，但也用了譬喻的手法。第一句"珍珠缠于手"表明男子已经与心爱的女子成为恋人或结为夫妻。从今天起，男子要把她当宝贝对待。最后一句也是男子对女子的承诺。

柿本人麻吕

[2475]　　　　屋檐杂草生

细查看

尚无忘恋草

评注

　　这首和歌是"寄草"17首（2465—2481）中的一首。世上本没有什么"忘恋草"，洼田空穗认为这里的"忘恋草"是萱草。古代日本人认为把萱草系在身上可以忘记烦恼。这是一首描写男子心理活动的和歌。或许主人公已经过了热恋的年龄，却还在为爱情烦恼。所以，他希望杂草丛生的屋檐上能长出一种可以让他忘记恋爱之情的"忘恋草"。《万叶集》中"忘恋草"只此一例。

柿本人麻吕

[2484]　　　　　曾言曰
　　　　　　　　见松如见人
　　　　　　　　共植一棵松
　　　　　　　　松待人定来

评注

　　这首和歌是"寄树"6首（2484—2489）中的一首，描写的是被男子疏远，久等不见他来相会的女子的心理。两人曾经一同种下一棵松树，约定把这棵树当作"他"的象征。现在这棵松树真的成了等待之树。但是，女子并没有完全绝望，她期待着两人种下的松树能够带来好运，把心上人等来。前文中已提到，在日语中，"松"（MATSU）与表示等待之意的"待つ"（MATSU）同音。这首和歌利用谐音表达了女子的心愿。

柿本人麻吕

[2490]　　　　　　如鹤展翅飞云天

心中不安忧心忡

皆因君不在身边

评注

　　这首和歌是"寄鸟"3首（2490—2492）中的一首，是女子送给丈夫的和歌，也是以女子的口吻创作的。这首和歌想要表现的是女子因丈夫不在身边而惶惶不安、忧心忡忡的心境。第一句只是为了引出"忧心忡"的"序词"。"序词"也是古典和歌创作中的一种修辞手法，其作用与枕词相同，只是不受音数的限制，与被引出的词语的关系也更自由。在这首和歌中，"鹤"（TAZU）的发音与表示心中不安、忧心忡忡之意的"たづたづしい"的"たづ"（TAZU）相同，二者是谐音关系。

柿本人麻吕

[2495]　　　　　　母亲养桑蚕

蚕蛹藏茧中

吾妹藏深闺

如何得以见

评注

这是一首"寄蚕"的和歌，描写的是男子的心理活动。男子在等待心上人走出家门，以便向她求婚。可是，心爱的姑娘却不出家门半步。无法见到姑娘的男子无可奈何，叹息不已。从母亲养蚕这一描写来看，这首和歌的创作是有现实生活来源的，它表现的不是贵族的情感，而是普通百姓的爱情故事。作品的前两句是"序词"，它不仅在"藏"字上与后面的词语有关联，还起到了比喻的作用。《万叶秀歌》认为，这首和歌整体围绕现实生活进行创作，展示了农民的生活状态，非常有趣。

柿本人麻吕

[2503] ·　　　　　黄杨枕

每晚不离铺

你为何

苦等主人来

评注

这是一首"寄枕"的和歌，抒发了一名女子苦苦等待恋人的心境。作者用拟人的修辞手法，通过询问黄杨枕这一方式抒发了主人公盼不来恋人，只能等待的痛苦。洼田空穗认为，作品中的主人公将自己的情感植入黄杨枕，把枕头描写成也在苦苦等待主人到来的存在，可谓点睛之笔。

问答

柿本人麻吕

[2513]　　　　　　心但愿

雷神微动乌云布

雨声淅沥天留人

[2514]　　　　　　纵然是

雷神微动雨不落

倘若汝愿吾便留

评注

　　这两首是问答歌中的一组和歌。所谓"问答歌"，就是以一问一答的作品构成的唱和形式的和歌。其中，2513是妻子挽留丈夫的和歌："我"只求雷神稍微动一下，让天空乌云密布，下起雨来。那样天就能留住你。"微动"一词体现了女子不愿有任何变故的内心活动。2514则是丈夫对妻子的回答：即使天不留"我"，只要你想让"我"留下来，"我"就留下来。这大概是对妻子最大的安慰了。在这一组问答中，"答"重复使用了"问"中的语言，还保留着古代歌谣的痕迹。

正述心绪

佚名

　　[2517]　　　　　　如若母作梗

　　　　　　　　　　　　吾二人

　　　　　　　　　　　　恋爱难成就

评注

　　本卷从 2517 开始均为作者不详的和歌。2517—2618 为正述心绪歌，笔者从中选译了包括这首在内的 9 首和歌。这首和歌的意思简单明了，世人却有不同的解读。岩波文库认为，首先，这首和歌是男子还是女子的作品不明。其次，可以把这首和歌解读为男子告诫女子行事要谨慎，不要被母亲发现；也可以解读为女子自己担心被母亲发现，心绪不安。洼田空穗认为这是男子在告诫女子，是表现男子心理活动的和歌。斋藤茂吉则在《万叶秀歌》中指出，这是男子在催促女子不要犹豫不决，如果被她母亲发现，他们的爱情将无法实现。笔者认为，无论如何解读，这首和歌都告诉我们一个事实：无论古今还是中外，每一位母亲都在擦亮眼睛，时刻关注着女儿的成长。

佚名

　　[2527]　　　　　　谁人门前唤我名

被母训
此时心中正烦闷

评注

　　这是一首女子写给男子，向男子诉说自己苦衷的和歌。
"我"因为和你的事被母亲训斥，心中正烦恼，你却到"我"
家门前来叫"我"的名字。"谁人"在母亲面前起到了替男子
掩饰的作用。这首正述心绪的和歌与其说是抒发内心的情感，
不如说更像是叙事。教训女儿的母亲、挨训的女儿、门外喊
着女子名字的男子，短短一首和歌用三个人物描写了一幕场
景，不仅充满画面感，还极富戏剧性，是正述心绪歌中极少见
的作品。

佚名

　　[2532]　　　　如此情不深

　　　　　　　　　妾披散黑发

　　　　　　　　　　待谁看

评注

　　这是一首女子写给丈夫或恋人的和歌，也是一首催促对
方来相会的作品。女子披散着美丽的长发只为给心上人看。
正是因为情真意切，"我"才这样披散着头发等待你的到来。
洼田空穗认为，这首和歌委婉优雅地催促丈夫或恋人来相会，

同时又展现了女子的娇媚，是有身份和教养的人所作。

佚名

[2539] 　　　　未见莫非已千年

　　　　　　　莫非是妾身错

　　　　　　　莫非妾思然

　　　　　　皆因等待情难耐

评注

　　这是一首等待丈夫或恋人来相会的女子创作的和歌，抒发了难耐的思念。自上次相逢后莫非已经过了千年？莫非是我错了？莫非只有我这样想？这一连三个问题层层递进，使读者充分体会到了女子心中的波澜。但在三个自问之后，作者道出了原委，皆因等待情难耐。最后一句使整首和歌有了一种安定感。这首和歌既充满激情也不乏冷静，可谓一气呵成。此外，这首和歌还被重复收录在卷十四"相闻歌"中，作者是柿本人麻吕。

佚名

[2546] 　　　　倘若不期而至

　　　　　　　吾妻定欢喜

　　　　　　含笑双目浮眼前

评注

　　这是一首男子创作的和歌，描写了想象中的情景。倘若自己突然出现在妻子面前，给她一个惊喜，她该有多高兴。"我"可以想象到她舒展双眉、两眼含笑的模样。想来当今很多男子也与这首和歌的作者一样，有着这样的想法：为了给妻子或女友一个惊喜，设计一个突然出现在她面前的场面。不同的是，今天的人可以做到，但生活在奈良时代的人却难以做到。这首和歌被斋藤茂吉选入《万叶秀歌》，理由是：这首和歌不让人觉得有"轻佻"之感。究其原因，是日语"古语"的优越性所致。

佚名

[2554]　　　　相见含羞掩面

却但愿

与君相见不断

评注

　　这是一首以女子的口吻抒发少妇情怀的和歌。见面时因为害羞不敢抬头，但心里想的却是能永远和你相见。这首和歌把一个新婚少妇的心理活动展现得淋漓尽致。虽然是抒发情怀的正述心绪歌，但也有"含羞掩面"这样传神的描写。斋藤茂吉将这首和歌选入《万叶秀歌》，并提到白居易的《琵琶行》中有"犹抱琵琶半遮面"的诗句。而彼得·麦克米伦则认为，将这样的和歌翻译成英文，它会成为质朴、可爱的诗歌。下面是他的英文翻译，供感兴趣的读者参考。

When we meet

I cover my face

Yet you are the one

I long to meet

More and more

佚名

[2570] 　　　　这般恋

命将归黄泉

告母知

君可来相见

评注

　　这是一首女子写给恋人的和歌。第二句在原文中直接用了"死"这个词。整天在相思中度过，这样下去会死掉的。"我"已经把实情告诉了母亲，你以后不必偷偷摸摸地来了。这首和歌可以说反映了走婚制度下婚姻的真实状态。由此可见，在古代日本人的婚姻当中，女方的母亲起着重要作用。

佚名

[2590] 　　　　山路险

　　　　　无意行夜路

　　　　　　为伊人

　　　　　难忍相见情

评注

　　这是一首描写男子与妻子或恋人相见后表白的和歌。山路险恶，加之又在夜晚，本来不想冒险。但是，因为按捺不住想见你的心情，"我"还是来了。和歌既是古代日本男女相恋时倾诉衷肠的方式，也是夫妻交流感情的媒介。这首和歌向我们展示了古代日本男人向妻子表白的一种常态，就如同现在的男子也常说"我是为了你才……"。

佚名

　　[2618]　　　　　月皎洁

　　　　　　欲与妹相见

　　　　　　　借近路

　　　　　到时夜已深

评注

　　这首和歌是正述心绪歌的最后一首，是以男子的口吻创作的和歌。在月光皎洁的夜晚，男子按捺不住想见女子的心情，抄近路急急赶来，结果还是到了夜已经很深的时候。前文中几次提到，在走婚制度下，男子晚上去女子家中相会，翌日清晨离开。他们本来能够在一起的时间就不长，男子深夜才到就意味着在一起的时间会更短。因此，最后一句流露出的是男子的遗憾和无奈。这首和歌被选入《万叶秀歌》。

寄物陈思

佚名

［2625］　　　虽不能相逢
　　　　　　　日日做夕占
　　　　　　　裁袖献币帛
　　　　　　　衣袖接多少

评注

　　本卷2619—2807的189首均是作者不详的寄物陈思歌，笔者从中选译了包括这首在内的19首和歌。与前面选自《柿本人麻吕歌集》的和歌相同，这189首也没有标记"寄～"的歌题。这首和歌是"寄衣"8首（2619—2626）中的一首，抒发了一个等待丈夫来相会的女子的叹息。因为久等丈夫不来，所以，妻子每到傍晚就占卜一下看今晚他来不来。"夕占"是古代日本的一种占卜方法，通常是黄昏时分在门前或附近的十字路口占卜心上人和自己的命运。这种占卜法已经失传，也没有资料说明具体的占卜方法。但从这首和歌来看，这种占卜方式需要裁下自己的袖子作币帛。

佚名

[2635]　　　　　刀剑佩在身

　　　　　　　　　　　大丈夫

　　　　　　　　　　情面前

　　　　　　　　　自问可能按捺

评注

　　这首和歌是"寄大刀"3 首（2635—2637）中的一首，是男子自嘲的和歌。身佩刀剑的大丈夫，什么都不怕，什么都可以战胜，唯独在爱情面前没有自信，不知道能不能控制住自己的感情。从后两句看，这位大丈夫似乎还没有把自己的心思告诉心爱的人，还处在单相思的阶段。

佚名

[2648]　　　　　决意不烦恼

　　　　　　　　如飞驒工匠墨斗线

　　　　　　　　　一心只系君

评注

　　岩波文库的注释认为这是一首"寄墨斗"的和歌，而洼田空穗则将其定为"寄匠人"。这是一首表现女子心理的和歌。或许这位女子曾经为丈夫不来相会而烦恼过，怨恨过。

但她现在下了决心，不再烦恼，不再多想，就像木匠用墨斗画出的一条笔直的线，一心只向丈夫。这读起来更像是一首写给自己，试图说服自己的和歌。飞驒在今岐阜县北部，以具有高超技术的木匠著称。早在飞鸟时代（593—710），这里的木匠就赴奈良修筑宫殿和寺院，被称为"飞驒匠人"。这首和歌也从侧面证实了这一点。

佚名

[2653]　　　　　马蹄嗒嗒响

　　　　　　　　　心盼君来访

　　　　　　　　　出门松下望

评注

　　这首和歌是"寄马"3首（2652—2654）中的一首，是描写等待丈夫来访的女子心理的和歌。拟声词的使用使这首和歌一下子显得生动起来。听到马蹄声后急忙跑出门，在松树下张望。这一描写把一个年轻女子鲜活的形象呈现在读者面前。这首和歌格调活泼明快，被选入《万叶秀歌》。

佚名

[2657]　　　　　神奈备

　　　　　　　　立木作神篱

谨祭拜

却难保人心

评注

这首和歌是"寄神"8首（2656—2663）中的一首。神奈备是神降临的森林，神篱是祭神时划出一片神圣地界而种植的常青树木。这是祈求丈夫不要变心的女子创作的和歌。在神降临的森林中围起一圈神篱，恭恭敬敬地祭神，但还是难保人不变心。最后一句流露出了万般无奈。在当时，向神祈求大概是一个女子所能做的最大努力，正因为如此，最后一句体现的伤感也就更深一层。

佚名

[2670]　　　　　月如明镜

渐西移

忧愁不停

情更甚

评注

这首和歌是"寄月"10首（2664—2673）中的一首。月亮西移代表着时间流逝。时间虽然过去了，但因爱恋生出的忧愁和情思不会消失。世人常言时间解决一切，但这首和歌告诉我们，也有时间解决不了的问题。洼田空穗认为这首和歌歌咏的是身在旅途的男子对月思念妻子的心情。

佚名

[2676]　　　　　愿做天上飞云

　　　　　　　可成就

　　　　　　　日日与君相见

评注

　　这首和歌是"寄云"3首（2674—2676）中的一首。云可以在天空中自由自在地飘动，望着天上飘浮的白云，作者不禁心生羡慕。如果自己能够变成天上飘荡的白云，就能天天见到心上人了。这种非现实的遐想既表达了作者对恋人的思念，也给和歌增添了几分浪漫。

佚名

[2682]　　　　　欲目睹

　　　　　　君着唐衣风采

　　　　　　　降雨天

　　　　　　深情思恋度日

评注

　　这首和歌是"寄雨"5首（2681—2685）中的一首。唐衣是指有大唐风格的衣服，在当时是时髦的装束。洼田空穗指出，在古代日本，丈夫的衣服是由妻子缝制的。这首和歌表现了一个妻子想象丈夫穿上自己亲手缝制的新装时的喜悦心情，而这种喜悦的心情对于丈夫来说无疑也是一种喜悦。作品中之所以出现雨天，是因为下雨天不能农耕，丈夫极有可能来访。这首和歌向读者展示了当时平民百姓理想中的夫妻生活画卷。

佚名

[2686]

夕占间

露珠落衣袖

欲示君

取之即消失

评注

　　这首和歌是"寄露"6首（2686—2691）中的一首。"夕占"在前文出现过，是古代日本的一种占卜方法，即黄昏时分在门前或附近的十字路口占卜心上人和自己的命运。作夕占是因为恋人没有来，也就意味着女子一直在等待。但是，即使恋人不来，女子心中仍然想念着他，看到作夕占时落在身上的露珠都想摘下来给他看。这首和歌表现了一个女子的心理活动和对爱人的情感。

佚名

[2690]　　　　　　衣袖降露珠

　　　　　　　　　妹心正踌躇

　　　　　　　　　　不相见

评注

　　这首和歌是"寄露"6首（2686—2691）中的一首，是吃了闭门羹的男子创作的和歌。夜晚，男子前去爱慕的女子那里与其相会，对方却还在踌躇，不肯相见，男子只好在门外等待。第一句"衣袖降露珠"说明他已经在外面等了很长时间。《万叶集》中"等待"的多是女子的形象，但这首和歌通过落在衣袖上的露珠将一个等待的男子的形象呈现在读者面前。

佚名

[2710]　　　　　　犬上鸟笼山

　　　　　　　　　不知哉川

　　　　　　　　　如此川名

　　　　　　　　　请言不知

　　　　　　　　　　隐我名

评注

　　这首和歌是"寄川"17首（2701—2718，除2707以外）

中的一首。前两句是一连三个地名。犬上即今滋贺县彦根市。鸟笼山在犬上，现名正法寺山。不知哉川现名芹川或大堀川，是流经彦根市汇入琵琶湖的一条河流。前两句是"序词"。这首和歌巧妙地把地名咏进序词，利用同音通过"不知哉川"这个地名（河名）引出这首和歌的核心内容——不要把"我"的名字告诉别人。

佚名

[2719]　　　　　怎满足

沼泽之下不见光

知忌讳

仍将姓名告于人

评注

这是一首"寄沼泽"的和歌。第二句中的"沼泽"在原文中是"隐り沼"（KOMORINU），是"下"的枕词。前文中解释过枕词的作用，在此不再赘述。"隐り沼"是"隐秘的沼泽"之意，虽然是枕词，但在意思上与"下"是有一定关系的。此外，从和歌的内容看，作者不满足于地下恋爱，终于讲明了恋人的名字。因此，笔者认为如此处理这个枕词还是较为妥帖的。这首和歌表现了一个年轻男子内心按捺不住的喜悦之情。

佚名

［2736］　　　　　风高浪急

思念如潮不断

请问阿哥

心中可也有妹

评注

　　这首和歌是"寄海"19首（2726—2744）中的一首。在这19首中出现了不少海的名称，如纪伊海、左太浦、比良浦等，还有丰富的与海有关的词汇，体现了日本岛国文学的特点。这首和歌表现的是女子的心理，她要求对方明确告诉自己，心里到底有没有她。这首和歌的可贵之处在于，女子站在对等的立场上，要求男子与自己有同等的爱情。用当代的观念讲，这也是一种性别意识。在日本古代，这种意识无疑是极其超前、难能可贵的。

佚名

［2760］　　　　　前去山泽采慈姑

恳请今天能相见

哪怕母亲怒

评注

　　这首和歌是"寄草"24首（2754—2777）中的一首，是请求与恋人相见的男子创作的和歌。慈姑是一种生长在水中的植物，其球茎可当蔬菜食用。或许"他"母亲不接受两人的恋爱关系，所以横加干涉，以致两人无法相见。今天趁着去采慈姑的机会，希望能见上一面。"采慈姑"这一行为表明这是一对平民恋人。这首和歌再次向读者展示了日本走婚制度下母亲在子女的婚姻恋爱中所扮演的角色。

佚名

[2773] 劝君闭关竹节中

若君不曾来

何以有此苦思恋

评注

这首和歌仍是"寄草"中的一首，是抱怨恋人不来相会的女子创作的和歌。要不是你来找"我"，"我"何至于因为思念而如此痛苦，倒不如不来，你干脆钻进竹节里别出来了。同样是抒发等待之苦和情思的和歌，但这首和歌中却没有常有的忧伤、眼泪，反而使人感受到几分豪爽，同时又不乏幽默，是一首很有特点的作品，或许是一首质朴的"古歌"。

佚名

[2784] 情隐心中无人知

纵然因恋死

不学贵园鸡冠花

红色示于人

评注

　　这首和歌是"寄花"4首（2783—2786）中的一首。最后两句是譬喻，暗指自己不会把心中的恋情告诉任何人。这首和歌虽然是寄物陈思歌中的一首，但从表现手法上看更接近譬喻歌。这种情况不仅在寄物陈思歌中有，在正述心绪歌中也能看到。洼田空穗认为，这首和歌是向女子倾诉单相思之苦的男子的作品。并且，从"贵园"这个敬语来看，双方身份悬殊。也就是说，这首和歌是身份低下的男子向身份高贵的女子表白的作品。

佚名

　　［2786］　　　妹如棣棠美

　　　　　　　　身着红裳

　　　　　　　　日日现梦中

评注

　　这首和歌仍是"寄花"中的一首。棣棠花为明亮的金黄色。这首和歌将金黄色与红色这两种艳丽的颜色组合在一起，在色彩运用上是《万叶集》中极少见的，是一种大胆的尝试。

斋藤茂吉认为这首和歌过于单纯，有其不足之处。但他仍将其选入《万叶秀歌》的理由是：出现在梦中的恋人穿着淡红色的衣裙，而将这一颜色咏进和歌当中是极少见的。洼田空穗则认为这首和歌展示了和歌创作的一种新倾向。

佚名

[2790]　　　　　珠串连珠

　　　　　　　　珠珠紧相连

　　　　　　　　永不分离

　　　　　　　　同结一条线

评注

　　这首和歌是"寄珠线"7首（2787—2793）中的一首。与2784一样，与其说它是寄物陈思歌，不如说它更像是一首譬喻歌。"珠"比喻男女，把珠子穿在一起的"珠串"则比喻两人的关系，说明二人是夫妻。这首和歌通过这样的比喻，表达了他们永不分离的决心。岩波文库的注释认为，这首和歌的寓意在于，即使珠串断了，珠子向四处飞散，当用线穿起来的时候还是能紧紧相连。

佚名

[2798]　　　　　伊势海人

朝夕潜海采鲍贝

吾似此贝

单恋相思到如今

评注

这首和歌是"寄贝"4首（2795—2798）中的一首。"海人"的日语发音为 AMA，是指以潜入海中打捞海藻、贝类为生的人，也泛指渔民。如果是女子，则写作"海女"，发音与"海人"相同。这首和歌也用了比喻手法，并且前两句是"序词"。鲍鱼是单壳贝类，只有半面外壳。作者利用鲍鱼的这一特点，通过序词引出"此贝"即单壳贝类，以此比喻自己的单相思。

问答

佚名

[2812]　　　　思念情难耐

翻折袖

方就寝

可现汝梦中

评注

这首和歌和下一首和歌是问答歌 20 首（2808—2827）中的作品。这是一首写给妻子的和歌，也是问答歌中的问歌。

因太过思念你，"我"把袖子翻折以后才入睡。这样做是否有效？你是否梦到了"我"？换句话说，就是我们是否在梦中相会了？岩波文库的注释说，当时有一种俗信，认为睡觉的时候将袖子翻过来折起便能在梦中与心上人相会。这首和歌通过对这一动作的描写使整首和歌变得生动起来。

佚名

[2813]　　　　夫君翻袖就寝夜

梦境中

相见宛如现实中

评注

这首和歌是对上一首和歌的"答"，即妻子的回赠。很显然，作者是完全按照"问"的构思完成的这首作品。上一首中丈夫问道："睡觉的时候我翻折了衣袖，你梦到我了吗？我们在梦中相会了吗？"回答是："梦到了你，就像真的见到你一样。"这无疑是一个令丈夫十分满意的回答。这一唱一和体现了丈夫的思念和妻子的温顺。但洼田空穗却认为，这两首和歌在创作手法上相同，很可能出自同一人之手。

譬喻

佚名

[2829]　　　　　衣裳多益善

　　　　　　　　　可因君

　　　　　　　　　常更衣

　　　　　　　　　将我容颜忘

评注

　　这首和歌是譬喻歌 13 首（2828—2840）中的一首，是借"衣"做比喻的作品。第一句"衣裳多益善"可看作是人们的普遍心理，在这句中"衣"还没有成为比喻。而在之后的部分里，"衣"被用来比喻女子。后三句暗喻自己的男人换对象就像换衣服一样，不断与其他女子产生恋情，把自己忘到了脑后，以此来表达自己的忧思。

佚名

[2835]　　　　　山野生葛有白茅

　　　　　　　　　吾在此

　　　　　　　　　谁人真心将其摘

评注

　　这也是一首譬喻歌。山野中爬满葛叶的白茅被用来比喻心上人，最后一句则暗喻是否有人真的想要占有"我"的心上人。由于这首和歌是利用山野的景物做比喻，所以洼田空穗认为，这首和歌表现的是生活在山村里的男子担心美丽的恋人被人抢走的不安心理。

卷十二

继卷十一,此卷为《古今相闻往来歌类之下》,增加了卷十一没有的羁旅发思歌和悲别歌。此卷收录有《柿本人麻吕歌集》中的正述心绪歌 10 首,寄物陈思歌 13 首,以及《柿本人麻吕歌集》以外的正述心绪歌 100 首,寄物陈思歌 137 首,问答歌 36 首(分为两组),羁旅发思歌 53 首(包括柿本人麻吕所作的和歌 4 首),悲别歌 31 首,共计 380 首。现选译 38 首呈献于此。

正述心绪

柿本人麻吕

[2841]　　　　　　今晨未细看

夫君身影

注定今日里

整日思念

评注

　　这首和歌是选自《柿本人麻吕歌集》的正述心绪歌 10 首（2841—2850）中的一首，是以女子的口吻创作的和歌。在古代日本实行走婚制的年代，尚未同居的夫妻的婚姻形态前文已多次提到，即丈夫晚间到妻子家与其相会，清晨离开。这首和歌的前两句描写的正是清晨妻子送丈夫回去的情景。清晨，妻子因为没有仔细看将要离开的丈夫的身影，导致一整天都会沉浸在对他的思念之中，字里行间流露出深深的遗憾。这首和歌被选入《万叶秀歌》。

寄物陈思

柿本人麻吕

[2853]　　　　　　身盖单衣独自眠

皆是为

二人将来所思虑

评注

　　这首和歌和下一首和歌是选自《柿本人麻吕歌集》的寄物陈思歌 13 首（2851—2863）中的两首，这首是"寄衣"4 首（2851—2854）中的一首。古代日本的服装有两种穿法：一种是"单衣"（HITOE），即只穿一件和服；另外一种是"重ね着"（KASANEGI），即在一件和服外面再套上一件或更多件和服。这两种穿法即使到今天也没有多少改变，只是没有了平安时代的"十二单衣"。另外，在万叶歌人们活跃的时代，并没有被子，到了晚上人们就盖着衣服入睡。如果是独自入睡，盖的就是"单衣"了。在这首和歌中，作者巧妙地利用了这一生活习惯，将自己的孤单以及为了二人的将来忍受的寂寞寄托在"单衣"上抒发出来。

柿本人麻吕

［2858］　　　　苦苦思妻难入眠

愿晨风

抚过吾妻来抚我

评注

　　这是一首"寄风"的和歌。洼田空穗指出，奈良时代以及之前的日本人非常看重触碰过自己思念之人的东西。他们认为触碰过思念之人的东西，自己再去触碰便可以实现两人之间灵魂上的交流。如果这一说法可信，那么，这首和歌正是基于这种观念所创作的。风虽然看不见摸不着，但它自由自在，无处不去。风一定会吹拂到自己的心上人。同样的风再吹拂自己，自己就可以与难以相见的心上人实现灵魂上的交流。

正述心绪

佚名

[2866]　　　　　　是何人

传情他人妻

是何人

令我解衣带

评注

　　这首以及以下9首均为作者不详的正述心绪歌 100 首（2864—2963）中的作品。这是一首已为人妻的女子创作的和歌。她不仅拒绝了男子对自己的求爱，而且还申斥了他。两个使用了相同词语的疑问句使作者的严厉态度跃然纸上，读者甚至可以感受到作者的愤怒。在实行走婚制的时代，如果男女尚未到同居阶段，并且没有公开关系的话，正值婚龄的女子是否已有丈夫，别人是不得而知的。因此，向这位和歌的作者或者主人公表白的男子也并非一定是轻薄之人。

佚名

[2878]　　　　　共度夜晚两欢愉

　　　　　　　　　思忆起

　　　　　　　心如刀绞痛不止

评注

　　古典和歌中有一类和歌被称为"後朝の歌"（KINUG INUNOUTA），即男女夜间相会之后写给对方的和歌。这首便是"后朝歌"，是男子写给刚分别的妻子或恋人的。"心如刀绞"在原文中是胸口撕裂的意思，因不符合汉语表达习惯，故笔者将其译为"心如刀绞"。这首和歌抒发的是男子对妻子或恋人的思念，情虽真切，但无论是"胸口撕裂"还是"心如刀绞"，都难免有夸张之嫌。这样夸张的表现在《万叶集》乃至古典和歌中并不多见。

佚名

[2893]　　　　　君朝去夕来

　　　　　　　　我忘记吉凶

　　　　　　　　别时竟叹气

评注

　　这是一首描写女性心理的和歌，作品中包含着深深的悔意。她和丈夫保持着走婚形态的婚姻，丈夫晚上来，一大早便要离去，而且未必夜夜都能来。所以每一次的相会她都很珍惜，当然这也是短暂别离的开始。今天早晨送别丈夫时，她不由得叹了口气，这让她非常后悔和自责。因为那个时代的日本人很忌讳叹气，他们认为叹气是不吉利的。《万叶集》中有多首反映这一观念的和歌。这首和歌被选入《万叶秀歌》。

佚名

[2900]　　　　　吾妹笑靥美

　　　　　　　　　描眉秀

　　　　　　　　容貌浮眼前

　　　　　　　　如何不想汝

评注

　　这是一首描写男子思念妻子或恋人的和歌。一般情况下，表现思念妻子或恋人的和歌多为心理描写，作品中也多有别离、悲伤、忧思、孤独这样的词，但很少出现对容貌的描写。然而这首和歌却将女子美丽的容貌写了进来。她的微笑、她描过的秀眉浮现在男子的脑海里，让他禁不住想念。我们可以想象，此时作者或主人公心里并没有为情所困的愁苦，而是充满了甜蜜之感。由此也不难想象到他可能还是一个纯情的年轻人。

佚名

[2903]　　　　　眉毛殊稀疏

依旧常搔挠

无奈盼君仍不来

评注

这是一首描写女子埋怨丈夫不来与自己相会的和歌。年轻女子的眉毛一般是浓密的，从第一句中可以看出这位女子已经不再年轻。当然也可以理解为，她还年轻，只是因为经常挠眉毛，使眉毛变得稀疏了。前文已经提过，古代日本人认为眉根瘙痒是心上人到来的征兆。这位女子经常挠已经稀疏的眉毛，是因为她总觉得丈夫会来。于是她不停地挠，眉毛也就越来越稀疏。但即便如此，还是没能把丈夫盼来。这虽然是一首充满抱怨的和歌，但字里行间又透着几分自嘲。

佚名

[2912]　　　　　梦中无人咎

今宵去相会

切莫闭门户

评注

这是一首男子写给妻子或恋人的和歌。"在梦中，没有人对我们说三道四，横加指责，我们可以自由相会。所以，今晚你不要紧闭门户，等着我。"唐代传奇小说《游仙窟》中有类似的描写。作者自叙见到十娘后顿生爱慕，与其缠绵不尽。所恨别易会难。痛深骨髓。于是，仆乃咏曰："积愁肠已断，悬望眼应穿。今宵莫闭户，梦里向渠边。"岩波文库的注释认为，这首和歌是对仆人所作诗的后两句的改编。

佚名

[2925]　　　　　人言赤子方求乳

君可是

欲寻乳母对我言

评注

这是一首描写女子拒绝男子求婚的和歌。"对我言"指男子向女子表白爱慕之意。从这首和歌中可以看出男女年龄悬殊，大到女子可以做男子的乳母。当然这只是文学上的夸张手法。女子是用这样的方式告诉男子，他们并不般配，她对他也不感兴趣。洼田空穗认为，这位女子是以贬低自己的姿态，用"你是找乳母吗？"这样委婉的语言拒绝了男子，里面包含着哀愁。但是，笔者从这首和歌中读到的却是一种嘲讽。

佚名

[2931]　　　　　静思苦难耐
　　　　　　　　待今夜
　　　　　　　与君去相会

评注

　　这是一首描写等待丈夫到来的女子的心理的和歌。在实行走婚制的时代，男子在自己觉得合适的时间去与妻子相会，而作为妻子只能在家等待。妻子每晚都在等待中度过，在静静的夜晚被思恋所折磨。与其在等待中痛苦，不如今天夜晚降临后就走出家门去与丈夫相会。作者以这种方式表达了对丈夫的思念，也表露了自己的心声。遗憾的是，在那个年代，女子出门相会这样的事情是不可能发生的。

佚名

[2942]　　　　　夜深婴儿泣不停
　　　　　　　　似皆因
　　　　　　　思父之情苦难熬

评注

　　这是一首描写女子向丈夫诉说思念的和歌。但作者表面上并没有诉说自己的思念，而是说怀里的孩子好像很想念自己的父亲，晚上一直哭泣不肯入睡，这是利用孩子的哭声委婉地表达了自己的思念之情。 而丈夫这边，看到妻子送来如此内容的和歌，即使是铁石心肠的人，孩子也会触碰到他心中柔软的部分。 所以，这虽然是一首委婉地表达心意的和歌，反倒比满纸思念、痛苦更有效。 也有学者认为这首和歌是说女子因为思念而像婴儿一样哭泣，无法入睡。

佚名

[2951]　　　　　海石榴市街市多

在此结衣带

如今解开心怅然

评注

这首和歌可以看作是女子或以女子的口吻所作的和歌。海石榴市在今奈良县樱井市金屋附近，"市"是官设市场之意。据《日本书纪》记载，这里是男女相聚对咏歌谣并以此定情的"歌垣"之地。 而歌垣定情中有这样的习俗，相会的男女临别时，男子替女子系好衣带。 这首和歌的前两句意味着两人在"歌垣"相识相爱，而从最后一句的"心怅然"可以想象，此时那位爱人已经不在女子的身边，她不得不自己解开衣带。

寄物陈思

佚名

[2971]　　　　　海人着藤衣

烧盐作贡品

二人好似此藤衣

穿惯随身愈新鲜

评注

　　这首以及以下 12 首是作者不详的寄物陈思歌 137 首
（2964—3100）中的作品。这首和歌是"寄衣" 9 首（2964—
2972）中的一首。海人指渔夫，藤衣是用藤皮纤维制成的粗
糙衣服。但对于整日劳作、忙于烧制进贡用食盐的渔民来说，
这样的衣服无疑是最合适的。这首和歌用前两句作序词，引
出其中心思想——我们两个人的关系就如同渔夫与身上的藤
衣，虽是穿惯了的，却更有新鲜感。

佚名

［2978］　　　　将镜送于君

　　　　　　　　且作妾替身

　　　　　　　　请君看此镜

　　　　　　　　随时能相见

评注

　　这首和歌是"寄镜" 4 首（2978—2981）中的一首，是
女子或以女子的口吻所作的和歌。或许是丈夫要出远门，妻
子把心爱的镜子当作自己的替身送给他，希望他带在身边，见
镜如见人。古代日本人认为人的灵魂和音容笑貌可以栖息于

镜子当中。"我"把镜子送给你，那里面有"我"的灵魂和"我"的身影。想念的时候你只要拿出来看一看，就能见到"我"。这首和歌正是基于这种俗信创作出来的。

佚名

[2982]　　　　　　有针却无妻

　　　　　　　　　　衣带断

　　　　　　　　　　无法缝

　　　　　　　　　教人颇为难

评注

　　这是一首"寄针"的和歌，描写了男子对妻子不在身边的叹息。衣带断了，手中虽有针线却不知道怎么缝，实在令人为难。在那个时代，贵族是不需要自己缝衣带的。因此，这首和歌很有可能是平民的作品。当然，也不能否认作者可能是个有身份地位的人，但出门在外，行走在旅途，不得不自己照顾自己。总之，从这首和歌中，读者可以感受到一个没有妻子关爱的男人的无奈和叹息，还有几分凄凉。

佚名

[2995]　　　　　　无法相会前

　　　　　　　　　将现汝梦中

数如草席网目多

评注

　　这是一首"寄草席"的和歌，是男子写给女子的。"草席"在原文中是"菰草榻榻米"，出于翻译上的需要，笔者译成了"草席"。据说与现在的榻榻米相似的物品是平安时代才有的，在此之前，日本人用的是由菰草编织成的草席。因此，把榻榻米译作"草席"也是恰当的。从第一句看，此时男女双方虽然你有情我有意，但由于某种障碍还无法相会。因此，男子倾诉道："在想出相会的办法之前，我会无数次出现在你的梦中，就如同草席上的网目那么多。"草席的网目到底有多少，很难数清。作者借用这种贴近生活的用品表达了自己的情思。

佚名

[3006]　　　　　今晚月色好

　　　　　　　　　门前行足占

　　　　　　　　　即使如此般

　　　　　　　　　是否仍不得相见

评注

　　这首和歌是"寄月"7首（3002—3008）中的一首。"足占"是古代日本的一种占卜方法。据说其方法是先定好目标，并定好左右脚哪只为凶，哪只为吉，然后走到目标处，以此占卜凶吉。前文 2625 中出现过"夕占"这种占卜方法。与"夕占"一样，"足占"在当今日本已经失传。《万叶集》中出现了这两种占卜方法以及其他例子，这表明《万叶集》不仅是文学宝库，也是民俗学研究的重要资料。事实上，如《万叶集的民俗学研究》（樱井满著）等以《万叶集》为资料研究民俗学的著作与论文在日本并不少见。从这首和歌的最后一句来看，作者与恋人的相会之路似乎并不平坦。

佚名

  [3010]   佐保川

      无浪水平静

       静依偎

     但愿明日也如此

评注

  这首和歌是"寄川"10 首（3010—3019）中的一首，描写了女子的心理。佐保川是流经今奈良市和奈良县大和郡山市的河流，现在以美丽的樱花著称。每到春天，河两岸长达 5km 的樱花道上樱花盛开，游人如织。这首和歌的前两句是序词，即用佐保川河面无浪、流水平静这样的描写引出后两句——希望明天也能像今天一样，静静地依偎在你身边。但是，在那个时代，对于只能在家等待丈夫来相会的女子来说，哪有什么岁月静好，只有无尽的思念和惆怅。

佚名

[3036]　　　　　思念时情实难禁

　　　　　　　　　恐妾身

　　　　　　　　　如佐保雨雾飘散

评注

　　这首和歌是"寄雾"3首（3034—3036）中的一首。"佐保"是指今奈良市北部的佐保山，这首和歌中的"佐保雨雾"可能就是作者眼前的景色。等待丈夫的日子整日被情思所困，惆怅度日，但又无法停止思念。望着眼前佐保山上飘荡的雨雾，作者觉得自己就像终会消散的雨雾一样也要消失了。这首和歌可以说是作者触景生情所创作的作品。《万叶集》中出现"雨雾"一词的只有这1例。

佚名

[3047]　　　　　松树生岩石

　　　　　　　　　庄严且高洁

　　　　　　　　　君心如此松

　　　　　　　　　妾身岂能忘

评注

　　这首和歌是"寄树"2首（3047—3048）中的一首，是描写妻子赞扬丈夫品格的和歌。《论语·子罕》曰:"岁寒,然后知松柏之后凋也。"这句话在我国可以说是家喻户晓,说明了松柏不畏严寒的品质。在我国诗歌中,松是坚强、高洁的象征。这首和歌的创作是否参考了《论语·子罕》,我们不得而知,但在这首和歌中,松的意象的确与我国古典文学中的有相似之处。《万叶集》中有不少咏松的和歌,但很多都是配合"待つ"(等待)使用,强化等待的意味。从这个角度讲,这首和歌有其独到之处。并且,女子创作或以女子的口吻创作的相闻歌中怨声不断,鲜见赞扬之声,而这首和歌是具有赞扬之意的。这两点是这首和歌的特点,也是笔者选译它的原因所在。

佚名

[3058]　　　　　身虽在宫廷

　　　　　　　　妾心并非淡竹染

　　　　　　　　心意永不变

评注

　　这首和歌是"寄草"27首(3049—3075)中的一首,是在宫廷供职的女性写给丈夫的誓言。"淡竹"指淡竹叶,即翠蝴蝶、鸭跖草。在前文1339中,笔者将其译为"翠蝴蝶"。淡竹叶可作染料,但染就的棉麻极容易褪色。因此,在古典和歌中,"淡竹叶"是用来作"变(心)"的枕词的。有关枕词及其作用前文中已有说明，不再赘述。这里之所以把这个枕词翻译出来，是因为它是一个带有比喻性质的枕词。

佚名

[3076]　　　　住吉敷津女

　　　　　　已报姓名不相见

　　　　　　却又为哪般

评注

　　这首和歌是"寄海藻"5首（3076—3080）中的一首，表现了男子前去与女子相会却被拒之门外的惊讶和不解。第一句在原文中是"住吉敷津告名藻"，"告名藻"指马尾藻，与"告诉名字"的日语发音基本相同，故被用在这首和歌中。笔者将这个词译作"女"是出于翻译的需要，也是出于理解和歌的需要。住吉敷津是今大阪市住吉神社西面的海湾，这首和歌中的男女主人公应该就住在这附近。在当时，女子向男子报出自己的名字，就意味着接受了对方的求婚。因此，男子才兴冲冲地前去相会，没想到却吃了闭门羹，自然感到诧异和不解。男子的失望之情跃然纸上。

佚名

[3086]　　　　做人不如意

倒不如

变身为蚕蛹

哪怕是瞬间

评注

    这首和歌是"寄虫"2首（3085—3086）中的一首，描写了生活不尽如人意的女子的心理。洼田空穗认为作者是一个生活在村落里，从事养蚕工作的女子。蚕非常弱小，需要细心照料。在那个时代，由蚕丝织成的绸缎不是进贡到皇宫里，就是成了贵族身上的衣衫。像她这样的劳动妇女是无缘享用的。因此，她竟对蚕生出了羡慕之情，想体验一下蚕的生活。此外，从由蚕丝织成的绸缎被皇族贵胄穿在身上这点来考虑，这首和歌也流露出这个女子想遇到一位身份高贵之人的愿望。

佚名

[3095]　　　乌鸦莫早叫

见清晨夫君身影

心中悲戚戚

评注

    这首和歌是"寄鸟"9首（3087—3095）中的一首，抒发的是不愿丈夫离去的女子的心情。前文中已多次提到，走婚即晚间男子前往女子家与其共度夜晚，清晨必须离开。因此这首和歌的第二句说的便是即将离开的丈夫，所以作者才感到悲戚。在《万叶集》中，描写清晨乌鸦报晓的和歌并不多见。两人相会被鸟类吵醒，不觉悲伤，泣泪相看的情节在对《万叶集》产生了很大影响的《游仙窟》中也是可以看到的——"谁知可憎病鹊，夜半惊人；薄媚狂鸡，三更唱晓。"

佚名

[3099] 　　　　　鹿择紫草卧

　　　　　　　　　　吾虽非鹿

　　　　　　　　　　取舍心相同

评注

　　这是一首"寄鹿"的和歌，是描写男子向女子表白的作品。紫草是紫草科植物，也是一味中药，有凉血、解毒等功能。在古代日本也被当作药草使用，可以说是草中的佼佼者。这首和歌的第一句是说鹿会识别草的好坏，专门选择珍贵的紫草地伏卧。继而又咏道："我虽然不是鹿，但是我在选择对象的时候和鹿一样，也是知道好坏的。"言外之意是："我"喜欢上你是因为你与众不同，是因为你不平凡。603 年圣德太子制定了冠位十二阶制度，紫色是属于最高位的颜色。因此，紫色也代表着高贵。这首和歌中的紫草也暗示女方身份高贵。

问答

佚名

[3117] 门严关

户紧闭

问汝从何处

入我梦中来

评注

　　这首和歌和下一首和歌是第一组问答歌 26 首（3101—3126）中的两首，这首是"问"歌。从前两句紧闭门户来看，这首和歌似乎是女子或歌人以女子的口吻所作。但岩波文库的注释认为是男子的作品。前文和歌 2912 的评注中提到，2912 是唐代传奇小说《游仙窟》中仆人所咏诗"积愁肠已断，悬望眼应穿。今宵莫闭户，梦里向渠边"后两句的改编之作。这首和歌在构思上也受了这首诗的影响。《游仙窟》对《万叶集》的影响可见一斑。

佚名

[3118] 门严关

户紧闭

却有贼打洞

莫非我

穿洞入君梦

评注

　　这首是回答3117的和歌，如果按照岩波文库的注释来讲，那么这首就是女子回赠男子的和歌。前两句只是重复了3117中的诗句，后三句笔锋一转，咏道："但盗贼在你的门上开了一个洞，我大概是从那个洞里钻进去，然后到你梦里的。"这三句既附和了"问"歌当中门户紧闭的场景设定，又巧妙地回答了问题，幽默诙谐，别具一格。

羁旅发思

柿本人麻吕

　　[3129]　　　　　　谁聚此又散

　　　　　　　　　　宛如樱花

　　　　　　　　　　开了又飘谢

评注

　　这首和歌以及以下4首均为羁旅发思歌53首（3127—3179）中的和歌。这首和歌出自《柿本人麻吕歌集》，把相会后又各奔东西的人比作开了又谢的樱花，在咏樱花的和歌中可谓独树一帜，在羁旅发思的和歌中也别具一格。不过，各方对这首和歌的解释颇有分歧。岩波文库认为，这首和歌中的樱花是比喻在旅途中遇到的路人。而洼田空穗则认为樱花是比喻美丽的女子。看到众多美丽的女子出现在眼前又很快消失，作者激动不已，写下了这首和歌。但从这首和歌被收入羁旅发思歌类这一点来看，笔者更赞同岩波文库的解释。行走在旅途，大家互不相识，相聚在一起，很快又各奔东西。作者感慨这种相遇，写下了这首和歌。这样的解释更加合情合理。

佚名

[3145]　　　身在旅途和衣睡

衣带不解自开

定是家中妻思念

评注

这是一首描写男子旅途中思念妻子的和歌。前文中提到日本古代有一种民间俗信，认为衣带不解自开是因为有人在想念自己。男子在旅途中常常风餐露宿，和衣而睡。他并没有动手去解衣带，衣带却自己开了，这一定是留守家中的妻子想念自己的结果。这首和歌的作者没有从正面抒发自己的思念之情，而是通过这种民间俗信，间接地表达了自己的思念。

佚名

[3153]　　　翻过降雪越国山

谁可知

何时才能返故乡

评注

　　"越国"是日本古时"越前、越中、越后"三国的总称，指现在日本的北陆地区，每到冬季常常大雪封门。奈良时代的地方官多为中级贵族，他们家在京城，需要独自前往地方赴任，任期一般是 4 年。这是在越国任职的官员作的一首思乡曲。望着以大雪著称的越国的大山，遐想着回到故乡京城的那一天。这首和歌虽然没有使用思念、寂寞等词语，但读者却能从字里行间感受到作者的思乡之情。

佚名

　　[3154]　　　　催马快步跑

　　　　　　　　　妻子在家盼

　　　　　　　　　翻过真土山

　　　　　　　　　早日与她见

评注

　　这是一首抒发男子归心似箭的心情的和歌。真土山位于今奈良县五条市与和歌山县桥本市的交界处，古时是京城大和与纪伊国之间的交界地。和歌的作者可能是因故去纪伊国的旅人，也可能是在纪伊国任地方官期满后返回京城的官员。离家越近，归心越迫切，他不由得快马加鞭。真土山在日语中的发音是 MATSUCHIYAMA，"MATSU"与意为等待的"待つ"同音。这首作品也运用了和歌创作中"挂词"的修辞手法。

佚名

[3169]　　　　　能登海面上

　　　　　　　　　渔人打鱼点渔火

　　　　　　　　　借此光亮行

　　　　　　　　　等待月光明

评注

这首和歌描写了在没有月光的夜晚，路人借着海上渔火行走在黑暗中的情景。能登海指今石川县七尾市能登岛周围的海面。斋藤茂吉将这首和歌选入《万叶秀歌》，并认为这是一首以"相闻"为内容的和歌。理由是：在卷四、卷十一、卷二十的相闻歌中都有类似格调的和歌，特别是后两句格调更明显。但洼田空穗却明确指出这不是一首相闻歌，而是官员急行夜路途中所遇到的真实情景。这首和歌是否是官员所作不得而知，但除去这一点，无论从其被收入羁旅发思歌类来看，还是从内容上判断，笔者都更倾向于洼田空穗的观点。

悲别歌

佚名

[3181]　　　　　为能重相逢

君之内衣带

今日一同结

评注

　　这首和歌与以下 4 首均是作者不详的悲别歌 31 首（3180—
3210）中的和歌。所谓"悲别歌"，是指送别或思念远行在外
之人的和歌，绝大多数为女性的作品。这是一首描写女子送
别即将远行的丈夫的和歌。作者这样咏道："今天我和你一同
系好你内衣上的衣带，祈求和你重逢那一天的到来。"之所以
这样写，是因为日本古代有这样的习俗——男女离别时相互
为对方系好衣带，以此祈求旅途平安。而在重逢前男子不将
其解开，也代表了忠贞。

佚名

　　[3188]　　　　　　山间飘晨雾

　　　　　　　　　　　君将翻山去

　　　　　　　　　　　直到重逢日

　　　　　　　　　　　相思总不断

评注

　　这是一首描写妻子送别丈夫的和歌。日本气候潮湿，早
晚或雨后，山间会飘起一层薄雾。有时候笼罩着整个山峦，
有时候是这里一处，那里一处。这种自然现象在日语中用
"雾"（KIRI）或"霞"（KASUMI）来表示。日语中"霞"

（KASUMI）的含义不同于汉语中的"霞"这一点前文已经提到，这首和歌第一句中的"晨雾"在原文是"朝霞"，但绝不同于汉语中的"朝霞"。此外，第一句是实景描写。在雾中送别丈夫，既有别离的悲伤，也有心中的不安。雾在营造这首和歌的意境方面，起到了很重要的作用。试想如果将原文中的"朝霞"译作"朝霞"，这首和歌的意境将会是怎样的呢？

佚名

> [3194] 妾恋君
>
> 不惜生命
>
> 今日里
>
> 君可过东国陡坡

评注

　　这是一首描写妻子思念远方丈夫的和歌。东国指日本东部，即今天的关东地区。在万叶歌人们生活的时代，离开京城（今奈良市一带）便是到了乡下，而东国更是偏僻之地。在原作中，东国为"鸡鸣东国"。"鸡鸣"是"东国"的枕词。据岩波文库的注释说明，"鸡鸣"含有"比喻东国人说的话像鸟语一样听不懂"之意，可见当时日本东部和西部的差距之大。这首和歌中的妻子想象着远在偏远之地的丈夫今天是否翻过了陡坡，表达了对丈夫的思恋和挂念。

佚名

[3201]　　　　吹饭海滩

在此撒币祭祀神

祈求长命

只为与妻再相会

评注

　　据岩波文库的注释说明，在本卷悲别歌 31 首中，只有这首和 3193、3200 是男子所作的和歌。并且，这几首都不是歌咏分别时悲伤的作品，而是在旅途中思念妻子的和歌。吹饭海滩在今大阪府泉南郡。第二句中的"币"是指供奉神所用的由棉麻制成的类似纸币的供品，祭祀时把它们撒在神前。旅途中到达吹饭，在海滩撒币祭神求平安长命。这不是为了自己，而是为了在家望眼欲穿、盼他归来的妻子。这首和歌里的丈夫看似在向神祈求旅途平安，实则表达了对妻子深深的思念。

佚名

[3209]　　　　云飘春日三笠山

每每望

思念郎君情难禁

评注

　　这首和歌也是歌咏思念的作品。不过，与前一首不同的是，它描写的是留在家中的妻子每时每刻都在挂念和思恋旅途中的丈夫。春日三笠山前文出现过，春日是今奈良市春日野町春日大社一带，与著名的东大寺相距不远，三笠山即在此。从第一句看，这首和歌的作者住在京城三笠山脚下。云在天空中自由飘动，每每看到三笠山上飘荡的云就会触景生情，想到丈夫头上的那片天，勾起心中的思念。这是自然且真情的流露。除这首和歌外，《万叶集》中还有其他将思念寄托给云的和歌。仅就本书而言，前文中编号574大伴旅人的作品、编号2676作者不详的作品都属于这一类。

卷十三

　　此卷中，除两首写明出自《柿本人麻吕歌集》的和歌以外，其余均作者不详。全卷分别有杂歌27首，其中长歌16首，短歌10首，旋头歌1首；相闻歌57首，其中长歌29首，短歌28首；问答歌18首，其中长歌7首，短歌11首；譬喻歌1首，为长歌；挽歌24首，其中长歌13首，短歌11首。此卷共收录有127首和歌。如果将譬喻歌和问答歌都算作相闻歌，那么此卷就可看作是将杂歌、相闻歌、挽歌三大类和歌集于一体的一卷。长歌的数量过半，并且篇幅不长的长歌较多，是此卷的一大特点。现选译12首呈献于此。

杂歌

佚名

[3222]　　　　　三诸山

人人慎守护

细梅开山麓

山上山茶红

美丽三诸山

人人慎守护

宛如照料哭泣儿

评注

　　这是一首赞美三诸山的和歌。"三诸"在日语中的发音是
MIMORO，与"御诸"同音。"御诸"是神所在的地方。因
此，"三诸山"意为神圣之山。岩波文库的注释认为这首和歌
中的"三诸山"是指明日香村（在今奈良县高市郡）的神奈备
山。"细梅"是马醉木的别称，与山茶花同样在春天开放。这
虽然是一首赞美三诸山的和歌，但其内容更多的是"守护"。
人们之所以像爱护哭泣的小孩子一样，小心翼翼地守护着这座
山，是因为它是神所在的地方，它的存在本身就是对人们的
守护。这首和歌向我们展示了古代日本人信仰守护神的一面。
原文以音节"5、3、7"的节奏结束，是长歌的古老形式。这
也说明这首和歌是《万叶集》中较早的作品。

佚名

[3238]　　　　　　翻过逢坂山

近江海波涟

宛若白色木棉花

评注

　　这首和歌是长歌 3237 的反歌，即附在长歌后的短歌。长歌 3237 描写了大和（今奈良县）的男子跋山涉水前往近江（今滋贺县）与妻子相会的情景。逢坂山在今滋贺县大津市西部，东面是日本最大的淡水湖琵琶湖。因"逢"与相逢的"逢"同音同字，所以它常出现在恋歌中。近江海即琵琶湖。木棉花比喻献神用的币帛，而作者又用它来比喻琵琶湖的波涟。山路崎岖，视野狭窄，当波光涟涟、宽阔无垠的琵琶湖出现的时候，作者无疑眼前一亮。这首和歌记录了他在这一瞬间的感动，被斋藤茂吉选入《万叶秀歌》。

佚名

[3245]　　　　　　天桥如更长

高山若再高

可取月老回春水

奉与君

愿君重将青春返

评注

　　这是一首长歌，与反歌3246和长歌3247可看作一组，同为"惜君老"的作品。如果天桥能够再长一点儿，山能够再高一点儿，"我"就可以得到月老的长生不老回春水，然后献给您，让您青春不老。从这首和歌的内容看，和歌中的"君"不是指丈夫，而应是长辈或主君。天桥是指可以登上天宫的梯子。《丹后风土记》逸文（指《丹后风土记》中没有记载，但在各类文献中可以看到的相关内容）里记载，伊射奈艺命在建造通向天空的梯子时睡着了，倒在了丹后半岛（今京都府北部）的海里，变成一条细长的陆地，这便是今天的旅游胜地"天桥立"。这首和歌中的"月老""回春"均来自道教思想。道教传入日本后，在奈良时代盛行一时，甚至从贵族阶层传到了民间。《万叶集》中还有其他受道教思想影响的作品，如"咏水江浦岛子一首并短歌"中的长歌（1740）等。

相闻歌

佚名

[3249]　　　　　　在此大和国

　　　　　　　　如有他人令我恋

　　　　　　　　何须自哀叹

评注

　　这首和歌是长歌3248的反歌，是对3248的概括总结。

"他人"在原文中是"二人"，即不是一个人的意思。在这大和国（今奈良县）里，如果有第二个让"我"思恋的人，"我"又何必这么苦苦叹息？这首和歌用反问的语气表达了一个女子的痴情。岩波文库的注释指出，江户时代的日本国学家契冲所著《万叶代匠记》提到《游仙窟》中有"天上无双，人间有一"这种对十娘的赞美，这首和歌借鉴了这两句。斋藤茂吉则在《万叶秀歌》中指出，这首和歌未必借鉴了《游仙窟》，可能只是感情的自然流露。

柿本人麻吕

[3253]　　　苇原瑞穗国

神意不妄言

吾却有言奉

祝愿君

万事皆顺利

身体亦康健

光阴虽荏苒

必将重相逢

吾将千百遍

说出心中愿

评注

　　这是一首长歌，虽然被收录在"相闻"中，但从内容上看与相闻有所不同。"苇原瑞穗国"也作"苇原水穗国",是古代日本人对自己国家的美称。古代日本有"言灵"信仰,即认为语言很灵验,第二句即为此意。这首和歌咏道:"虽然我们国家是一个遵照神的意志不妄言的国度,但我却要千百遍地说出我的祝愿。"岩波文库认为,这首和歌与山上忆良的《好去好来歌》(参阅前文和歌895的评注)有相似之处,其中都有"日本意识"。因此,它并不是普通的相闻歌,而是赠给离开京城的官员或前往国外的使者的送别歌。

佚名

[3258]
　　一年来又去

　　信使却不见

　　漫漫春日长

　　思念铺天地

　　母养蚕作茧

　　如蚕气难喘

　　思恋苦叹息

　　无人可倾诉

　　久等人不来

　　天色又见晚

不觉泪水湿衣衫

评注

　　这是一首长歌,是一位被丈夫疏远,久不见其来相会的女子表达痛苦心声的和歌。第二句中的信使指丈夫派来送信的人。前两句告诉读者，她的丈夫不仅很久没来相会，甚至连个音信都没有。接着，女子将思念和痛苦一股脑儿地道出。从思念铺天盖地，如母亲所养的裹在茧里的蚕一般难以呼吸，到无人可倾诉，再到又见天黑仍等不来人，不由得潸然泪下，三个阶段可谓一气呵成。这首和歌表现出的伤感极具普遍性，可以说是日本实行走婚制时代女子共同的伤感。

佚名

[3270]　　　　　　君在那

该烧毁的破小屋

该扔掉的破席上

头枕那

该折断的脏手臂

与他人同床共寝

我却在

为君昼夜苦叹息

叹得床榻发悲鸣

评注

　　这是一首表达女性内心强烈嫉妒之情的长歌。和歌的前半部分充满了对"她"的鄙视、轻蔑和极大的敌意，作者甚至用了"脏手臂"这样近乎辱骂性的语言。后半部分则表达了对丈夫的思念。尽管如此痛恨"她"，但仍然不能停止对丈夫的思念，不分昼夜的叹息让床榻都发出了"吱吱"的悲鸣。在一夫多妻制的社会，嫉妒是任何一个女子都难以逃脱的命运。《万叶集》中虽然有不少抱怨丈夫疏远自己的和歌，但多为流泪叹息，就如上一首 3258 一样。像这首和歌这样，如此直白地将心中的嫉妒之情痛快淋漓地表达出来的，仅此一首。这首和歌大胆地反映出当时女子的内心世界，这是其独特之处，也是其宝贵之处。

佚名

[3295]　　　　　　问吾儿

赤脚踏过三宅原

穿过半腰夏草丛

是何女

令儿如此去相会

问的是

母亲诚然所不知

问的是

父亲自然也不晓

乌黑长发编金莲

鬓插大和黄杨梳

如此可爱小女子

乃吾妻

评注

　　这是一首以父母与儿子对话的形式创作的长歌。三宅是今奈良县三宅町，古时是种植进贡天皇用的稻米的地方。从和歌前半部分父母的问话中可以看出，这是一个生活在乡村的家庭，可能就是为天皇种植稻米的农户。洼田空穗认为，这首和歌是田植祭（祈求丰收的一种祭神仪式）时所歌咏的歌谣，体现了乡村生活健康快乐的一面。作品中最精彩的部分是对年轻姑娘的描述，乌黑的头发上编着鲜艳的金莲儿，鬓发上还插着黄杨木做的小木梳。这一描写表现了姑娘的可爱。这身打扮也是姑娘们参加田植祭时的装束。对于乡村的姑娘们来说，田植祭是充满希望的快乐时光，也是她们最能展现美丽的时候。难怪儿子要这样描述自己的妻子。

问答歌

佚名

[3314]
　　　　　　　　山城道

　　　　　　他人丈夫骑马行

　　　　　　妾家夫君徒步走

　　　　　　每每看到泣出声

　　　　　　母亲赠我美明镜

　　　　　　　　羽披巾

　　　　　　　予夫君

携带路上换马匹

评注

这是一首描写妻子心疼丈夫旅途艰辛的长歌，附有反歌3315及两首另一版本的反歌（3316、3317）。山城即山城国，在今京都府南部。山城道是从奈良通往山城国的道路。从最后一句看，作者或主人公并没有与丈夫同行，但在和歌中却用了"每每看到"这样的语言，极具临场感。从作品的内容不难看出，这是一对生活艰难的夫妻，第二句和第三句的对比将他们的贫困程度具象地表现了出来。"美明镜""羽披巾"分别是镜子和披巾的美称，可见妻子是多么珍爱这两件东西，这些对她来说无疑是最贵重的东西了。但是，为了丈夫，她情愿拿出来让丈夫带上，把它们卖掉去买匹马。这种无私的爱，这种牺牲精神令人感动。世人常言"贫贱夫妻百事哀"，但这首和歌告诉我们贫贱夫妻情真挚。古今中外，这样的夫妻都不少见。

佚名

[3317]　　　　吾若买马骑

妹将徒步行

脚踏岩石路

一同行

评注

在长歌 3314 的 3 首反歌中，只有这首和歌是男子的回答。面对妻子的奉献精神和深情厚谊，男子也是对妻子关爱有加。与其"我"骑马你徒步，不如携手共吃苦。读者一定会感到疑惑，"问答"的"问"中妻子并未与丈夫同行，而在这首"答"的和歌中，夫妻却是同行的，为什么？洼田空穗给出了这样的解释：听到长歌 3314 的人被女子的行为感动，代替男子作了答歌。无奈歌人误解了长歌的意思，以为他们是夫妻同行。于是，就有了这样一首夫妻同行的和歌。但无论是谁作了这首和歌，是否夫妻同行，这对贫贱夫妻的感情都是令人动容的。

挽歌

佚名

[3327]　　　　　三野王府

东西有马厩

取草饲马

将水饮驹

为何青马长嘶鸣

评注

三野王，一说是日本第 30 代天皇敏达天皇（572—585

年在位）的后裔美弩王，和铜元年（708年）离世。这首和歌虽然是哀悼美弩王的挽歌，但作品中看不到挽歌中常有的"悲伤""哭泣"这样的词语，而是通过青马的嘶鸣表达了哀思。从饲马、饮马的描写来看，这首和歌的作者并非有身份的人，有可能是三野王府的马夫。青马因失去主人而嘶鸣，饲马的人也同样为失去主人而悲伤。陶渊明《拟挽歌辞》中有"马为仰天鸣，风为自萧条"的诗句，也是通过嘶鸣的马表达了哀思。但如果这首和歌的作者真是一名马夫的话，未必有机会接触到陶渊明的诗句。

佚名

[3341]　　　　家人盼归来

汝却在

陌生荒海滩

枕石永长眠

评注

　　这首和歌是备后国神岛海滩，调使首见尸所作长歌3339的反歌。备后国在今广岛县东部，调使首是人名，只知道是奈良时代的官吏，生卒及生平均不详，《万叶集》中只收录有长歌3339和3首反歌，共4首作品。这是一首为路人的死而感到悲伤的挽歌。家人天天都在盼着你的归来，而你却长眠在这异乡的海滩。在交通不发达、生活条件艰苦的古代，在旅途中倒下便无法起身的人不知有多少。目睹眼前与自己同为旅人的路人的惨景，作者无疑想到了自己的家人。因此，这首和歌既是对死者的哀悼，也是对自己的告诫——不能倒在路上。

卷十四

卷十四收录的是"东歌"。万叶时代，日本的政治、文化中心在日本西部的奈良，其周边地区称为畿内，相当于现在的首都圈。而东国是相对于畿内的称呼，指东部地区。"东歌"是东国地区具有歌谣性质的短歌，除5首注有出自《柿本人麻吕歌集》的作品外，其他和歌均作者不详。此卷中出现的国名（地区名）有远江（今静冈县西部）、骏河（今静冈县中部）、伊豆（今静冈县东部）、相模（今神奈川县）、武藏（今东京都和埼玉县全域、神奈川县东部）、上总（今千叶县中部）、下总（今千叶县北部、茨城县南部）、常陆（今茨城县东北部）、信浓（今长野县）、上野（今群马县）、下野（今栃木县）、陆奥（今青森县、岩手县、宫城县、福岛县及秋田县部分地区）。前半部分是以国名（地区名）分类的"勘国歌"（3348—3437），后半部分是国名不详的"未勘国歌"（3438—3577）。"勘国歌"分为杂歌、相闻歌、譬喻歌，共90首。"未勘国歌"分为杂歌、相闻歌、防人歌、譬喻歌、挽歌，共140首。此卷共收录有230首。由于"东歌"中出现很多东部地区的方言，因而此卷中难解的和歌较其他卷更多，选择起来也较难。笔者未按杂歌、相闻歌等分类选择作品，只在前半部分的"勘国歌"中选择了8首，后半部分的"未勘国歌"中选择了12首，共20首，现将译文呈献于此。

勘国歌

佚名

[3349]　　　　　葛饰真间水面

船只来往穿梭

船夫忽慌乱

似是起波澜

评注

这首是下总国（今千叶县北部、茨城县南部）的和歌。葛饰是今埼玉县、千叶县、东京都分界的江户川流域一带，真间在今千叶县市川市。江户川是注入东京湾的一级河流，从这首和歌的后两句来看，船夫们正在东京湾附近作业。这是一首描写船夫日常劳作的和歌，从"慌乱"一词不难看出，危险时刻伴随着为生计而进行水上作业的船夫们。

佚名

[3355]　　　　　天原富士山

山麓杂木丘

吾待树荫移

心恐难相见

评注

　　这是骏河国（今静冈县中部）和歌 5 首（3355—3359）中的一首，是相闻歌。有关这首和歌的解释，日本学者之间有些差异。岩波文库的注释认为"树荫移"是指季节的推移。而将这首和歌选入《万叶秀歌》的斋藤茂吉则认为是指一天当中的时间推移，指黄昏。洼田空穗也认为是指一天当中的时间推移。笔者倾向于后者的见解。"天原"是高耸入天的意思，用来形容富士山的巍峨，一说是富士山的枕词。这首和歌通过描写富士山山麓的景色，表达了主人公等待爱人前来相会时的不安心情。

佚名

[3373]
　　　　　　　　　　　　自织纱

　　　　　多摩川里浣

　　　　　　　哗啦啦

　　　　　此女缘何动人心

评注

　　这是武藏国（今东京都和埼玉县全域、神奈川县东部）和歌 9 首（3373—3381）中的一首，是相闻歌。多摩川是流经山梨县、东京都、神奈川县，最后汇入东京湾的一级河流。这是一首描写劳动场面，展现生活气息的和歌。原文中用拟声词描写了女子浣纱的情景，笔者也尝试着将拟声词用在了译文中，认为这样更贴近原作，也更生动。作者也许是浣纱女的丈夫，也许只是一个过路的人。当他看到正在劳作的浣纱女时，不禁发出了赞叹：她为什么如此可爱动人？读到这首和歌时，笔者的脑海里蹦出了"西施浣纱"四个字，因此选译了它。

佚名

[3386]　　　　葛饰早稻祭祀神

　　　　　　　　此夜仍无意

　　　　　　　　令他门外空等候

评注

　　这是下总国（今千叶县北部、茨城县南部）和歌4首（3384—3387）中的一首，是女子所作的相闻歌。葛饰是位于下总国西南部的郡。第一句是指将第一批收割的稻谷供奉神的仪式，称为"新尝祭"。在新尝祭这一天，人们需净洁身心，诚敬斋戒，不能让外人进入家门。但是，这首和歌咏道："即使在这神圣的夜晚，我也不能让心上人孤零零地站在门外空等待。"言下之意，"我"要把他迎进门，与他相会。可见，相爱时的人们是无惧无畏的。斋藤茂吉在《万叶秀歌》中指出，这首和歌有可能是农民聚在一起，一边打谷子一边咏唱的歌谣。

佚名

[3399]　　　　　新开信浓路

尖利树茬多

劝郎君

穿上草鞋免受伤

评注

这是信浓国（今长野县）和歌 4 首（3398—3401）中的一首，是相闻歌。信浓路也称木曾路，是连接美浓国（今岐阜县南部）与信浓国之间的一条道路，据说建成于元明天皇和铜六年（713 年）。留在家里的妻子想象着，披荆斩棘新开出的一条路，路上一定还残留着很多树茬子，不小心就会划破脚。她惦念丈夫，想要告诉他，穿上草鞋吧，不要让脚受了伤。这也是一首歌咏底层平民的和歌，使人联想到和歌 3314 中妻子拿出珍爱的镜子和披巾让丈夫换钱买马的情景。这些夫妻虽然没有万贯家财，但却对彼此真情实意。这首和歌被选入《万叶秀歌》。

佚名

[3414]　　　　　伊香保堤堰

彩虹高挂

心愿你我共枕眠

如此彩虹醒人目

却难实现

评注

　　这是上野国（今群马县）和歌 22 首（3402—3423）中的一首，是相闻歌。伊香保在今群马县涩川市，这里有温泉，现在是著名的温泉休闲地。这是一首与心上人的关系尚未公开的男子创作的和歌。虽然这对情侣已经同床共枕，但因为种种原因，相会的时候还必须掩人耳目。男子不满足于这种幽会，他渴望能公开自己和恋人的关系，光明正大地去爱。第四句的意思即人人都知道两人的关系。《万叶秀歌》对这首和歌的评价是：虽然和歌中有"你我共枕眠"这样的描写，但却没有任何龌龊之感，它与堤堰上空的彩虹一同带给读者一种不可思议的愉悦感。《万叶集》中咏彩虹的和歌仅此一例。

佚名

　　　　[3424]　　　　　　下野三毳山

　　　　　　　有女美如新橡树

　　　　　　　嫁入谁家端食器

评注

　　这是下野国（今栃木县）和歌 2 首中的第一首。三毳山是指栃木县佐野市与栃木市岩舟町之间的山。橡树生长在日本各地，边缘呈锯齿状的绿叶很可爱，作者用新叶来比喻女子的年轻、可爱。在古代日本，照顾丈夫的饮食是妻子的职责，即使在当今社会，日本大部分家庭的日常饮食仍然由妻子承担。因此，最后一句中的"端食器"是操持一家膳食的意思。作者看似用第三者的口吻描写了一个年轻可爱的女子，实则表达了自己的爱慕之情。

佚名

[3437]　　　　　　陆奥国

安达太良弓

卸弓弦久搁置

形状变

何以再装弓弦

评注

　　这是陆奥国（今青森县、岩手县、宫城县、福岛县及秋田县部分地区）和歌。安达太良是安达太良山，是福岛县中北部的一座活火山，也是名山，被选入日本百名山、新日本百名山、花百名山等。安达太良弓是用这座山上的丝棉木制成的弓。这是一首譬喻歌。一度被丈夫抛弃的妻子将自己比作卸下弓弦的弓，将想重续旧缘的丈夫的行为比作给已无法修复的弓再装上弓弦。言外之意，你离"我"而去，现在却又想回到"我"身边，为时已晚！

未勘国歌

佚名

[3439]　　　　快马驿站铃声响

清泉井水

我愿从汝手中饮

评注

这是一首杂歌。关于"铃声"，岩波文库的注释把它当作枕词，但斋藤茂吉、洼田空穗等人并不认为它是一个枕词。因为这里的铃是指"驿铃"，在日本古代是朝廷发给因公出差的官吏以证明其身份用的。"快马驿站"是指饲养着公用快马的驿站。笔者认为，即使把它当作枕词，也应翻译出来。风尘仆仆的官吏在驿站停留休息，看到一位美丽女子正在井边打水，于是随口咏道："真想喝一口你亲手打上来的清泉水。"这首和歌即兴感很强，语调明快，不乏调侃之意，但又不让读者感到厌恶。这首和歌被选入《万叶秀歌》。

佚名

[3443]　　　　一心路上行

途遇绿柳吐嫩芽

忽然起思念

评注

这是一首杂歌，是表现旅途中心情的和歌。作者本来一心一意赶路，心无旁骛。但是眼前出现了刚发出嫩芽的柳树，令他忽然想起了留在家里的妻子。柳树的嫩芽让作者想起了妻子，从这一描写来看，他们应是一对年轻的夫妻，留在家里的妻子就如同嫩芽一样年轻，令人心疼。这是一首格调明快健康的和歌，作者在旅途中触景生情，吐露了对妻子的挂念。

佚名

[3454] 　　　　　麻布衾

今晚唤夫来就寝

麻布衾

评注

这是一首杂歌，从内容上看是"寄衾"的和歌。这首和歌的内容极其简单，"麻布衾"的重复使用也体现了歌谣的特点。从第二句的"今晚"一词来看，这位女子的丈夫已经有些时候没来与她相会了。所以，她对着两人曾经共寝的麻布被，说出了自己的愿望——请求它今晚把自己心爱的人呼唤到这里来。洼田空穗认为，有可能这是当时的妇女盼望丈夫来相会的一种习惯性表达。

佚名

[3457]　　　　　　夫君进宫后

　　　　　　　　头枕大和女子膝

　　　　　　　　切莫将妾忘

评注

　　这是一首相闻歌，是寄物陈思歌，从内容上看是"寄枕"的和歌。丈夫即将去宫廷里奉职，妻子送他这首和歌，嘱咐他不要因为有了大和的女子就忘了留在家里的自己。大和即奈良，是朝廷所在地。丈夫身为"东国"人，作为平民去皇宫，可想而知只能做一些底层的工作，也可能只是一个守门的护卫。但即便如此，他也有机会"头枕大和女子膝"。从这句看，妻子默许了丈夫在皇宫供职期间接触其他女人的行为，只是请求他不要忘记自己。这里有无奈，也有妻子相对于皇城"大和女子"的自卑。

佚名

[3459]　　　　　　舂米手粗糙

　　　　　　　　主家贵公子

　　　　　　　握起奴家手叹息

　　　　　　今晚是否也如此

评注

这是一首相闻歌，讲述了一个地位低下的奴婢与主家公子之间的故事。最后一句告诉我们，公子已经不止一次在晚上端详着她因劳作而变得粗糙甚至受伤的手，发出叹息声，也就是说两人的恋爱关系已经持续了不止一日两日。在我们读过的书里、看过的电视剧里有很多奴婢与主家公子之间的爱情故事，大部分是以悲剧告终，尤其对女性来说，结局更加悲惨。这位日本"东国"的姑娘，同样为我们讲述了一个奴婢与公子的爱情故事。她会获得幸福吗？我们无从知晓。

佚名

[3474]　　　　如若出门声响大

连带植竹响

妻子该朝何方叹

评注

这是一首相闻歌。丈夫担心自己匆忙离开会动静太大，惊动他人。植竹是相对于野生竹子的说法，在这首和歌中暗喻"人们"。但就内容来看，这首和歌说的是如果丈夫匆匆忙忙、动静那么大地离开妻子，她都不知道丈夫去了哪里，不知道该朝哪个方向叹息别离。洼田空穗认为，这首和歌明显是描写防人（戍边的兵士）出发的和歌。防人接到命令后必须马上出发，村里人都会来送行。前两句描写的便是村落的人们聚集在家门前送行的情景。但是，斋藤茂吉却在《万叶秀歌》中指出，可以把这种情景当作民谣所描写的爱情场面来欣赏。

佚名

[3477]
东国道上
手儿呼坂
君越此坂我思念
纵使日后能相见

评注

这是一首相闻歌，抒发了妻子对前往东国的丈夫的思念。东国道是指通往东国的道路。手儿呼坂是地名，在哪里不详，一说是今静冈县蒲原町附近的七难坂。这里山海相连，是一处难关。3442是一首咏"手儿呼坂"的和歌，大意是"我"能否在天黑前翻过手儿呼坂？这里没有住宿的地方，难道今晚要露宿在这山中吗？一说这首和歌是3442的答歌。

佚名

[3491]
杨柳砍去可新生
世间人
因恋死

将如何

评注

　　这是一首相闻歌，是男子向女子抒发情怀的作品。杨柳有着顽强的生命力，即使被人砍倒后仍然会长出新芽。但人世间不是这样，若人因恋爱痛苦而死，能死而复生吗？或许作者的求爱遭到了拒绝，或许他只是想向心爱的女子诉说自己的思念之情。作者以柳树顽强的生命力衬托出人的生命脆弱。在我国古代诗歌当中，柳树多用于描写美好的春色或送别，但也有像这首和歌一样，描写柳树旺盛生命力的作品。

佚名

　　[3498]　　　　宇奈波良

　　　　　　　　　根柔菅茅多

　　　　　　　　　君或将我忘

　　　　　　　　　我却难忘君

评注

　　这首是相闻歌。"宇奈波良"在日语中与具有海面之意的"海原"（UNABARA）发音基本相同，所以有人认为是指海或海边，遂用"海原"标记。但笔者认为，这是一首东歌，很可能是作者熟悉的地方。因此，笔者采用了岩波文库的解读，认为它是一处地名并取其汉字标记，而不译作"海边"。"菅茅"是一种茅草，在我国，早在《诗经·小雅》中就有"英英白云，露彼菅茅"的诗句。这首和歌的第二句用来比喻年轻的女子。因为宇奈波良这个地方有很多年轻的女子，你可能会因此忘了"我"，但是，"我"绝不会忘记你。作者用比喻的手法婉转地表达了对丈夫的告诫。

佚名

[3570]　　　　　晚雾罩苇叶

　　　　　　　　鸭声传来起寒意

　　　　　　　　今夜定将妹思念

评注

　　这是防人歌 5 首（3567—3571）中的一首，抒发了防人对妻子的思念之情。芦苇是古时难波港的代表性景物，如大伴家持以防人为题材的两首长歌（4331、4398）中都有"芦苇凋零的难波"这样的描写。从"东国"各地征集来的防人集结在难波港，然后从这里分批乘船出发前往防地。傍晚起雾了，朦胧的雾色中传来阵阵鸭鸣，令人感到丝丝寒意。此情此景使作者不禁又思念起故乡的妻子，因此他咏道："今晚一定又是一个想念你的夜晚。"

佚名

[3576]　　　　　秧田水葱花

色染身上衣

虽穿时日久

为何如此令人爱

评注

　　这是一首譬喻歌。水葱也称莞草、蒲苹等，生长在湖边或浅水塘中，花可做染料。这是一首男子创作的和歌，用水葱花暗喻女子，第二句表明两人已是夫妻。而后两句则告诉读者，虽然两人的关系已持续了不短的时间，但男子不仅没有厌倦妻子，反而日久情更深，越发觉得妻子可爱动人。这首和歌取材于秧田和水葱花，说明作者是常年在田间劳作的人，创作的灵感来源于他的生活。因此，可以说这是一首贴近生活，充满劳动者健康气息的作品。

佚名

[3577]　　　　未曾料

心爱妻子逝去

悔不该

与她向背而眠

评注

　　这是本卷中唯一一首挽歌，也是本卷最后一首和歌。本来以为妻子哪里都不会去，没想到她却永远离开了，现在真后悔不该背对着她睡。 岩波文库对最后一句做了这样的注释：
很多注释认为"向背而眠"说的是夫妻吵架后的情景，但这与
"本来以为妻子永远不会离去"这层意思不相符。 因此，应解
释为"自以为妻子永远会在自己身边，所以就忽视了她"。 无
论是因为吵架还是因为忽视，这首和歌表达的主旨是一个男子
在失去妻子后才后悔没有好好珍惜她的悔恨之情。

卷十五

　　此卷由两部分组成。第一部分是一组与遣新罗使有关的和歌。这组和歌记录了天平八年（736 年）即将被派往新罗的遣新罗使团与家人离别时的悲伤、旅途的艰辛以及思念家乡之情。其中长歌 5 首，旋头歌 3 首，短歌 137 首，共计 145 首。第二部分与第一部分毫无关联，是中臣宅守与狭野弟上娘子之间的赠答歌，有 63 首。此卷共计 208 首和歌，现选译 20 首呈献于此。

佚名

[3582]　　　　　　君乘大船

驶入荒海

万望无难平安归

评注

和歌 3588 的左注表明，这首和歌是即将出发的遣新罗使与留守家中的妻子之间的赠答歌 11 首（3578—3588）中的一首，是妻子送给丈夫的送别歌。第二句中"荒海"的日语发音为 ARUMI，是"波涛汹涌的大海"之意，因为在日语中，"荒"有粗暴、暴躁之意。日本四面环海，海路是对外交流的途径。而与陆路相比，海路又更加危险，这首和歌中的大船和荒海告诉我们，当时的日本人非常清楚这一点。因此，这首和歌道出了所有出使海外人员的妻子家人、亲朋好友的心声。

佚名

[3583]　　　　　　妹若平安

洁斋祈神

千重波涛又何妨

评注

这是回赠妻子送别歌的丈夫的和歌。日本古代有"言灵"

（KOTODAMA）信仰，即相信语言很灵验，这与我国古代人们对语言文字的谨慎和敬畏是相同的。即使在今天，我们仍常说"借您吉言"之类的话，也是出于同样的想法。听到妻子希望自己平安的衷心祝愿，丈夫相信只要妻子在家平平安安的，虔诚地祈求神灵保佑他，即便是海上波涛汹涌、旅途艰险，他也会平安无事的。这首和歌既是对留守家中的妻子的关爱，也是对她的安慰。

佚名

[3593]　　　　　　难波官港

　　　　　　　　　　乘船启航

　　　　　　　　　　将在何岛

　　　　　　　　　　结庐而宿

评注

　　这是遣新罗使出发前所咏 3 首（3591—3593）中的一首。这首和歌的第一句在原文中是"大伴御津"。大伴御津是难波官港的别称。读本卷的其他和歌可知，遣新罗使的船队为了避免海上风暴的袭击，沿着岛屿行驶，途中会在某座岛上停留休整。作者虽然没有使用任何形容词来表达内心的感受，但"将在何岛"一句流露他出对旅途未知的迷茫和不安，也因此使这首和歌带上了淡淡的忧伤。

佚名

[3596]　　　　　　印南都麻

欲作思妻岛靠岸

白浪滔天

难道只能远眺望

评注

　　这是遣新罗使从难波港出发后，在海上所咏8首（3594—3601）中的一首。印南都麻在今兵库县高砂市加古川河口附近。在日语中，"都麻"的发音是TSUMA，与"妻"同音。这也是一首运用了"挂词"修辞手法的和歌。这个地名使作者想到了留守家乡的妻子，本来想上岛上去看一看，无奈风大浪高，只能远远望着。洼田空穗指出：古代日本人有对名称的信仰，名称使他们直接感受到事物的存在。因此，"印南都麻"这个岛名让作者觉得它就如同留在家里的妻子。现在这种信仰已经很淡薄，但在万叶时代，人们的这种信仰是很强的。因此，作者的叹息绝不是因为无法欣赏名胜景点那么浅薄，而是发自内心的真切感受。

柿本人麻吕

[3611]　　　　　　大船左右装桨

月亮壮士

奋力划过海洋

评注

　　这首和歌是遣新罗使在途中所"咏诵古歌"中的"七夕歌一首"。作者虽然是柿本人麻吕，但据各种注释说明，柿本人麻吕的作品中并没有这首和歌，很有可能是某位遣新罗使吟诵的作品。七夕的月亮是弯弯的上弦月，形同两头翘起的船。这首和歌运用拟人的手法，将月亮称作"月亮壮士"，而"奋力划过海洋"则是航行在海上的遣新罗使一行人的写照。并且，"七夕"又使人联想到天各一方、难以相见的夫妻。因此，这首和歌虽然看似描写了天空的月亮，实则包含着作者的情感。

佚名

[3622]　　　　月光清澈风浪静

　　　　　　　　船工号声齐

　　　　　　　合力划桨驶海湾

评注

　　这首和歌是"从长门浦舶出之夜，仰观月光作歌三首"（3622—3624）中的一首。长门岛位于今广岛县吴市，是日本内海的交通要道。古代航海极易受气候影响，所以哪怕是夜晚，只要海上风平浪静，人们就会抓住时机启航。这首和歌描写的正是这样的场面。作品没有抒发作者的情感，而是以一种纯粹客观的态度描写了启航时的情景。明亮的月光、船工的号子声、他们齐心协力奋力划桨的身影都被生动地描写了出来。

佚名

[3639]　　　　　夜浮波上眠

　　　　　　　　　妻子如何念

　　　　　　　　　现身我梦中

　　　　　　　　　令人生伤悲

评注

　　这首和歌是"过大岛鸣门再宿两日后补作歌二首"中的一首。大岛鸣门是通往山口县屋代岛的海峡，这里自古以来就是海上交通要冲，也是难关之一。"浮波而眠"是《万叶集》中描写航海艰辛时常用的语言表现，是漂泊在海上过夜的意思，既传达了实际情况，也表达了心中的不安。古代日本人相信一个人出现在自己的梦中，是因为对方挂念自己。这首和歌基于这种观念，表达了作者在通往新罗的漂泊不定、充满艰险的海上旅途中对妻子的关怀和思念。

佚名

[3648]　　　　　远处海面

　　　　　　　　　渔火点点

愿其更亮

照见大和山峦

评注

　　这首和歌是"佐婆海上忽遇逆风，波涛中漂流。一夜后，所幸得顺风，驶入丰前国下毛郡分间浦。回想苦难，悲伤作歌八首"（3644—3651）中的一首。佐婆是今山口县佐波郡一带的海面，是濑户内海最西部的海域。丰前国下毛郡在今大分县中津市。作者在前往新罗的途中忽然遇到风浪，在海上漂泊一夜后终于到达安全地带，惊恐之后，庆幸之余，无疑更加思念故乡，思念亲人。虽然借着点点渔火不可能看到远在千里之外的大和的山山水水，但此刻作者一定在向大和所在的方向眺望。

佚名

［3651］　　　　　　夜空月

快升起

照过海上诸岛屿

吾欲眺望远方妻

评注

　　这是一首旋头歌，与前一首为同一组，是"佐婆海上忽遇逆风，波涛中漂流。一夜后，所幸得顺风，驶入丰前国下毛郡分间浦。回想苦难，悲伤作歌八首"中的最后一首，表达的是与前一首相同的情感。历经一场惊险之后，作者格外想念远在故乡的妻子。他希望月亮能早一点儿升起来，从东向西移动的月亮把月光洒向海面上的座座岛屿，好让他借着这月光看一看妻子所在的遥远的故乡。

大判官

[3674]　　　　　　旅途艰辛

心中思恋

可也山麓边

传来雄鹿鸣

评注

这首和歌是"舶泊引津亭作歌七首"（3674—3680）中的一首。作者是遣新罗使团的大判官壬生宇太麻吕（生卒不详），职位在使团中仅次于副使，卷十五中有 5 首作者为大判官的和歌。引津指今九州福冈县糸岛半岛西侧的引津湾，是古代日本通往中国、朝鲜半岛航路的停泊地。可也山脉在糸岛半岛的东面。前文中多次提到，在古典和歌中，雄鹿的鸣叫是对妻子的呼唤和思念。洼田空穗这样评价这首和歌，作者只写鹿鸣并没有作任何感慨，但是读者知道鹿鸣代表着作者的内心世界，这便是"余情"。不将事情说透，从而留下无穷的回味，是和歌注重的表现手法。

秦田麻吕

[3681]　　　　　　本欲归京时

欣赏自家院

芒草胡枝子

是否已凋谢

评注

　　这首和歌是"停泊肥前国松浦郡狛岛亭之夜，遥望海面波涛，各自抒发旅途悲情所作歌七首"（3681—3687）中的一首。秦田麻吕生平不详，为此次遣新罗使的一员。肥前国松浦郡狛岛可能为柏岛，在今佐贺县西北部。芒草和胡枝子均为秋天的景物，作者本来打算秋天返回京城，欣赏自家院中的这些花草。无奈还没到新罗就到了花草凋零的季节，这说明他们的旅途极不顺利，行程比原计划晚了很多。这首和歌中虽然没有描写心境的词语，但读者能够从中感受到淡淡的旅愁。

佚名

[3689]　　　　　　石田野

君长眠

如若家人问

吾当作何答

评注

　　这首和歌是"行至壹岐岛，雪连宅满忽患疫病逝去时所作歌一首并短歌"（3688—3690）中的一首，是长歌 3688 的反歌。雪连宅满即雪宅麻吕，生卒不详，是奈良时代的官员，遣新罗使团的一员。本卷 3644 是他留下的作品。据岩波文库的注释说明，《续日本纪》中有记载，天平七年（735 年）由夏至冬流行天花，雪连宅满极有可能是患此病去世。壹岐岛现属长崎县壹岐市管辖，石田野是壹岐的一个地名。现在石田野的山上还有遣新罗使的墓地，据说就是雪连宅满的墓地。长歌 3688 咏道："我的友人受命于天皇前往新罗，临行前告诉母亲秋天就回来了。没想到在家人期盼归来的等待中，还没有到达新罗就葬身于远离大和的荒凉的岩石岛上。"这首短歌是长歌的延伸，一句"吾当作何答"表达了作者失去友人的悲痛和无法面对其家人的愧疚之情。

佚名

[3698]　　　　　月光虽照鄙乡

　　　　　　　　吾却远离爱妻

　　　　　　　　　　来此地

评注

　　这首和歌是"行至对马岛浅茅浦停泊时，不得顺风，经停五日。于是在此观风物，各抒伤心所作歌三首"（3697—

3699）中的一首。第一句中的"鄙乡"在原文中是"鄙"（HINA，僻壤、乡下），它是一个与"都"（MIYAKO，繁华京城）相对的词。在古代日本贵族的眼中，京城以外的地方均为"鄙"。因此，这首和歌自然是因为作者想起了京城的月亮才有感而发的。斋藤茂吉在《万叶秀歌》中指出：这首和歌的第一句之所以有淡淡的伤感，是因为它是相对于"京城的月亮"而言的。

对马娘子玉槻

[3705]　　　　　君船驶出海

推开竹敷海中藻

等待到何时

君方能归来

评注

这首和歌是"泊宿竹敷浦时，各自抒发心绪所作歌十八首"（3700—3717）中的一首。竹敷指的是今长崎县对马市美津岛町竹敷。据原文的左注记载，这首和歌的作者为对马娘子，名玉槻，"娘子"是年轻姑娘之意。从"对马"这一定语可以判断出这是一位负责接待遣新罗使的当地姑娘。洼田空穗认为这是一首作者在宴会上侍奉时所作的和歌，"推开竹敷海中藻"是写实的描写，细腻且新颖，显示了作者的创作才能。

佚名

[3718]
　　家岛徒有名
　　心怀思恋情
　　渡海来到此
　　却不见吾妻

评注

　　这首和歌是"回到筑紫，由海路进京，到播磨国家岛时作歌五首"（3718—3722）中的一首。播磨国在今兵库县西南部，家岛在濑户内海东部，由大大小小40多个岛屿组成，现行政区划归属于姬路市。岩波文库的注释说明，据《续日本纪》记载，遣新罗使在天平八年（736年）九月以后从对马竹敷出发，航行到达新罗。但他们既未受到礼遇，也未能完成任务，一行黯然返回。最后一批是在第二年（737年）三月二十八日返京的。这首和歌是作者在返京前几天所作，利用"家岛"这一地名表达了即将回家的焦急心情。

狭野弟上娘子

[3724]
　　君行路漫长
　　但愿有天火
　　伸手卷此路
　　将其燃烧尽

评注

　　这首和歌以及以下 4 首均选自本卷后半部分中臣宅守与狭野弟上娘子之间的赠答歌（3723—3778）。这首和歌的创作背景为，中臣宅守娶女嬬狭野弟上娘子，被降罪流放到越前国（今福井县），夫妻天各一方，通过互赠和歌来抒发心中的悲伤。狭野弟上娘子生平不详，"女嬬"是后宫中负责打扫、灯火等杂事的下级女官，由此可见其身份低微。这首和歌是她与中臣宅守临别之际所作 4 首中的一首。作者借用汉语中"天火"一词，用夸张的手法表达了内心的强烈愿望。这首和歌被收入《万叶秀歌》。

中臣宅守

［3730］　　　　　　　心中有忌惮

　　　　　　　　　　　未敢说出口

　　　　　　　　　　　越路神祇前

　　　　　　　　　　　终于唤汝名

评注

　　中臣宅守，生卒不详，奈良时代的贵族、歌人。岩波文库版《万叶集》将中臣宅守被流放归咎于娶了下级女官狭野弟上娘子，但也有人认为是因为他卷入了权力斗争。这首和歌是中臣宅守在流放路上所作，越路是由京城通往越前国的道路。"在前往流放地的路上，因顾忌一直不敢叫出你的名字。

但思念难耐，在守护旅人的神祇前终于喊出了你的名字。"至于为何忌惮，岩波文库的解释是因为是戴罪之身，而洼田空穗则认为是出于古代日本人的信仰。古代日本人认为如果你叫某个人的名字，那个人的灵魂就会游离身体来到你的身边，他就会有生命危险。所以，不能轻易把别人的名字挂在嘴上。

中臣宅守

[3742]　　　　　不知重逢是哪日

心黯然

还要思恋到何时

评注

　　这首和歌是中臣宅守在流放地所作。天平十二年（740年），中臣宅守被流放后，同年六月曾有过一次大赦，但他并没有被赦免，直到第二年九月大赦时才得以回京。身处流放之地，又不知何时能被赦免回京见到妻子，作者心中充满了对妻子的思念，除此之外，一定还充满了不安和绝望。和歌中的"哪日"和"何时"是同义词，这两个词的使用充分表现了作者心中的焦虑。

狭野弟上娘子

[3750]　　　　　天地尽头

無有一人

如妾这般思恋君

评注

　　这首和歌表达了作者对丈夫的强烈思念和深厚感情。中臣宅守的和歌（3740）中也用了"天地"一词，这首和歌也可以看作是对丈夫的回应，对爱情发出的誓言。在前文的和歌 3724 中，想必读者就体会到了狭野弟上娘子似火的情感，而斋藤茂吉在《万叶秀歌》中对和歌 3724 的评价里也提到了这首和歌，认为它同样充满激情。在两人的关系上，有可能是狭野弟上娘子主动热情地追求中臣宅守的。并且，从两人的赠答歌中可以看出，狭野弟上娘子的作品更巧妙，而且从这种巧妙之中可以感受到女性的气息。

中臣宅守

［3764］　　　　虽远隔山川

　　　　　　　　吾妹且请记

　　　　　　　　你我心相近

评注

　　这是一首向妻子表白心境的和歌，也是对妻子的安慰。虽远隔千山万水，但我们的心是在一起的。"心相近"这样的语言表现在古典和歌里极少见，但我国却有"身远心近"这一成语，出自《搜神记》卷十六："羽族之长，名为凤凰。一日失雄，三年感伤。虽有众鸟，不为匹双，故见鄙姿，逢君辉光，身远心近，何当暂忘。"岩波文库也提到《搜神记》的这一记述，认为二者有类似之处。

卷十六

　　此卷的内容为"有由缘并杂歌"，共 104 首。"由缘"是指与作品有关的传说故事及缘由，在和歌的歌题或左注中有相关说明的和歌即为"有由缘歌"。此卷的前半部分是有由缘歌，几乎每首和歌都有长文歌题或左注。后半部分是宴席歌、民谣等，有很多即兴作品，也有一些诙谐的和歌。《万叶集》中唯一一首佛足石歌体形式的和歌也在此卷中。此卷在《万叶集》中是极具特点的一卷，日本明治时代文学的代表人物正冈子规认为此卷中的和歌有奇想天开之处，对此卷大加赞赏，甚至在其著作《万叶集卷十六》中指出："和歌创作者应读万叶，读万叶者不应忘记读第十六卷。"现从此卷中选译 10 首呈献于此。

某壮士

[3786]　　　　　　本欲待春到

　　　　　　　　将其插发上

　　　　　　　　可叹樱花巳凋零

评注

　　这是一首有由缘歌。原文左注讲述了这首和歌的缘由，是一个凄惨的故事。昔日有位姑娘，名曰樱儿。有两位壮士同时向她求婚，为她格斗，不惜丢掉性命。樱儿得知此事后叹息道："自古至今从未听闻一女嫁二男之事，如今二位壮士为了我发展到不可调和的地步，只有我死才能平息这场争斗。"于是，她跑进树林里，悬在一棵树上自尽。二位壮士得知后悲痛万分，血泣涟襟。各陈心绪作歌2首，这便是其中一首。樱花暗喻樱儿。这首和歌被选入《万叶秀歌》。

佚名（采女）

[3807]　　　　　　安积山

　　　　　　山泉水中映山影

　　　　　　　　思君心

　　　　　　并非如此泉水浅

评注

　　采女是出身于地方豪族，被选入宫中侍奉天皇、皇后日常起居的女官。据这首和歌的左注记载，葛城王被派往陆奥国时，当地官员接待不周，葛城王很不愉快，面露怒色，宴会也无法使他高兴起来。宴会上服侍葛城王的是一位以前当过采女的姑娘，她左手捧觞，右手持水，击之王膝，而咏此歌。葛城王闻后转怒为喜，终日畅饮。葛城王，不详。一说是奈良时代的皇族橘诸兄（684—757）。这首和歌被选入《万叶秀歌》。

佚名

[3814]　　　　　听闻珍珠串

线已断

吾欲重穿起

结吾缘

评注

　　这是一组赠答歌（3814、3815）中的赠歌，是一首男子向女子的父母提出求婚的和歌。据这首和歌的左注记载，时有一女子被丈夫抛弃后又嫁给了别人。一壮士不知此事，写了这首和歌送给女子的父母，请求他们把女儿嫁给自己。"珍珠"比喻女子。父母对这位男子的答复是："珍珠串，诚已断，却又重新结，属他人。"（来源于和歌3815）。

长忌寸意吉麻吕

[3824]　　　　　列位铫子烧上水

专等栎津桧桥上

狐鸣过桥来

劈头将其泼

评注

这是长忌寸意吉麻吕所作和歌 8 首（3824—3831）中的第一首，是宴会上的即兴作品。长忌寸意吉麻吕又名奥麻吕，生卒不详，飞鸟时代的歌人。左注讲述了这首和歌的由缘：一次人们正聚在一起办宴会饮酒，夜深的时候传来了狐狸的叫声。于是，人们让奥麻吕作一首和歌，要把炊具、器皿杂物、狐狸的叫声和桥都咏进去。于是，奥麻吕作了这首和歌。我国读者很容易从和歌中找到炊具（铫子）和桥，以及狐狸的叫声，但却看不到"器皿杂物"。栎津是地名，在日语中读 ICHIHITSU，在今奈良县大和郡山市到天理市一带。而 HITSU 在日语中又是"櫃"（柜子、箱子之意）的发音。因此，作者利用挂词这一技巧巧妙地将器皿杂物藏在了"栎津"这一地名当中。另外，译文中将"狐鸣"明确译了出来。其实在原文中，"狐鸣"是用"来"字表达的。因为原文中的"来む"读作 KOM，与日语中形容狐狸叫声的拟声词KONKON 发音相似，也是运用了挂词的修辞手法。因此，这首和歌不仅是一首即兴作品，还是一首充分有效地运用了挂词这一和歌创作技巧的作品。

长忌寸意吉麻吕

[3829]　　　　　吾欲食鲷鱼

佐以酱醋加蒜泥

莫让吾看见

水葵清汤羹

评注

　　这首和歌与上一首一样，也是长忌寸意吉麻吕所作和歌 8
首（3824—3831）中的一首，题为"咏醋酱蒜鲷鱼水葱歌"。
水葱，即水葵。岩波文库的注释说，从长屋王（684？—
729，前出）邸遗址出土的木简上写有"宗形郡大领鲷酱"的
字样。由此判断，前两句中的鲷鱼有可能是指用酱醋加蒜泥
腌制的鲷鱼，总之是既美味又高级的食物。水葵又名马蹄菜，
是生长在水里的随处可见的野菜。用水葵煮的汤不好喝。没
有资料显示这首和歌是在什么情况下创作的，但是其中的调侃
不难博得读者的会心一笑。

境部王

[3833]　　　　　吾欲得宝剑

骑虎背

跨古屋

青潭捕蛟龙

评注

境部王，生卒不详，奈良时代的皇族，天武天皇的皇子穗积亲王（？—715）之子，《万叶集》中只收录有这一首和歌。这是一首充满神话想象和英雄气概的和歌。古屋是指古旧废弃的房屋，这个词给这首和歌增添了一抹神秘的色彩。《用英语欣赏万叶集》的译者彼得·麦克米伦将其译为haunted house，即鬼屋。麦克米伦还感叹道："这首和歌宛如憧憬科幻世界的当代人的自言自语，可见古人也同我们一样向往冒险的生活。"

大神奥守

［3841］　　　　造佛用涂料

朱砂若不够

且去池田鼻上挖

评注

这首和歌是大神奥守对池田朝臣反唇相讥而作的。起因是池田朝臣（生平不详）在第3840首和歌中嘲笑瘦子大神奥守是佛殿中的"男恶鬼"。于是，大神奥守作了这首和歌予以回击。大神奥守，生卒不详，奈良时代的贵族。第一句中的"佛"是指佛像。奈良时代，日本修建了很多寺院和佛像，少不了使用彩色的涂料，而朱砂在涂料的原材料中价格昂贵。想来名为池田的人一定有一个硕大的红鼻头，因此作者才调侃如果朱砂不够用的话，就去池田的鼻子上挖！这首和歌告诉我们，《万叶集》中的赠答歌不仅有表现爱情、亲情和友情的，也有这样为数极少的相互调侃和取笑的作品。这是一首很有名的"谐谑歌"，斋藤茂吉将这首和歌选入《万叶秀歌》，认为它是谐谑歌中的上乘之作。

佚名（法师）

[3847]　　　　施主莫将此言出
　　　　　　　　里长前来课税时
　　　　　　　　　难道汝不哭

评注

这是一位僧人对第 3846 首和歌的回应。题为"戏嗤僧歌一首"的和歌 3846 的作者这样嘲笑僧人："不要把马拴在僧人剃胡须后留下的胡茬上使劲拉，僧人会哭的。于是僧人作了这首和歌反唇相讥。里长是古代日本律令制中最底层的官职，管理最基层的组织"里"，奈良时代初期里改为乡，里长也随之改称为乡长。日本古代僧侣是没有课税的，这位僧人用"课税时难道你不哭"来回应戏嗤自己的人，可谓戳到了对方的痛处。这首和歌也从侧面反映了日本古代农民不堪赋税重负的现实。

大伴家持

[3854]　　　　　　瘦且瘦

　　　　　　　　　　尚能活

　　　　　　　　　莫去捉鳗鱼

　　　　　　　　　免随河水流

评注

　　这首和歌是"嗤笑瘦人歌二首"中的第二首。据左注记载,吉田连老,字石麻吕,所谓仁敬之子也。此人虽然不少吃喝,却很瘦。于是,大伴家持作和歌 2 首来调侃他。吉田连老生平不详,从大伴家持作和歌调侃来看,他与大伴家持应该关系密切。日本人认为吃鳗鱼可以使身体变得强壮,尤其对夏天因食欲减退而消瘦的人极有好处。直到今天,日本人仍有在夏季的"土用丑日"吃鳗鱼的习俗。事实上,鳗鱼含有大量的蛋白质和丰富的维生素,以及人体所需的氨基酸等,营养十分丰富。古代日本人显然已经知道了鳗鱼的营养价值。因此,大伴家持才调侃朋友,瘦就瘦点儿吧,可别为了补充营养去捉鳗鱼,让河水给冲走就什么都完了。原来,大伴家持也有如此幽默诙谐的一面。

佚名

[3884]　　　　　　弥彦神之麓

今日鹿可亦伏卧

身披毛皮衣

头戴双犄角

评注

这是一首佛足石歌体形式的和歌。"佛足石歌"是指刻在奈良药师寺内佛祖足迹石歌碑上的歌谣，共21首，比短歌多7个音节，为5、7、5、7、7、7节奏的38个音节。《古事记》《万叶集》《播磨国风土记》中各有一首。因此，这首和歌是《万叶集》中唯——首佛足石歌体形式的和歌。弥彦神是对弥彦山的神化。弥彦山位于今新潟县西蒲原郡弥彦村和长冈市交界处，作为祭神之山自古就受到人们的膜拜。岩波文库的注释认为，这首和歌描写的并不是鹿，而是一种披着鹿皮跳的舞，有可能是祭神的舞蹈。

卷十七

　　卷十七和之后的三卷均以大伴家持所作，以及与大伴家持有关联的和歌为中心，基本按年代顺序排列，没有按照杂歌、相闻歌、挽歌的顺序进行分类。此卷收录有长歌 14 首，短歌 127 首，旋头歌 1 首，共 142 首。现选译 14 首呈献于此。

佚名

[3896]　　　　居家命亦飘不定

　　　　　　　浮于波涛上

　　　　　　不知前途将如何

评注

　　天平二年（730年），大伴旅人被任命为大纳言，由大宰府返京，随从等另由海路返京。这首和歌是随从们在返京途中悲伤羁旅，各陈所心作歌10首（3890—3899）中的一首。这首和歌在这一组作品中显得很独特。其他和歌或表达对家乡亲人的思念，或表达路途中的艰辛和不安。虽然这首和歌中的"浮于波涛上"一句也能让读者感受到旅愁，但第一句表现出的生命的飘忽不定和最后一句对前途命运的不安则更多地体现了对生命无常的感叹。

大伴家持

[3900]　　　　　月明如镜

　　　　　　　云起天汉

　　　　　　织女似乘船

评注

　　这首和歌是天平十年（738年），作者独仰天汉，聊述怀一首。笔者在卷八中选译了山上忆良咏七夕的一首和歌——"雾起天汉，驾舟迎妻，牛郎似已出发"（1527），并在评注中提到，七夕的题材来源于我国，牛郎划船与织女相见也出自我国古代诗歌。大伴家持的这首和歌也遵循了中国文学的传统。

大伴书持

[3906]　　　　　　　庭院百梅林

落花飘纷纷

飞舞上天空

化作雪降下

评注

天平二年（730年），大伴书持的父亲大宰帅大伴旅人在宅中举行了盛大的赏梅宴，参加宴会的人共作和歌，留下了著名的"梅花歌三十二首并序"。本书也有选译。这首和歌是十年后的天平十二年（740年），大伴书持追和大宰时梅花新歌6首（3901—3906）中的一首。把飘落的梅花比作白雪的例子在《万叶集》中并不少见，如"梅花歌三十二首"中就有大伴旅人所作"庭院梅花纷纷落，疑似天上雪飘来"（822）的和歌。但是，这首和歌中关于落花"飞舞上天空，化作雪降下"的描写却是新颖的。

山部赤人

[3915]　　　　　飞过山谷

　　　　　　　止于野岗

　　　　　　　此刻鸣叫

　　　　　　　春莺嘤嘤

评注

　　这首"咏春莺歌"是一首有名的和歌。从第三句"此刻鸣叫"来看，这首和歌描写的是实景，和歌中的"春莺嘤嘤"也是作者亲耳听到的鸣叫声，这鸣叫声令读者仿佛听到原野中、山岗上传来的春莺鸣啭。这首和歌与《诗经·小雅·伐木》中的诗句"伐木丁丁，鸟鸣嘤嘤。出自幽谷，迁于乔木"，《诗经·小雅·绵蛮》中的诗句"绵蛮黄鸟，止于丘阿"有类似之处。斋藤茂吉在谈到将这首和歌选入《万叶秀歌》的理由时说，从卷十七的第一首和歌读起，读到这首时他才第一次感到眼前一亮。

橘诸兄

[3922]　　　　　若待发如白雪

　　　　　　　仍能侍于君旁

　　　　　　　便是吾之荣幸

评注

橘诸兄（684—757），原名葛城王，日本第30代天皇敏达天皇的后裔，后降为臣籍。作为这首和歌的作者，名字是左大臣橘宿祢，《万叶集》中收录有8首和歌。他与大伴家持关系密切，镰仓时代的学僧仙觉认为《万叶集》是他和大伴家持共同编撰的。这首和歌的序说，天平十八年（746年）正月，天降大雪，积地数寸。时任左大臣的橘诸兄带领大臣等前往太上皇处扫雪。太上皇赐宴，并命众人以雪各作和歌一首。这首和歌便是橘诸兄应诏所作。按照生平来看，此时的橘诸兄已经63岁，应该白发苍苍。但他仍在和歌中写道"若待发如白雪"，无非是以此表示一生一世效忠太上皇的忠心。将白发比作白雪的和歌在《万叶集》中仅此一首。这首和歌还被选入《万叶秀歌》。

大伴坂上郎女

［3927］　　　　　汝将行远路

　　　　　　　　　为保旅途安

　　　　　　　　我将斋瓮置榻边

评注

天平十八年（746年），大伴家持被任命为越中国守，启程前去赴任时，姑母大伴坂上郎女作和歌2首为其送行，这是其中一首。有关作者的信息，前文中有所介绍，她既是大伴家持的姑母，也是其岳母。斋瓮是日本古代祭神时盛酒用的一种陶器。将祭神用的器皿放在榻边，意味着每晚都要为远行的人祈求旅途平安。这首和歌在平淡中流露出大伴坂上郎女对晚辈的关怀。

平群氏女郎

[3942]　　　　君看松花不算花

　　　　　　　　不知为哪般

　　　　　　　　松花常开却不败

评注

平群氏女郎，生卒、生平不详。这首和歌是大伴家持在越中国任职期间平群氏女郎送给他的 12 首和歌（3931—3942）中的一首，由此可以判断作者是与大伴家持有恋人关系的女性。《万叶集》中咏松花的和歌仅此一首，而这首和歌中的松花是作者用来比喻自己的。另外，前文中也说明过，在日语中，"松"的发音 MATSU 与具有等待之意的"待つ"同音。所以，作者真正想表达的是，在你眼里虽然我算不上什么，但是，不知道为什么，我却一直在为你等待。作者运用和歌创作中挂词的修辞手法婉转地抒发了内心的无奈和惆怅。

大伴家持

[3958]　　　　别时嘱咐保平安

今却闻

化作云烟天上飘

心悲伤

评注

　　天平十八年（746年）九月，大伴家持在越中国任职期间接到弟弟大伴书持去世的噩耗，悲痛不已，作哀伤长逝之弟长歌一首并短歌二首，这是其中一首短歌。长歌（3957）倾诉了兄弟情深和大伴家持失去弟弟的悲伤，哀叹了生命的无常。这首短歌浓缩了长歌的内容。作品中的"云烟"用来比作逝去的弟弟。大伴家持之所以用云烟比喻逝者，是因为古代日本以火葬为主，长歌中也有大伴书持在佐保山火化的描写。

大伴家持

　　［3963］　　　思春花飘落时

　　　　　　　　吾命随之去

　　　　　　　　叹世事无常

评注

　　这首和歌原文的序和左注介绍了其创作背景。天平十九年（747年）春天，大伴家持突患急病，几乎命丧黄泉。卧病中心生悲伤，于越中国守官邸作长歌一首（3962）并短歌二首（3963、3964）。长歌讲述了自己遵从敕命赴任越中国的艰辛、对母亲妻儿的思念、卧病在床的痛苦以及对生命无常的叹息。前一年刚刚失去弟弟，现在自己又重病在身，生命或许会在这春天随着落花一同凋谢。作者不禁发出"世事无常"的叹息，哀叹时间和生命的无常。

大伴池主

[3967]　　　　　　山谷樱花开

倘若让君看一眼

心亦无他求

评注

　　大伴池主，生卒不详，奈良时代的官员、歌人，在大伴家持任越中国守期间，任越中国掾（地方官名，地位在国守、国介之后），《万叶集》中收录有 29 首和歌。作者与大伴家持交往较密切，参加过在大伴家持家举行的宴会，并以歌会友。天平十九年（747 年）二月二十九日，身为越中国守的大伴家持在病中写了两首悲歌送给大伴池主，吐露了不能与其共赏春花莺鸣的遗憾。三月二日，大伴池主回赠两首，这是其中一首。大伴池主虽然是大伴家持的下级，但是作为歌人，他很理解大伴家持不能在欣赏春日美景的过程中创作和歌的心情。所以，他希望自己能让病中的大伴家持看到春天的美景，哪怕是一眼也心满意足。这首和歌真诚地表达了作者的这一愿望。

内藏忌寸绳麻吕

[3996]　　　　　吾兄归去后
　　　　　　　　五月杜鹃鸣啭时
　　　　　　　　心中生寂寞

评注

　　内藏忌寸绳麻吕，生卒不详，奈良时代的官员、歌人，大伴家持任越中国守时，他任国介（地方官名，地位仅次于国守），《万叶集》中收录有4首和歌。天平十九年（747年）四月，大伴家持作为"税账使"（向朝廷提交地方财政账簿的使者）将返京，二十六日，大伴池主在家中为他举行了送别宴会。这首和歌便是为大伴家持饯行所作。大伴家持来自朝廷所在地，那里也是他的故乡。因此，作者用了"归去"一词。并且，在这首和歌中，作者称大伴家持为"我が背子"（WAGASEKO），这是兄弟间的称呼，足见作者对大伴家持的深厚感情和倾慕之情。杜鹃鸣啭的五月就要到了，但是你却不在这里，让人不禁心生寂寞。从这首和歌中读者可以体会到，虽然只是短暂的分离，但作者心中仍充满了不舍。

大伴家持

[4001]　　　　　立山积白雪
　　　　　　　　三夏始终看

百看亦不厌

似因有神灵

评注

　　这首和歌是长歌 4000 的两首反歌中的一首，作于天平十九年（747 年）四月二十七日，即大伴池主在家中为大伴家持举行送别宴会的第二天。立山在今富山县东南部，群峰连绵，素有"雄峰立山七十二峰八千八谷"之称，自古以来被推崇为灵山。从长歌中可以了解到，大伴家持认为越中国虽然远离京城，地处僻壤，但这里山川众多，其中要数终年积雪的立山最值得一提。从《万叶集》的很多和歌中我们可以看到，对于出生在京城的贵族来说，离开京城担任地方官员并不是一件高兴的事，在赴任地所作的和歌也大多为思念故乡家人的惆怅之作。但是，从这首和歌中读者多少能感受到国守大伴家持对越中国的认可。

大伴家持

　　　［4023］　　　　妇负川流急

　　　　　　　　　　众人架篝火

　　　　　　　　　河中放鱼鹰捕鱼

评注

　　这首和歌是某年春天大伴家持作为越中国守出巡各地时

所作9首（4021—4029）中的一首。妇负川现名神通川，是富山县具有代表性的河流。日本自古就用鱼鹰捕鱼，叫"鹈饲"（UKAI），平安时代以后，鱼鹰成为贵族武士们观赏的对象。至今日本宫内厅式部中还保留着世袭制的"鹈匠"一职，每年夏天日本各地也有为游客提供的"鹈饲"表演。这首和歌描写了作者在巡视途中看到的鱼鹰捕鱼的一幕。大正末昭和初的学者井上通泰指出，春天的河水还冰冷刺骨，并不适合鱼鹰捕鱼。因此，这一场景极有可能是下级官员专门为大伴家持安排的鱼鹰表演①。虽然这一安排可能并不是大伴家持要求的，但仍可见在奈良时代就出现了利用鱼鹰表演取悦上级官员的现象。

大伴家持

[4030]　　　　黄莺已该鸣

　　　　　　　　一心只等待

　　　　　　　　春雾弥漫起

　　　　　　　　此月时日过

评注

　　在古典和歌中，黄莺是春天的代表性景物，常被歌人当作报春鸟歌咏。春天来了，黄莺应该鸣叫了。但是，却迟迟听不到它的叫声，在等待中，黄莺该鸣叫的那个月已经过去

---

① 参见井上通泰著《万叶集新考》，秀英书房，1986。

了。从这首和歌中，读者可以感受到歌人的期待和失望。"春雾"在原文中是"霞"（KASUMI）。前文中也提到过，日语中的"霞"与汉语中的"霞"有所不同，是指薄雾。在古典和歌中则有鲜明的季节性，是指春天的薄雾，这一点在《万叶集》中已经基本确定。因为是薄雾，所以这个词营造出的是朦胧的意境。如果将其译作春霞、霞光等与"霞"有关的词汇，都与原文的意境不相符合。

卷十八

　　此卷收录了大伴家持以及与其相关的作品，创作年代从天平二十年（748 年）三月到天平胜宝二年（750 年）二月，仍是大伴家持任越中国守期间。此卷收录有长歌 13 首，短歌 94 首，共 107 首。现选译 10 首呈献于此。

田边福麻吕

　　[4040]　　　　　　　布势海

　　　　　　　　　　　若能亲眼见

　　　　　　　　　　　定向官中人

　　　　　　　　　　　传述其美景

评注

　　田边福麻吕，生卒不详。奈良时代的官员，与大伴家持是同时代的歌人。天平二十年（748 年）三月，时任造酒司令史的田边福麻吕作为左大臣橘氏家族的使者前往越中国（今富山县），越中国守大伴家持不仅设宴款待，还招待其游览观光。这首和歌是游览布势海之前所作。布势海也称布势水海，在今富山县冰见市十二町潟一带，名为海，实则为潟湖。这里风光明媚，自古以来就是风景胜地，现在是十二町潟水乡公园。前文中已经提到，日本古代也将湖称作海，比如近江海就是指琵琶湖。布势海虽然是很多人想一睹美景的地方，但远在越中国，对于大多数贵族、官员来说是只可耳闻、不得目见的地方。从这首和歌中，读者可以感受到作者能够亲眼看到这一美景的骄傲和优越感。

大伴家持

　　[4048]　　　　　　　行船垂姬湾

每划一桨间

亦难忘

奈良吾家人

评注

　　这首和歌是大伴家持陪同田边福麻吕游览布势海时，在船上设下酒宴，观赏美景，各述其怀所作和歌中的一首。垂姬湾是布势海的一景。第二句是指时间的短暂，这首和歌表达的是每时每刻都在思念故乡和亲人的情感。陪同客人游玩，还有美酒助兴，主人却说出思念故乡家人的话，似乎很扫兴。但是，在酒宴上作和歌咏乡愁在当时也是一种惯例，所以，客人并不会介意。

元正天皇

[4058]　　　　　　　　橘

硕果累累枝头橘

后世代代亦难忘

此橘

评注

　　元正天皇（680—748），日本第44代天皇（715—724年在位），也是日本第5位女性天皇。724年让位后，作为太上天皇辅佐圣武天皇。因此，在本卷及卷十七中被称作太上皇。

这首和歌题为"御制歌一首"。橘是我们今天所说的小柑橘，在《万叶集》中是"常世"（永恒不变的世界）的象征，《万叶集》中收录有72首咏"橘"的和歌。这首和歌中的"橘"象征着左大臣橘诸兄，它看似咏橘，实则是对橘诸兄的赞赏，并信守重用不变的承诺。本书卷十七中选译了橘诸兄效忠太上皇的和歌（3922），而这首则是太上皇赞赏橘诸兄的作品。由此可见他们君臣之间深厚的关系。

大伴家持

> [4082]　　　　身为僻乡一野夫
> 　　　　　　　却获天人思念情
> 　　　　　　　此生无憾

评注

《万叶集》卷十八中收录有大伴坂上郎女赠给大伴家持的和歌（4080、4081），和歌中表达了她对远在越中国任职的大伴家持的思念。这首和歌是大伴家持回赠姑母所作3首中的一首。"僻乡"在原文中为"鄙"（HINA），即京城以外的地方，与其相对的词是"都"（MIYAKO），即京城，这是两个体现了古代日本人地域意识的词语。"鄙"意味着落后粗野，"都"代表着文明高雅。因此，身为越中国守的大伴家持自称为"僻乡野夫"，而尊称姑母为"天人"。

大伴家持

[4086]　　　　灯火映照

百合花冠

如此美丽

诱人微笑

评注

这是一首赞美百合花花冠的和歌，原文的序交代了创作背景。天平感宝元年（749年）五月九日，越中国府的官员们聚集在少目（国司的四等官）秦伊美吉石竹的家中欢宴。主人把用百合花编织的花冠放在食器里，献给在座的客人，客人们则为此各作和歌一首。前文和歌1118的评注中也有过介绍，古代日本人常在宴会上用时令花枝或枝叶编成花冠戴在头上，《万叶集》中也有很多描写这一场面的和歌。收到主人赠送的花冠，客人创作和歌对其加以赞美，以示感谢。这是一种礼节，也是应酬。这首和歌简洁明快，被选入《万叶秀歌》。

大伴家持

[4094]　　　　苇原瑞穗国

天孙诸神降

世代长久治

天皇统四方

山川地丰饶

贡奉珍品多

吾皇领民众

始行造大佛

然有心中虑

为缺黄金忧

东国有上奏

陆奥小田郡

黄金出山中

圣心颇欣慰

天地诸神欢

吾皇心深信

幸得有皇祖

神灵予相助

远代既如此

朕世亦成真

皇治安天下

当代定繁荣

吾皇施慈恩

百官皆遵从

老幼与妇孺

心愿皆满足

亲睹此盛世

吾辈甚感激
想我大伴氏
自古传盛名
始祖大久米
为官当效忠
赴海葬水中
上山草横尸
誓言为吾君
视死亦如归
清誉大丈夫
名声传至今
大伴与佐伯
两族子孙延
不辱先祖名
信守旧誓言
世世效忠君
代代永不变
手中持梓弓
宝剑佩腰间
早晚守皇宫
护卫君主侧
舍我又其谁
心中誓更坚
获君赐好言
喜极诚惶恐

这首长歌题为"贺陆奥国出金诏书歌一首",是大伴家持所作长歌中最长的一首,作于天平感宝元年(749年)五月十二日。歌题中的"诏书"是指同年四月圣武天皇昭告东大寺大佛以及天下人陆奥国产出黄金的两封诏书。这首长歌分为三段。第一句到第六句是第一段,是对代代天皇的赞美,也可以看作是这首长歌的开场白。苇原瑞穗国是日本的美称。第七句到第二十八句是第二段,讲述了圣武天皇为营建大佛却缺少黄金的担忧和听闻陆奥国产出黄金后的喜悦,并对天皇的统治大加赞美。第二十九句到最后是第三段,是对自己家族的赞扬,也是对天皇发的誓言及表达的感激。这一段中的"佐伯"氏被认为是与大伴氏亲近的同族关系。另外,圣武天皇喜得金矿,除发布诏书外还提升了一部分人的官职。大伴家持也从从五位下升为从五位,最后两句应当是指这次晋升之事。

大伴家持

[4109]　　　　　鲜红易褪色

怎及身上橡染衣

颜色长久且亲切

评注

这首和歌是长歌 4106 "教喻史生尾张少咋歌一首"的

3首反歌中的一首。史生是负责记录的下级官吏，尾张少咋是其名。从长歌的内容来看，这位史生与名为佐夫流的游女（在宴会等场合以歌舞取悦客人的女性）形同夫妻，便想要抛弃留守家乡的妻子。大伴家持得知后作和歌予以劝诫。长歌前有一篇文章，首先介绍了当时的婚姻制度，包括"七出例"，即可以弃妻的七则条例；"三不去"，即三种不可离弃妻子的条件；"两妻例"，即与重婚相关的法令。史生所犯的便是这"两妻例"。其次，强调了遵守法令的重要性。最后写道："岂有忘旧爱新之志哉。"所以作和歌，"令悔弃旧之惑"。"橡染衣"是指用橡子作染料的褐色的衣服。这首和歌用红色暗喻游女佐夫流，用橡染衣暗喻糟糠之妻。作者通过这样的比喻告诫下级，与游女的情只是一时的新鲜感，而替你守在家里的妻子才是可以和你长相守的人，才是值得你珍惜的人。

大伴家持

［4123］　　　　　　愿此眼前云

　　　　　　　　　　展开成阴霾

　　　　　　　　　　使降及时雨

　　　　　　　　　　充沛至满足

评注

　　这是一首祈雨歌，是长歌4122的反歌。长歌有序："天平感宝元年五月六日以来起小旱，百姓田亩稍有凋色也。至于六月朔日，忽见雨云之气。仍作云歌一首、短歌一首。"日本虽然是一个雨水充沛、水利资源丰富的国家，但自古也出现过干旱，也有祈雨仪式。一种是在山野点火，鸣钲鸣鼓以祈雨。一种是祭神佛以祈雨。但是，这首短歌（长歌也同样）中并没有提及这些仪式，而是用"云"表达了期盼降雨的心情，使人感觉求雨的心情更加真实。这首和歌被选入《万叶秀歌》。

大伴家持

[4124]　　　如吾所期盼

　　　　　　　天降及时雨

　　　　　　　无须再祈祷

　　　　　　　自然是丰年

评注

　　这首和歌题为"贺雨落歌一首"，原文的左注说明，这首和歌创作于六月四日。也就是说，大伴家持作祈雨歌三天之后，天果然降下雨来，其欣喜之情可想而知。题中的"贺"字充分体现了这一点。从上一首以及这首和歌中可以体会到，作为越中国的最高长官，大伴家持对百姓的生活还是很关心的。

大伴家持

　　［4134］　　　　　月照雪上夜

　　　　　　　　　　　抬手折梅花

　　　　　　　　　　如有可爱人在此

　　　　　　　　　　　吾欲赠予她

评注

　　这首和歌题为"宴席咏雪月梅花歌一首"，原文的左注说明作于十二月。在和歌创作中，将不同景物咏入同一首和歌的手法称为"組合"（KUMIAWASE），即汉语中的"组合"。一般是两个景物为一组合，而这首和歌则是三个景物"雪－月－梅花"的组合。这首和歌虽然是在宴会上的应酬之作，但时任越中国守的大伴家持远离故乡亲人，无时无刻不在思念他们。所以，后两句可以说是作者心声的吐露。这首和歌被选入《万叶秀歌》。

卷十九

　　继卷十八，此卷仍以与大伴家持相关的和歌为主要内容，收录了天平胜宝二年（750年）三月到天平胜宝五年（753年）二月，大伴家持在越中国期间以及回到京城后所作的和歌。全卷共有154首和歌，其中长歌23首，短歌131首。现选译15首呈献于此。

大伴家持

[4139]　　　　　　春苑初桃开

花红照地映

有女出家门

道上亭亭立

评注

　　这首和歌是卷十九的卷头歌，是"天平胜宝二年三月一日之暮，眺瞩春苑桃李花作歌二首"中的一首。桃树是从中国传到日本的，在古代日本是贵族庭院中供人们观赏的珍贵树木。这首和歌用"红"来描写桃花，而在《万叶集》中极少有红色的花，梅花也均为白色的。所以，岩波文库的注释指出，这是借鉴了汉语"红桃"一词的结果。并且，前两句还使人联想到南朝梁萧纲《咏初桃诗》中"初桃丽新采，照地吐其芳"的诗句。春天里满园的红桃花，花下亭亭玉立的姑娘，这些都使这首和歌带上了浓重的"唐风"气息。也因此，斋藤茂吉将其选入《万叶秀歌》，彼得·麦克米伦也在《用英语欣赏万叶集》中选译了它，并认为这首和歌充满了中国风的华贵氛围。

大伴家持

[4153]　　　　　　唐人亦浮筏

游戏于水中

今日诸兄弟

皆将花冠戴

评注

　　作完上一首和歌后没几天，天平胜宝二年（750 年）三月三日，作者作"三日，守大伴宿祢家持之馆宴歌三首"（4151—4153），这是其中的最后一首。三月三在我国古代称为上巳节。宋代吴自牧的《梦粱录·三月》中有这样的记载："三月三日上巳之辰，曲水流觞故事，起于晋时。唐朝赐宴曲江，倾都禊饮踏青……。"这首和歌中的"唐人"在原文中为"漢人"（KARAHITO），发音与"唐人"相同。这首和歌描写的是奈良时代的地方官员们模仿中国文人的风雅，在上巳节举行曲水流觞的场面。这首和歌告诉我们，曾经中国文化不仅对日本文学产生了深远的影响，还渗透到了贵族们的生活当中。

大伴家持

　　［4161］　　　　　　树木虽不语

亦逢春花开

至秋枯叶落

此乃因无常

评注

这首和歌是长歌"悲世间无常歌"（4160）的反歌。据说五世纪左右传入日本的佛教，到八世纪的奈良时代已成为"镇护国家"的宗教，佛教思想也逐渐被人们特别是贵族阶层广为接受，"无常"也成为《万叶集》歌咏的主题之一。本书中早已多次出现过"无常"一词。这首和歌与其他咏"无常"的和歌不同的是，它用草木表达了对无常的认识。就连不会说话、没有感情的树木尚且有枯荣，更何况人呢。

大伴家持

[4170]　　　　　视母如宝珠

久居僻壤不得见

身心无生气

评注

这首和歌是长歌"为家妇赠在京尊母，所求作歌"（4169）的反歌。如歌题所示，这是大伴家持代替来越中国与他相聚的妻子坂上大娘写给其母坂上郎女的和歌。坂上大娘也是一位歌人，《万叶集》中收录有 11 首她赠给大伴家持的和歌。但给自己母亲的和歌为何要让丈夫代笔，令人费解。这首和歌虽然表达的是女儿对母亲的思念，但最后一句似乎写的是大伴家持眼中的妻子。

大伴家持

[4191]　　　　河上君放鱼鹰

捕得香鱼在手

倘若心存真情

何不将鳍予吾

评注

　　这首和歌是大伴家持赠给大伴池主的。大伴家持在越中国任职期间，大伴池主也被调离京城，赴越前国任职。大伴家持送给大伴池主一只鱼鹰，并附上一首长歌和两首短歌。在长歌中，大伴家持咏道："你我同属远离家乡、身处僻壤的人，我理解你的心情，所以，送你一只鱼鹰，供你消遣。"言语中不乏真情。而作为长歌的反歌，这首短歌则是调侃的口气："我送鱼鹰给你，你要是真感谢我，就把鱼鳍献给我。"这首和歌再次向读者展现了作者与大伴池主之间的友好关系，并且从一个侧面反映了奈良时代从京城到地方赴任的官员们的生活和情感世界。

久米广绳

[4203]　　　　山杜鹃

若汝一声不鸣啭

回家中

吾将以何作谈资

评注

　　久米广绳，生卒不详，奈良时代的歌人、官员，大伴家持任越中国守时，任越中掾（地方三等官）。这首和歌题为"恨杜鹃不喧歌"，是作者在越中国任职期间所作。古今中外大概都一样，人们外出旅游、出差回来，见到家人朋友总喜欢谈谈在外面的见闻趣事，日本人也如此。日语中有个词"土产话"（MIYAGEBANASHI），指的就是此事。这首和歌咏的也是件事。《万叶集》中收录有150多首咏杜鹃的和歌，但作品中用了"一声"的只有两首，这一首和第4209首。

大伴家持

　　[4216]　　　　世事本无常

　　　　　　　　　人皆知此理

　　　　　　　　　莫要徒悲伤

　　　　　　　　　汝乃男儿郎

评注

　　这是一首挽歌。原文的左注说明，大伴家持的女婿痛失慈母，作为岳父，大伴家持作长歌一首（4214）和短歌二首以示悼念。这首是两首反歌中的一首。在长歌和第一首反歌中，大伴家持哀叹世事无常，悼念逝者并表达了与女婿相同的悲痛。但是作为长辈，作者的挽歌并没有停留在单纯的哀悼上面，而是鼓励女婿，不要一味悲伤，要振作起来，因为他是男子汉。这首和歌不仅体现了大伴家持关爱晚辈的一面，其内容在《万叶集》的挽歌中也可谓独树一帜。

内藏绳麻吕

[4233]　　　　　雄鸡振翅鸣

　　　　　　　　　天上降飞雪

　　　　　　　　　积雪如此深

　　　　　　　　　君岂能归去

评注

　　内藏绳麻吕，生卒不详，奈良时代的官员、歌人，大伴家持任越中国守时，任越中介（仅次于国守的官员），《万叶集》中收录有 4 首和歌，均为与大伴家持一起聚会或游览时所作。这首和歌及之前和歌原文的序说，天平胜宝三年（751年），内藏绳麻吕在家举行宴会，大伴家持也在场。酒兴正酣的时候传来了鸡鸣，主人内藏绳麻吕便作了这首和歌挽留客人。"天上下着这么大的雪，您怎么能回去呢？"这表现了主人劝慰客人留下的心情。

藤原清河

[4241]　　　　　祭祀春日野

神社梅花开

常开莫要败

待吾返故乡

评注

　　藤原清河，生卒不详，奈良时代的贵族。天平胜宝二年（750 年）被任命为遣唐使大使，天平胜宝四年（752 年）入唐，并觐见了唐玄宗。《万叶集》中收录有 2 首和歌，均为出使唐朝之前的告别之作。这首和歌就是其中一首。此外，本卷有两组（4240—4247、4262—4265）与遣唐使有关的和歌。花开花落是人尽皆知的自然规律，也常被用来说明无常的道理。在这首和歌中，作者之所以让梅花一直开着等待他归来，是因为他相信自己一定会平安回到家乡。遗憾的是，藤原清河在返回日本的途中遇到风浪，不得不返回长安。在唐朝他改名为河清，在朝内为官，官至秘书监，最终客死大唐。他的副使大伴古麻吕的船于天平胜宝五年（753 年）平安返回日本，鉴真就在这条船上。鉴真就是乘坐这条船实现了他东渡日本的愿望。

大伴家持

[4255]　　　　　秋花种种

观览各色

御心欢畅

今日可贵

评注

　　天平胜宝三年（751 年），任越中国守的大伴家持升任少纳言得以返京。在回京途中，大伴家持"依兴预作侍宴应诏歌"长歌一首及反歌一首，即作者想象着回京后被天皇召见的情景，预先创作了和歌。同样的"预作"还有为左大臣橘诸兄所作的一首和歌（4256）。正如"预作"二字所示，这是一首歌咏想象中情景的作品。秋天，天皇设宴，群臣侍宴并应天皇的要求各作和歌助兴，这是《万叶集》中常见的场景。这首和歌中的各色秋花暗喻侍宴的群臣。

孝谦天皇

　　[4264]　　　　　神佑大和国

　　　　　　　　　　　行水如陆地

　　　　　　　　　　　乘舟如在榻

　　　　　　　　　　　四船并舳驶

　　　　　　　　　　　早日渡海过

　　　　　　　　　　　平安返回时

　　　　　　　　　　　回禀奏上日

　　　　　　　　　　　同饮丰御酒

评注

　　孝谦天皇，日本第 46 代天皇（749—758 年在位），圣武天皇和光明皇后的皇女，日本第六位女性天皇。天平胜宝四年（752 年），遣唐使大使藤原清河带领由四艘大船组成的船队准备从难波港出发。孝谦天皇派人送去御赐酒肴并作长歌一首及反歌一首。丰御酒指祭祀神的酒。这首和歌既是对遣唐使的祝福，也是对他们的激励，体现了一位女性天皇对臣下的关怀。

藤原八束

[4276]

庭园筑石山

橘树辉映照

橘叶插发间

众臣侍奉君

评注

藤原八束（715—766），奈良时代的贵族、歌人，《万叶集》中收录有 8 首和歌。这首和歌是天平胜宝四年（752 年）十一月二十五日（农历）新尝会肆宴时，众臣应诏所作和歌 6 首（4273—4278）中的一首。新尝会是日本宫中的祭祀活动之一，天皇用当年收获的新稻谷供奉天神地祇，并亲自品尝，以表感谢。这个祭祀活动一直延续到现在，每年十一月二十三日都要在宫中神嘉殿举行，同一天日本各大神社也举行同样的祭祀活动。1948 年，这一天被定为"勤劳感谢日"，是日本法定节假日。这首和歌描写了新尝会后天皇与众人举行宴会的一个场面。

大伴家持

[4290]
春野薄雾起
心中生伤悲
夕阳微光影
黄莺在啼鸣

评注

　　这是一首表现"春愁"的和歌。原野上飘荡的薄雾往往遮挡人们的视线，使眼前的景物变得模糊不清，所以在古典和歌中，它常被用来表达伤感和惆怅的心情。而黄昏预示着一天即将结束，因此也是让人伤感的时分。春天原野上飘荡的薄雾和黄昏时分啼鸣的黄莺，这两个景物有机地结合在一起，烘托出了"春愁"的氛围，使人联想到唐代张祜《折杨柳枝》中"伤心日暮烟霞起"的诗句。彼得·麦克米伦将这首和歌选入《用英语欣赏万叶集》中，并认为它有近代象征主义诗歌的特征。

大伴家持

[4291]
院中薄竹林
风吹传微声
在此暮色中
幽声传入耳

评注

　　与上一首和歌相同，这首和歌写的也是黄昏。但不同的是，这首和歌少了忧伤惆怅，多了几分幽静。黄昏时分，风吹过院子里的一小片竹林，发出微微的声响。这声音不但没有打破黄昏的幽静，反而衬托出更深的幽静。《万叶集》中描写风吹竹林发出响声的和歌只有这一首。洼田空穗的评价是：这首和歌有一种力量，让人读后感到有某种东西深深印在心里。但不是枝枝叶叶，而是根本的问题，使人联想到大伴家持对待人生的态度，想到直击他灵魂的东西。从这个意义上讲，这首和歌体现了他的和歌作品的最高境界。

大伴家持

　　［4292］　　　　　春日阳光暖

　　　　　　　　　　　云雀展翅飞

　　　　　　　　　　　独想心中事

　　　　　　　　　　　不觉生伤悲

评注

　　这首和歌原文的左注记述了作者创作这首和歌时的心情："春日迟迟，仓庚正啼。凄惆之意，非歌难拨耳。仍作此歌，式展缔绪。"这段文字源自《诗经·豳风·七月》中的诗句"春日载阳，有鸣仓庚。……春日迟迟，采蘩祁祁。女心伤悲，殆及公子同归"。这也是这首和歌要表达的情感。所不同的是，《诗经·豳风·七月》中的"伤悲"是因情思而生的伤悲，是"春思"。而这首和歌中的"伤悲"则是春天的感伤和惆怅，是"春愁"。斋藤茂吉认为：《万叶集》中大部分的和歌，是对咏歌或与其他和歌有相对关系的和歌，而这首和歌则是独咏。独居沉思的创作态度有着中国诗歌创作的影子，也是佛教中静观境界的体现。这也是大伴家持达到的一种境界。

以上三首和歌（4290—4292）是卷十九中的最后三首，被称为"春愁三首"或"绝唱三首"，是大伴家持和歌作品中的佳作。这三首均被选入《万叶秀歌》。

卷二十

　　此卷是《万叶集》的最后一卷，收录了从天平胜宝五年（753年）五月到天平宝字三年（759年）正月之间的作品。此卷以先太上天皇（元正天皇）的和歌开卷，之后以大伴家持的和歌作品为主。此卷收录有大伴家持搜集的 84 首防人歌和他所作的与防人相关的 20 首和歌，形成了此卷的一大特点。此卷共收录有 224 首和歌，其中长歌 6 首，短歌 218 首。现选译 20 首呈献于此。

元正天皇

[4293]　　　　　途经山中遇山人

山人献此品

乃为山中珍奇物

评注

　　这首和歌的作者在《万叶集》中为先太上天皇，即元正天皇，在前文中已有过介绍。这首和歌为"幸行山村歌二首"中的一首，另一首为舍人亲王（元正天皇的叔叔）所作。这首和歌原文的序中提到，先太上天皇随口吟诵了这首和歌，命朝臣们作歌和之。岩波文库添加注释，认为这首和歌有可能是元正天皇回到皇官后向朝臣们展示所收贡品时所作。也有学者认为这是一首已经流传的和歌，元正天皇只是吟诵。此外，还有学者认为"山人"是隐居山中的"仙人"，但并无定论。不过，无论作者是谁，山人是否为仙人，都不影响这是一首明快的和歌。

大伴家持

[4304]　　　　　棣棠花开正盛

愿君如此花

延寿益千年

评注

　　这是一首在宴会上被用作社交辞令的和歌，棣棠花是指时任左大臣的橘诸兄。这首和歌显示了当时和歌作为社交手段的功能性，其创作背景更有意思。据歌题和原文的左注记载，天平胜宝六年（754年）三月二十五日，左大臣在山田御母的宅中设宴，大伴家持也在宾客之列。于是，他提前作好这首和歌准备在宴会上吟诵。即使在当代，宴会上谁先作祝词，谁先发言都是有一定之规的，何况是在等级森严的古代。当时大伴家持任兵部少辅，相当于从五位，地位不算高。无论他在和歌方面多么有才华，都不能抢风头。结果，还没等他献上这首和歌，宴会就结束了。

大伴家持

［4314］　　　　　　院中栽下
　　　　　　　　　　各色花草
　　　　　　　　　　伴随季节
　　　　　　　　　　欣赏百姿

评注

　　在当今日本，走过一栋栋独栋住宅，可以看到几乎每家门前都摆放着花草，千姿百态，既是为了自己欣赏，也能达到美化环境的目的。这首和歌告诉我们，日本人的这一习惯也可算是一种传统。日本是个四季分明的国家，享受季节的变化也是日本的传统之一。这首和歌不仅表现了大伴家持对花草的热爱，也体现了他对季节变化的享受。大伴家持任越中国守期间作了许多歌咏花草的和歌，说明他真的是一位热爱花草的歌人。

物部秋持

[4321]　　　　　　身负君王命

谨遵不可违

自此明日起

卧草而眠无妻伴

评注

物部秋持，生卒不详。据原文左注记载，他是远江国（今静冈县西部）长下郡人，任带领防人的国造丁一职。这首和歌是天平胜宝七年（755年）二月，防人们被派往筑紫换防时，防人及亲属们所作防人歌中的一首。现代汉语中已经看不到"防人"一词，但它的确是汉语，唐朝时指镇戍驻防的士兵。在日本古代也是相同的意思，指驻守九州一带的戍边士兵，主要来自"东国"。防人的服役期为三年，每年二月换防。天平胜宝六年（754年）至天平胜宝八年（756年），大伴家持任兵部少辅，曾赴难波督导前往筑紫换防的防人出发，从而得以了解防人的生活和情感，并将他们所作的和歌收入《万叶集》。这首和歌表达了防人即将与妻子分别的心情。从这首和歌开始到第 4431 首和歌均为防人歌及大伴家持所作的与防人相关的和歌。

丈部真麻吕

[4323]　　　　　一路花草应季开

为何无花名为母

评注

丈部真麻吕，生卒不详，远江国（今静冈县西部）山名郡的防人。在前往防地的途中，作者抑制不住思念母亲的心情，看到一路上开放的鲜花，感叹道："为什么没有一种叫母亲的鲜花开放？"如果有这样的花，他就可以摘下来带在身上，就像时刻和母亲在一起一样。防人歌中不仅有思念妻子的和歌，也有不少像这样思念母亲的和歌。

大伴家持

[4332]　　　　　箭袋身上背

丈夫将启程

妻子惜别离

叹息悲戚戚

评注

天平胜宝七年（755 年）二月，大伴家持作为兵部少辅前往难波港，负责确保换防的防人从这里出发。他看到了防人们所作的和歌作品，感受到了他们离开故乡，与亲人别离的悲伤。二月八日，他"追痛防人悲别之心"作长歌一首并短歌。这首和歌便是其中的短歌，也是长歌的反歌。在长歌中，大伴家持不但表现出了对防人的同情，同时也显示了他作为兵部少辅威严的一面。他在长歌中说明了前往筑紫戍边的重要性，激励年轻的防人们为天皇效力。但是，在这首短歌中，作者将视线投向防人们的妻子，单纯地表达了对她们的同情。

丈部足麻吕

[4341]　　　　　美袁利之乡
　　　　　丢下父亲赴防地
　　　　　长路漫漫难启程

评注

　　丈部足麻吕，生卒不详，出生地不详，防人。美袁利是地名，但在哪里已不得而知。这首和歌抒发了作者出发前对父亲难以割舍的情感。在防人歌中有很多思念家乡、妻儿的和歌，也有不少思念母亲的和歌。但是，惦念父亲的和歌却很罕见。不仅在防人歌中，在整部《万叶集》中也是如此。无论古今中外，人们对母亲的依赖和思念总是多于父亲。或许这首和歌的作者一直过着与父亲相依为命的生活，所以才有了这首惦念父亲的作品。

若舍人部广足

[4364]　　　　　　匆忙出发做防人

　　　　　　　　　　忙乱中

　　　　　　　　　　未将生计嘱咐妻

评注

　　若舍人部广足，生卒不详，常陆国（今茨城县东北部）茨城郡的防人。被征为防人，作者不得不放下手中的一切活计，放下照顾家庭的责任，前往防地。但是，在出发前的忙乱中竟没顾上交代妻子如何处理家里家外的一切事情。这首和歌体现了防人对妻子和家庭的挂念，也表现了防人对家中事情的担忧。

倭文部可良麻吕

[4372]　　　　　　翻越足柄坂

　　　　　　　　　　向前不回头

　　　　　　　　　　艰险不破关

　　　　　　　　　　壮士也难行

　　　　　　　　　　驻扎筑紫崎

　　　　　　　　　　斋戒祈神灵

　　　　　　　　　　待吾返乡时

　　　　　　　　　　诸位皆安康

评注

倭文部可良麻吕，生卒不详，与上一首和歌的作者同为常陆国的防人。这首和歌是防人歌中唯一一首长歌。足柄坂和不破关都是日本古代东海道上的关口，是从常陆国前往防人集结地难波的必经之路。洼田空穗认为，这首和歌是作者在出发之际向前来送行的亲朋好友、邻里乡亲道别的话语。这首和歌既表现了作者壮士一去不回头的气概，也有对乡亲们的祝福，不失为一首很好的道别歌。

神麻续部岛麻吕

[4381]　　　　　诸国防人集

　　　　　　　　　一一乘上船

　　　　　　　　　目睹此分别

　　　　　　　　　心中生伤悲

评注

神麻续部岛麻吕，生卒不详，下野国（今栃木县）河内郡的防人。这首和歌描写了从"东国"各地集结到难波港的防人们分别乘船向筑紫出发的场面。防人歌中出现的国名有远江（今静冈县西部）、相模（今神奈川县）、骏河（今静冈县中部）、上总（今千叶县中部）、常陆（今茨城县东北部）、下野（今栃木县）、下总（今千叶县北部、茨城县南部）、信浓（今长野县）、上野（今群马县）、武藏（今东京都和埼玉

385

县全域、神奈川县东部）。这些从"东国"各地集结到难波港的防人们，先在难波港进行休整，然后再乘船前往筑紫。休整期间，有着相同境遇的防人们彼此相识，交流情感。不过，因为被分到不同的防区，刚经历了与家人别离之痛的防人们又不得不向新结识的朋友告别。这首和歌中的"分别"是指防人之间的分别。

大伴家持

[4397]　　　　　　放眼对面山

　　　　　　　　　峰上花丛中

　　　　　　　　　映出丽人影

　　　　　　　　　何人之爱妻

评注

　　这首和歌题为"在馆门见江南美女作歌一首"，时间是天平胜宝七年（755 年）二月十七日。此时，大伴家持作为兵部少辅，在难波港负责督导换防的防人出发。据岩波文库的注释记载，"江南"是指难波堀江的南岸，但也是受中国诗文影响的结果。看到对面山峰上丽人的身影，正在负责换防工作的大伴家持不禁想到了防人们的妻子，所以才有了最后一句"是谁心爱的妻子？"这样的问话。山峰上花丛中站着一位丽人，这首和歌虽然没有说明这位丽人是在等待丈夫回来还是在张望丈夫的身影，但仍令人联想到我国古典文学中常有的"望夫"题材。

他田大岛

［4401］　　　　　小儿紧拽韩衣角

泣不止

舍下无母儿

来此地

评注

他田大岛，生卒不详，信浓国（今长野县）的防人。第一句中的"韩衣"也写作"唐衣"，指有异国情调的衣服，在这里指平常少见的防人制服。看到父亲身着平时没有穿过的衣服，孩子意识到父亲要出远门，于是紧紧抓着父亲的衣角，哭泣不止。看着已经没有母亲的年幼的孩子，父亲哪里忍心离去。但是，皇命难违，父亲只能狠心丢下孩子离家而别。

物部岁德

［4415］　　　　　我愿家中妻

能如珍珠般

捧在手心里

再次细细看

评注

物部岁德，生卒不详，武藏国（今东京都和埼玉县全域、神奈川县东部）的防人。这是一首思念妻子的和歌。但是，作品里没有这类和歌中常见的"别离""悲伤""思念"等字眼。作者没有描写与妻子分离的痛苦，也没有发出思念的叹息，而是把妻子比作珍珠，想把她捧在手上再一次好好看一看。这首和歌温柔含蓄，字里行间充满了对妻子的爱。

妻椋椅部弟女

[4420]　　　　旅途枕草和衣眠

倘若衣带断

手拿此针如妾手

夫君将其缝

评注

椋椅部弟女，生卒不详，名字之前的"妻"是表示其身份的，她是一位武藏国防人的妻子。在前文中也有过介绍，日本古代有这样的习俗，夫妻临别时相互为对方系好衣带，不到再相会时不解开。对夫妻来说，衣带有着特殊的意义，可以说是联结他们感情的象征。这位妻子在丈夫出征前仔细为丈夫缝衣带，还想到3年服役期衣带难免会断，因此将手中的针交给丈夫，好让这枚小小的针代替自己为丈夫缝补衣带。这首和歌情感细腻，虽然表面上没有诉说别离的悲伤，但却让人感到浓浓的不舍。

防人

[4431]　　　　　　　细竹瑟瑟响

　　　　　　　　　　　夜来白霜降

　　　　　　　　　　　虽着七层衣

　　　　　　　　　　　难比妻肤暖

评注

　　由原文的左注可知，这首和歌是昔年防人歌 8 首
（4425—4432）中的一首。在寒冷的夜晚，防人宿营野外，
寒气袭人，虽然身穿厚厚的衣服，但仍挡不住寒意。如果在
家的话，与妻子相拥而眠，再冷也会感受到妻子的温暖。在
防人歌中，有不少描写防人备受寒冷煎熬的作品，但从这首和
歌中读不到太多的伤感和哀叹，更多的是感官上的真实感受。
这首和歌被选入《万叶秀歌》。

大伴家持

[4435]　　　　　　　来时花含苞

　　　　　　　　　　　尚在待放中

　　　　　　　　　　　待到花落后

　　　　　　　　　　　方能返京城

评注

　　这首和歌是大伴家持等兵部官员与前来检查防人出发情况的敕使相聚饮宴时所作3首（4433—4435）中的一首，其中两首由大伴家持所作，另外一首为敕使安倍沙美麻吕所作。时间是天平胜宝七年（755年）三月三日，此时，大伴家持作为兵部少辅赴难波督导防人出发已经有一个月了。敕使和大伴家持都有些想家，敕使在和歌中表示想化作云雀飞回京城，而大伴家持在这首和歌中则借花开花落抒发了想早日回到京城的心愿。

葛城王

　　　[4455]　　　　　白日忙

　　　　　　　　　　忙赐口分田

　　　　　　　　　　　夜间里

　　　　　　　　　　抽暇采此芹

评注

　　葛城王，即后来的左大臣橘诸兄。这首和歌的序说明，天平元年（729年），日本实行班田制时，葛城王受命前往山背国（也写作山城国，今京都府东南部）负责班田，从山背国给萨妙观命妇（生卒不详，奈良时代的女官）等人送去水芹并附上这首和歌。班田制是日本学习唐朝的均田制并写入大宝元年（701年）制定的《大宝律令》中的制度。奈良时代负责班田的官员工作十分繁忙，天平元年（729年），摄津国（今大阪府西北部、兵库县东南部）班田书记官丈部龙麻吕因不堪重负而自杀，这一事实被写进《万叶集》•443的序中。因此，这首和歌中的"忙赐口分田"不是社交辞令，而是真实地反映了葛城王的工作情况。《万叶集》中不仅有恋歌、挽歌，也有这样反映当时官员工作和生活状态的作品。

大伴家持

[4467]　　　　　大伴氏一族

自古名高洁

今当更磨砺

不负此盛名

评注

　　这首和歌是大伴家持所作"喻族歌"（告诫族人书，含长歌1首，短歌2首）（4465—4467）中的一首短歌。据原文左注记载，受淡海真人三船的谗言影响，同族的大伴古慈斐被解除出云（今岛根县东部）国守一职。大伴家持便以此事为由作了三首"喻族歌"。但岩波文库对此却做出如下注释，据《续日本纪》记载，是大伴古慈斐与淡海真人三船二人因诽谤朝廷，有失人臣之礼而被拘禁。淡海真人三船（722—785）是日本第39代天皇弘文天皇的后裔。在长歌中，大伴家持叙述了大伴家族对天皇的世代忠诚和历代天皇对大伴家族的重用和信任，以及大伴家族高洁的声誉，告诫族人要将大伴家族的盛名代代相传下去。这首短歌则以更强的语气告诫了族人这一点。

大伴家持

[4470]　　　　明知如泡沫

　　　　　　　　假身有生死

　　　　　　　　仍求心所愿

　　　　　　　　得寿益千年

评注

这首和歌题为"愿寿作歌一首"，即希望长寿而作的和歌，作品中充满佛教思想，但又不能摆脱世俗的求生欲。《金刚经》中有"一切有为法，如梦幻泡影，如露亦如电"的说法，《法华经》卷六中也有"世皆不牢固，如水沫泡焰"的说法，这些都告诉人们一切皆无常。"假身"也是佛教思想的体现，即人在这个世上是会变化的。这些都说明大伴家持对佛教的无常观有着深刻的理解。而且，从大伴家持所作题为"卧病悲无常，欲修道作歌二首"（4468、4469）的和歌来看，他似乎有出家修行的意愿。但是，他最终还是无法放下世俗的一切，在这首和歌中道出了希望长寿的真正心声。洼田空穗认为这是大伴家持诚实人品的体现。

大伴家持

[4516]　　　　　新年之初

　　　　　　　　　初春今日

　　　　　　　　　天降瑞雪

　　　　　　　　　吾心所愿

　　　　　　　　吉事连连如此雪

评注

　　这首和歌是天平宝字三年（759年）正月初一，于因幡国厅，赐飨国郡司等之宴歌一首。因幡国为今鸟取县东部，大伴家持于758年至762年任因幡国守。天平宝字元年（757年），日本实施《养老律令》，其中规定，元日国司要率领各郡司面向朝堂方向遥遥拜贺。仪式完毕后国司再接受郡司拜贺，并允许设宴。因此，这首和歌是正月初一大伴家持例行完上述公事后所作的一首贺岁歌，也是社交辞令。这首和歌充满了迎接新年的气息，满怀着希望。这或许就是大伴家持选择这首和歌作为《万叶集》收官之作的原因。斋藤茂吉将这首和歌选入《万叶秀歌》，他的理由有三：第一，这首和歌是吉祥歌；第二，这是《万叶集》的最后一首和歌；第三，这首和歌是编撰《万叶集》的最大功臣大伴家持的作品。出于同样的理由，笔者也将这首和歌作为本书的压轴之作呈献给各位读者。